U0609730

尘光

泥文 —— 著

天津出版传媒集团

百花文艺出版社

图书在版编目（CIP）数据

尘光 / 泥文著 . -- 天津 ： 百花文艺出版社，2024.
10. -- ISBN 978-7-5306-8898-4

Ⅰ . I247.5

中国国家版本馆 CIP 数据核字第 2024X1U527 号

尘光
CHEN GUANG

泥文 著

出 版 人：薛印胜　责任编辑：张　雪
装帧设计：刘昌凤　特约编辑：翟玉梅
出版发行：百花文艺出版社
地址：天津市和平区西康路 35 号　邮编：300051
电话传真：+86-22-23332651（发行部）
　　　　　+86-22-23332656（总编室）
　　　　　+86-22-23332478（邮购部）
网址：http://www.baihuawenyi.com
印刷：廊坊市印艺阁数字科技有限公司
开本：660 毫米 ×960 毫米　1/16
字数：195 千字
印张：18
版次：2024 年 10 月第 1 版
印次：2024 年 10 月第 1 次印刷
定价：98.00 元

如有印装质量问题，请与廊坊市印艺阁数字科技有限公司联系调换
地址：河北省廊坊市安次区龙河技术产业区夏荣街道 29 号
邮编：065000
版权所有　侵权必究

"风吹过来的时候，我以为我已走远

其实，风吹过之后

才发现，我仍在原处"

诚然，写作的动机始于生活，也将回归生活。小说《尘光》的诞生亦是如此。

在此之前，我曾用大量诗歌书写农民工在城市中的边缘状态，为四处漂泊的他们寻求归属感和认同感。二〇一九年，一个声音呼唤我用小说的方式，为这群城市建设的开拓者、耕耘者，同时也是匆匆过客的农民工发声，以期让更多人比较全面地深入地看到他们坚韧的品质和默默的付出，也试图为他们探索出一条实现自我价值的道路。

故事中，主人公傅路娃在进城务工的洪流里挣扎求生，面对生存重压和人情冷暖的双重煎熬，他经历了无数几近荒诞且充满戏剧性的遭遇，与亲人、友人、恩人、爱人甚至仇人之间的爱恨交织，促使他逐渐蜕变成长为一名新农民，并最终打拼出自己的一片天地。从最底层的拆迁工人到领班、包工头，再到自己成为老板，一路走来，傅路娃目睹了农民兄弟在城里挣到钱，但也"挣"到人性在金钱面前显露出来的各种带色的底片。他们在努力改变生存状态、增长幸福指数的同时，也在改变自己曾经质朴的生活习俗，如穿着打扮、言行举止、交往方式，甚至做人准则……让务工这个本不是江湖的江湖显得比江湖还江湖。

在这个务工的"江湖"里，傅路娃如同一粒微不足道的尘埃，没有英雄的光环，也没有超凡脱俗的能力，但他的真诚、踏实，给人可靠、放心的感觉。他在鱼龙混杂的务工大环境里，在历经各种艰难和辛酸后，哪怕亲情、友情、邻里之情在现实面前逐一破防，也始终坚守农民式的淳朴和善意去感染身边的人，慢慢释放出自己内在的能量，发出自己应有的光芒。

尽管傅路娃小得如一粒尘埃，但在时代潮流的猛烈冲击下，他并未随波逐流，而是坚守初心，保持独立。正是这种执着和韧性，成为他走向生活最佳状态的根源，也是他实现自我蜕变的法宝，让他在收获爱情、友情的同时，也开启一扇通往新生活的大门，走上另一种"致富之路"和"建设之路"，找到自己的心安之所。

作为写诗的人，我写小说《尘光》，并没有刻意使用诗意的语言去表达。生活的表现形式本就十分丰富，或许诗意就在奔走的过程中自然流露。对于小说人物的形象塑造，我想用一种有别于传统的写法，留给读者一个想象的空间，因此基本没有做任何概念化的具象设定。希望读者可以在小说的情节发展过程中自己去勾勒人物，不被"正"或者"邪"的预设局限。实际上，这也是小人物群像的自动生成方式。

其实，小说聚焦的这群小人物，正是散落在你我身边的一个庞大的弱势群体，是时代变迁的必然产物。为特定时期的小人物群像记述，犹如为他们写一篇传记，立一座碑，也算是给过往的生活有了一个交手言和的交代，让其来于生活，亦终于生活。

泥文

2024.6.28

一

仲夏抱村的夜，凉风习习，吹得人犹如置身仙境，飘飘的，惬意的，忘俗的。这也难怪，这种景致让傅路娃在停下来的瞬间忘记了所有的纷繁杂乱，他的第一感觉是，这才是他想要的生活。人们常说到恋乡情结，他不知道这算不算，或者说，他只是在做自己该做的事。

最近傅路娃腹腔右侧时不时会隐隐作痛。他想，应该是劳累或没休息好的原因吧，但这痛感每天都在往上累加，有时候让他疼得冷汗直冒，身体会不由自主地弯下去。等稍闲一点的时候，去县医院检查一下，他时常这样对自己说。有时候，他感到不安，不会就这样倒下吧。每到这时，他就想抱村的建设还没完成，想很久没有看到老婆孩子了，特别想，牵筋动骨地想。这是第三个年头没有与老婆孩子在一起了，女儿有多高了，成绩好不好，听不听话，有没有被谁欺负，都只能通过短暂的视频聊天看看、问问，往往还会被临时要处理的事情打断。

傅路娃站在抱村最高处之前，老婆在电话里不带任何感情地说，我们这样还要持续多久？这个家你还想维持多久？他无言，只好默默地挂断了电话。在前面的那些日子，他总是说快了快了，只要我把抱村打造得足够让你能安心常住就好了。后来老婆听腻了，自己也说烦了，也就不再说了。他明白，老婆也明白，这样的抵达是艰辛的。老婆从小在申城长大，吃的穿的用的见的玩儿的都在申城，她虽不算最富有的大家闺秀，但也是生活优渥，下嫁给他这偏远抱村的孩子，那真是晴天里飘来了云朵。

凉风像鼓风机一样吹，一阵一阵的，让傅路娃在迷糊着想心事的瞬间又清醒过来，他站在儿时一有烦心事就会爬上来吼叫几声的山巅，四周的山野沉静，星星点点的灯火远没有儿时的多。那些没有亮起来的灯盏，都随着后生进城后很少再亮起来，而抱村的灯火此时是最亮的，比抱村四周亮起来的灯火加起来还要多还要亮。这是从他三年前回抱村后才慢慢增设起来的。记得刚回来的时候，抱村也就三五盏灯火，将原本就寂寥的村庄凸显得更加寂寥。这三盏五盏灯火，是没有办法离开的人点亮的，比如林文的妈妈，一个至死不想离开抱村，要守着他爸爸坟墓的老人；比如毛橘子的父母，因吴春在申城意外从拆迁的高楼摔死后无人可依，只能在这里静待百年后的到来；还有就是毛橘子，带着傅路娃到如今也没见过其父亲的孩子，租住他人人去楼空的房子，得天度日。世事难料，谁能想到从前比谁都一穷二白的抱村如今会亮起这么多灯火，繁星一样，比远在二十里外的乡镇还显得繁荣。

鲁瓦，鲁瓦，你死到哪里去了……一阵带着怒火的叫喊声从山脚下传进傅路娃的耳朵，他一度以为是妈妈在喊他，等他回过神来，不禁释然一笑。这是毛橘子在叫喊她不知跑到哪个角落玩儿得夜不归宿的儿子。就像自己小时候，漫山遍野地跑，东家西家地窜，到夜深了还不想回家一样。

孩子的父亲姓鲁，怀着报复傅路娃的心理，毛橘子给他取名鲁瓦。在毛橘子的叫喊声里，傅路娃收回天马行空的心思，借着月光，看斜对面那条依山势盘旋而上的双行道公路——这条由自己全力出资在原先那条单车道土公路上打造出来的上山路，不由得欣慰地咧嘴笑了笑。这种笑，很久没有出现在傅路娃的脸上了。从心动回乡要把抱村打造成十里八乡远近闻名的集民宿和中草药农旅体验基地的村庄开始，他就耗上了，耗上了他的时间，他的精力，耗上了他在申城打拼而来的钞票。但这些没让他觉得不值，尽管当时决定回来，老婆跟他说，你回去我们在申城的事业还要不要？也没有阻止他的想法。

傅路娃在原地转了一个圈，俯瞰抱村，民宿、药材种植基地，各种体验项目都在有序修建。在回抱村之前，他走访调查了很多乡村建设成功的地方，他明白一个道理，要想将城里人引进来，你就得先让村庄"走出去"，走到城里人的心里去，或者说走到四邻八乡的乡村人的心里去，走到抱村人的心里去，这样才引得进来，首先得将那些已经出走的抱村人"引回来"，让他们有看头，有盼头，有望头。要引得进，留得住，这不是一件容易的事。

他知道大多数抱村后生在外漂泊久了，都有恋乡情结，对生他养他的地方有难以割舍的情怀，只是生活太现实，让他们不得不一年又一年寄养于各个城市，守着别人的锅碗吃饭。如今他回来了，参与家乡建设，老婆做的工程成了支援他打造抱村强有力的后盾，还好他有先见之明，自己成立了工程队，设计施工都是自己干，这样减少了不少开支。最先引回来的是与自己和林文一样年近中年的童年小伙伴，他们拿着傅路娃开的工资和为家乡建设的付出精神，相伴在抱村沟沟坎坎的路上。

傅路娃有几本厚厚的日记本，务工路上，东漂西泊，一直随身携带，舍不得弄丢任何一页，像要作为传家宝。这是他到申城务工后就开始做的事，不是每天都记，但重要的事情他一定不会放过任何一个点滴。他拿出笔写下毛橘子今天声嘶力竭地叫喊鲁瓦几个字时，眼前慢慢浮现出的很多与毛橘子有关的事，像一条漫长的河流裸露出了它的源头。

毛橘子不姓毛，姓吴。她是在申城搞拆迁时从高空摔下离世的吴春的亲妹妹，与傅路娃一般大小年纪。因她做事总是毛毛躁躁，大家送给她另外一个姓，毛橘子就在这个村庄里叫开了，时间长了，大家都默认她姓毛了。

问题就出在毛橘子这个名字上，不然傅路娃后面的日子和际遇极大可能会不一样。

傅路娃的变化，抱村人不是一开始就发现的，只是觉得有哪里不对劲，但到底是哪里不对劲，一时说不上来。直到有一天午饭时，傅路娃突然出现在他们眼前，才恍然大悟：哦，原来是这么一回事。

毛橘子是最先发现这个秘密的。她看到傅路娃，像发现了新大陆。路娃，我就说这些天是哪里不对劲，原来是你不拖着鼻涕、流着口水守在我们家门口了。难道狗还会改得了守在别人碗边锅边的习惯？

傅路娃家比其他邻居家穷，吃不饱穿不暖是常有的事。每到三四五月，就会闹饥荒，东家借盐巴西家借红苕块，要还得等到来年收割了才行。

傅路娃家依山而建。不，确切地说，是依山洞而建。山洞很大，有三间房子那么大。傅路娃爷爷时代，有一户吴姓人家与他家一起住在里面，后来在山洞外面建了两间茅草屋，就搬出去了。

傅路娃家原本全住山洞里，后来条件稍好点，就紧挨洞子加盖了一间茅草屋，用来做饭。为啥要搭间房子做饭？在山洞里做饭，柴火冒出的烟尘四处乱窜，把整个山洞熏黑了，衣物床铺熏黑了，人也跟着熏黑了。这么多年受够了，于是搭个灶屋，祖祖辈辈的愿望在傅路娃爸爸这里实现了。晚上睡觉，还在山洞。因抱村的地理位置高，所以他们住的山洞干燥，没给身体带来病痛，这是幸运的事。

毛橘子家庭条件比其他邻居家要好点，这与她爸爸身体强壮，可以攀岩附壁去找地方种庄稼有关，但那也是相对的。只不过是有饭吃，有衣穿，不饿肚子，不冻坏身子而已。但就是这样的条件，在抱村也是扳一两个指头、拿一双筷子就数得过来的。

不要欺人太甚哈！傅路娃恶狠狠地盯了毛橘子一眼，这一眼如果是村头的那棵皂荚树上的刺，恐怕早就将她扎得血肉模糊千疮百孔面目全非了。

我只是说的实话，难道不是这样？毛橘子白了傅路娃一眼。这种白是空洞无物却又落地有声的白。

毛橘子，你知道你为啥姓毛不姓吴？傅路娃边说边露出狡黠的莫测高深的笑。

关你屁事！毛橘子突然火冒三丈，大声叫了起来，但她这表现有点外强中干，因为她心里有个阴影，一直怀疑别人叫自己时前面要加一个毛字不只是自己性格毛毛躁躁那么简单。

傅路娃没有退缩也没有要跑开的意思，他眨巴着眼睛故作神秘。看到毛橘子的反应，也有点小得意挂在脸上。

你真以为是他们说的你做事毛毛躁躁才喊你毛橘子呀？过来，我告诉你一个秘密。

有屁个秘密。毛橘子不屑地说。眼睛却直勾勾傻愣愣地冒着期待的光盯着傅路娃，一秒也舍不得挪开。

信就信，不信算了，反正与你的姓有关。傅路娃说完，头也不回地往前走。傅路娃故作镇定的激将法让毛橘子再也无法安静下来。

你站住！毛橘子火急火燎地吼了起来。边吼边追，也不管碗里的饭泼不泼，洒不洒。这架势像去赶山赶海。

把话说清楚！

什么说清楚？傅路娃一脸得意，有阴谋得逞的坏笑。

你说我的姓！不说清楚，不要想离开！

哎呀，我好怕。傅路娃装模作样地做了一个怕的表情，可随后却将拳头举了起来。

还怕你呀？说不说？不说给你扔过来。毛橘子说着，端碗的手没有丝毫犹豫地举了起来。

傅路娃知道毛橘子说得出做得到，这几年伴月伴日伴风伴雨一起成长，谁还不知道谁的脾气。

他面对毛橘子，快速往后退，如那秋天里落叶与秋风对抗时的情景。毛才是你真实的姓，你不晓得呀？大家都晓得。话音还没落，傅路娃快速转身，撒腿就跑。他清楚，不管结果如何，毛橘子信与不信，她手里的碗都会飞过来。

不出所料，还没跑出五米，哐当一声，碗砸在地面石头上的声音从背后传了过来，傅路娃背脊生起一股寒意。他得意地边跑边喊，没砸到，没砸到。那快意的劲头让他觉得此时的天空是最美的，在他前面十五年里没有遇到过，而后张牙舞爪地消失在房屋的转弯处。

近二十年的事了，如今记忆犹新，仿如昨天。傅路娃想，人的记忆只有儿时的是刻进骨子里去了的，什么时候都无法忘记，山再高水再长，都无法将它隔离掉洗刷掉。时间越长清晰度也就越高，这是成年后的许多记忆无法匹敌的。

二

傅路娃家所在的村庄在山顶上，但它的四面还有山。这四面的山将它围在中间，像母亲的怀抱，将这个村庄小心翼翼地呵护着，生怕一不小心这个村庄会掉到山下去。掉到山下，那是千多米的高度呀，还会有命？所以，这个村庄有一个温暖的名字，叫抱村。

抱村不是一个村，它是一个社。男男女女，大大小小，全加起来，也就三十多口人。傅姓人最少，就傅路娃一家。傅路娃有一个姐姐，大他差不多十岁，在十六岁那年嫁到千多米深的山脚下，给一家苟姓人家做了媳妇。对于抱村来说，对于傅路娃的家庭条件来说，他姐姐相当于走上了脱贫的路。

路娃是他的小名，也是他的大名。身份证上也是这个名字。这个名字来得简单，明白。就像他妈当初生他一样直截了当：要生的时候，在路边上把他生了下来。如女人小解那样简单轻松，这让很多生娃的女人羡慕。傅路娃爸妈没上过学，想到傅路娃是在路边生的，随口喊了一声路娃，路娃这个名字就这样定下了。傅路娃妈妈说，路娃这个名字好，敞亮，好带。还别说，没病没灾的，真没费什么劲，他就长大了。

抱村东西走向差不多两公里，南北走向五公里，离最高的山峰有两百米落差。这里一年四季基本上是靠天吃饭。傅路娃家住在村庄的西面，在太阳落下去的那个尽头，但并不能完全看到太阳落下去。太阳升起倒是能从开始就可以看到，以至于后来太多时候，每当听到别人说看日出，他都会轻蔑地一笑。

傅路娃在毛橘子气急败坏后，逃走得遂心如意，所以有点得意忘形，将毛橘子的事给忘了，根本没想到自己图一时之乐，会让他在无奈的情况下背井离乡。

　　毛橘子听到傅路娃有板有眼煞有介事地说她本来就姓毛，心里开始闹腾起来，难怪家里人总是对自己横挑鼻子竖挑眼，做啥啥不对，说啥啥有问题，原来自己不是他们亲生的。她去问她妈，问她的亲爸爸在哪里，她要去找他。

　　她不敢问她爸。她爸凶神恶煞，不发脾气都不怒自威，一发脾气，地动山摇，整个抱村周围的山都会抖一下，她怕，可还是没能躲过一巴掌。

　　在她哭闹着问她妈的话音还没落地，她爸不知什么时候出现在她背后，那么高大的体型，她不知道他是怎么做到悄无声息的。在她有所发觉时，他已挥起手掌，啪！排山倒海般打在她的右脸上。这声音清脆且肉实。她的脸火辣辣地疼了起来，耳朵轰轰鸣鸣响个不停。她右耳的听力直到好几年后才完全恢复正常。

　　傅路娃一个恶作剧般的戏弄，发展成不可收拾的事件，这是傅路娃始料不及的。其实，他根本就没有预料到，也没想到会有天塌下来的那个时刻。

　　毛橘子的哥哥吴春，看到自己妹妹被爸爸打成这个样子，知道罪魁祸首在傅路娃。他抄起扁担往傅路娃家冲，忙风急火的，不管妈妈在背后带着哭腔惊天动地地喊叫。他只有一个想法，毛橘子被打，这事因傅路娃而起，必须找傅路娃要个明明白白的说法。当然，此时他还不晓得毛橘子的右耳基本听不见声音了。要是知道，那就不是向傅路娃讨个说法那么简单了，而是要打残傅路娃，让他一辈子站不伸展，给毛橘子一个交代。

　　傅路娃在他那个岩洞家门口用斧头劈柴，看到吴春提着扁担怒气冲冲地奔跑过来，嘴里叫喊着他的名字。共同在这个拳头般大小的村庄生活了这么多年，他知道吴春的脾气，比他爸好不了多少。也隐隐约约明白，与他调侃毛橘子的事有关。

他扔掉斧头，顺手捞起一根刚劈成柴火的木块。木块不是凶器，斧头是。春哥，有事好好说，别生气呀。还没等傅路娃说完，吴春手里的扁担呼的一声，向傅路娃劈头盖脸地劈了下来。

傅路娃跟随村里的吴叔练过武术，身子灵巧地往旁边一跳，避开了。

你对毛橘子做啥了？吴春怒不可遏地问傅路娃。但追逐劈打之势并没有因为发问而停下来。

我做啥了？我什么也没做。

还不承认？呼的一声，吴春将扁担抡了一个一百八十多度的圆弧，狂风骤雨般向傅路娃砸了下去。

傅路娃一个跳跃，往后跳开了。在吴春再次抡起扁担时，毛橘子赶过来了。听到吴春浪涛阵阵的呼喝，接过话头，哥，傅路娃没对我做啥……

还护着他？吴春打断毛橘子的话。手里的扁担此时横着向傅路娃拦腰扫了过去。

我真没对她做过……后面容不了他往下说，眼看吴春的扁担要扫到腰了，傅路娃急中生变，身子向右边急速侧倒，在避过扁担的同时，手里的柴块自然而然地顺势扫了出去，正中吴春的腰部。吴春哎哟一声，倒了下去。

在吴春的哎哟声中，傅路娃知道自己闯祸了。爬起来，跑到吴春面前，蹲下身子想扶起吴春，吴春没有一点儿反应。这突如其来的结果，让傅路娃始料未及，六神无主地呆在那里。

傅路娃被毛橘子踢得倒在一旁，他不想起来，他在想吴春，这怎么办？他没想到，自己随意一挥柴块，闯了大祸。吴春没有一点动静，任凭毛橘子怎么摇，怎么喊，他就是不动。四周都在这凄风惨雨般的喊叫声里静了下来，原先叽叽喳喳叫个不停飞来飞去的鸟雀，似乎也知道出大事了，被吓到了，不敢出声。原本被风摇晃得心神不安的林木草丛也都噤了声。

傅路娃的爸妈此时从不远处的地头赶了过来，他们只听到吴春对傅路娃的责问，你把毛橘子怎么啦？没有看到他们打架。在看到吴春倒在地上的时候，都傻傻地呆站在那里。老实巴交的人，没经历过这样的场面，一时不知道该如何面对这样的场景。

你们叫傅路娃走呀！傻站着干啥？要等我父母来吗？毛橘子此时出乎意料的冷静，一点儿不像平常那样毛躁、那样不拘小节。

毛橘子的喊话，让傅路娃妈妈好似突然醒悟过来，捶打着傅路娃，凄风苦雨地喊他快走。他们知道，毛橘子的爸爸脾气暴躁，就是因为他这脾气，他本姓的吴叔原本想教他武术，怕他习武后闯祸，最后放弃了。

傅路娃不想走，自己闯下祸就这样走了，那算什么呢？吴叔教他武术时说，要做一个敢作敢当的人。妈妈跪在地上声嘶力竭地叫喊，你不走，我就不起来，我的小祖宗。他清醒了一点儿。他知道毛橘子的爸爸，在抱村本就是一个不赢就不会放弃的主，也是不让自己吃亏的主。这时候将他宝贝儿子打得躺在地上一动不动生死未卜，那还不得天翻地覆，到时候把抱村四周的山给闹塌下来，抱村这个名字就无法存在了。

毛橘子也声嘶力竭地喊路娃快跑。她这一喊，傅路娃的爸妈结合刚才听到吴春喊叫你把毛橘子怎么啦的话，心里的谜团上升了起来：难道傅路娃与毛橘子真有什么事发生了？不然，她的哥哥都那样了，还会帮路娃？

毛橘子爸爸的声音隔着一个背弯，轰轰隆隆地传了过来。她不敢应答。她怕将爸爸第一时间引过来。傅路娃在那里傻站着没动，好似此时没有事情可以影响他似的。

毛橘子摇晃着吴春的手停了下来，明显感觉到吴春动了动。心里明白，哥哥应该是被打得疼晕过去了。她爬起来，两步蹿到傅路娃面前，朝他的右脸就是一巴掌，你想找死，别把我给害了。

你爸妈不会有事的。打得傅路娃一愣一愣的，怎么把你害了？想说的话还没说出来，毛橘子下一步的动作，让他明白了她的用意，是要让他赶快逃离现场，逃离这里。毛橘子用手推，用脚踢，表达的方式不友好，但目的只有一个，要把傅路娃往去山下的路上赶，像赶牲畜一样。

毛橘子的爸爸已经出现在他们的视线里了，再不走，就再也走不了了。傅路娃一路狂奔，边跑边回头看，眼泪如雨水般哗哗地流。他知道，这一跑，一是不知道往哪里跑，二是要回来怕是难了。

他不敢去找姐姐，怕给他们带来麻烦。土生土长的人，谁都知道谁有几个亲戚，几个朋友。心里跟明镜似的。所以，他唯一的办法只有不停地跑。

他不知道吴春后来会怎样？还能不能醒来？如果能醒来，会不会留下后遗症？真要是那样，他不知道如何面对他们。他后悔了，愧疚了。自己跑了，吴春的爸爸会不会对自己的爸妈动手也是未知。记得吴叔教他武术的时候，千叮咛万嘱咐，不厌其烦地说，不要轻易动手，练了武术的人，出手不是一般人能够承受的。可在关键时候，还是不由自主地动手了。

傅路娃不知跑了多久，感觉离家很远了。面对一无所知的陌生地，他彷徨了。家是不能回了，回去，不只有被睚眦必报的毛橘子爸爸打断胳膊打断腿的危险，如果吴春真有事了，那自己就更无法面对，那不只是后悔、愧疚就能过去的事。他第一次胆怯、心虚、无助，自己就要成为无根的浮萍了，就要成为人人喊打的耗子了，就要成为那不能左右自己的云朵了。但他想到自己早就要出远门务工，只是爸妈不让，说还小，可现在不让也不行了。这倒是一个很好的机会。村子里先出去的人，日子过得明显好了起来。他想挣钱改变家里贫穷的现状，如今不是天意吗？他又有点自我安慰了。只是没有人带路，哪里才是该去的地方？哪里需要他这个年纪的务工人呢？当然，他不会想到，这次意外的出行，会给他带来人生重大转折的契机，更不会想到吴春真的会死在自己的眼前。

三

夜深下来的时候，忙碌着建设的人相继睡去，抱村白天一片忙碌的景象归于寂静，那些太阳能路灯、工地灯在该亮着的地方亮着，再加上天上明亮的星星，将抱村照得更加寂静了。傅路娃手里拿着笔，盯着日记本并没有再继续写下去，就那样停顿在那里，好似在斟酌下一个字该写啥，才能更好地表达今天该说的。想到毛橘子扔碗后的气急败坏，那场景犹如在眼前，不自觉地咧开嘴笑了。可刚咧开嘴不到一秒，吴春的身影就荡呀荡地出现了。这个早逝的一起长到大的童年小伙伴，傅路娃说不清自己到底是欠他的还是不欠他的。吴春的事，多少有些凄凉，多少有些无奈，十多年过去了，吴春的爸爸妈妈到现在也没有原谅他。

回抱村时，傅路娃提着礼物上门去看望吴春爸妈，吴春爸妈咚的一声将大门关上，口里骂着，别以为你现在有几个臭钱，就可以让人啥都不管了。你想把抱村整得乌烟瘴气的，我们第一个不答应。

他们说到做到。施工时不管与他们有没有直接关系，他们都会站出来找麻烦。少则叽叽歪歪说几句，多则骂得昏天黑地。有几次，他们直接站到铲车、挖土机下面，任凭怎么说好话、怎么劝，就是不让，直到村干部来了，派出所来人了，镇领导来了，在动之以情晓之以理后加上强硬措施性的恐吓，才让后面没有继续发生同类事情，但针对傅路娃，吵骂仍然是必不可少的。

他们没有原谅毛橘子，一直认为，是毛橘子和傅路娃害死了吴春，所以房子空着，也不让毛橘子回家住。而毛橘子眼看着哥哥早死，爸妈已老，不住在这里守护，谁来守护呢？她管不了那么多，将镇上的房子处理掉，爸妈不让住，就租了已经进城安家的邻居的房子。傅路娃没回来时，她带着孩子只能靠种点庄稼喂点鸡鸭换点房租和零用钱。傅路娃回来搞乡村建设，让她进了工程队，帮工人们做饭，管吃，开工资。抛开童年伙伴先不说，他们之间那剪不断理还乱的错综复杂的关系，也不得不让他有情怀，有牵挂。那是一辈子的事。就像吴春老是在他眼前晃来晃去的音容一样。

吴春的坟墓在他家旁边，四周栽了一圈柏树，他爸妈说，吴春早逝，是他们没有保护好他，把他安放在屋边上，天天能看到，能呵护到，心里踏实。那一圈柏树，似乎在倾诉吴春永远也不会老了的事实。傅路娃已到中年，每次经过吴春的坟墓时，吴春就会带着他那张年轻有个性的脸孔出现在他的面前，当然，还有他从高空摔下来，血肉模糊的身影。

记得那次不辞而别离开家多年后与吴春第一次见面的场景，天上在下雨，此时傅路娃已经是拆房队领班的了。不管大雨小雨，拆房工地上都会停工，这是为了安全，除非有室内拆除的活儿可干。

天上的雨仍在断断续续地下。

按惯例，傅路娃在工地上巡视了一圈，回到宿舍想睡一会儿。工友们在打麻将，玩儿扑克，玩儿得不大，毛毛钱。傅路娃没心思玩儿，也不管。这是背井离乡的工友们打发寂寞时光的唯一出口，如果这都不让，真不知道他们该怎么过。出去逛外面下雨不说，兜里也没几个钱禁得起逛。这样也好，总比让他们无所事事，到处乱窜要好。好多事件，都是乱窜的时候发生的。

刚要睡着的时候，黄林的叫喊声着急忙火地在耳边响了起来。路娃，拆房工地上有人在那里来来回回地转悠很久了。你要不要去看看？

看得出来是做啥的不？

看不出。穿着和神情，看上去应该也是进城务工的人。

不会是要买材料吧。

这说不定。又不怎么像。

要不要喊其他人一起去？

喊啥呢？又不是去打架。再说，人家只有一个人呢。要打架，我们两个加在一起还不够？傅路娃鄙视地看了黄林一眼。

远远看到一个比自己个头儿稍高点年纪相当的青年男子背影，站在斜对面，那样子，好似若有所思。

朋友，有事吗？傅路娃用蹩脚的普通话开口问。这普通话的口音，自己听上去都有点反胃，疙疙瘩瘩的，有点像一条挂在那里很多年没动的绳索，上面堆积着大小不一不规则的尘垢。

那男子闻声转过头来，有几分熟悉。傅路娃一时想不起他是谁。反正在申城因拆迁而有一面之缘的人多了，有点熟悉也是正常的。

对方狐疑地看着傅路娃，你是？

傅路娃，这里负责人。听他如此问，傅路娃本以为，对方真是要买个旧砖块旧洋瓦啥的。

找的就是你。青年男子一拳头砰的一声砸在傅路娃的右脸上。这像没有征兆的山体滑坡一样的袭击，把傅路娃打蒙了。除了疼，除了眼冒金星晕头转向，还有整个拆房工地上的废墟此起彼落颠来倒去在脑子里跳舞。黄林更蒙，他天南海北搞不清楚，不知是傅路娃得罪人了，还是对方得罪傅路娃结下的仇怨。

傅路娃毕竟是练武术的人，抗打与反应都要比平常人快些，虽然对方拳头是打在脸上，但在那个瞬间本能地侧偏了一下，还不算打得太实在。

猝不及防挨了一拳，傅路娃想也没想，一个右摆拳，横扫过去。在愤怒的情况下，傅路娃用出全部力气，拳头结结实实地打在青年男子的左肩头。他哎哟一声，向旁边猛蹿了几步，想努力稳住身子，可还是无济于事，结结实实地摔倒在旁边的砖块堆上，哎哟哎哟叫了起来。

说，我与你有啥仇恨？见面就给我一拳。

你是不是还想再来一次？

什么再来一次？

将我打晕了，好又跑？

打晕？青年男子的话说得让傅路娃摸不着头脑，满脑子迷糊，像一个氢气球在半空中悬着，始终落不了地，任性地就那么悬着。

怎么？在外面混得风生水起了，不认人了？青年男子边说边从砖块堆里爬起来。双手不停地揉揉这里，又揉揉那里。

傅路娃，格老子的，你太不是人了。把人打了，一跑了之，不管人死活。不是毛橘子不让报警，你早成了被通缉的人了。青年男子没等傅路娃接话，连珠炮般质问傅路娃。

毛橘子？啊？你是吴春？难怪这么眼熟。

担惊受怕了九个年头，还时不时会做噩梦，让傅路娃后悔愧疚心虚得有家不能回的人，此时从天而降了。傅路娃有点傻了，呆站在那里，一时不知是该高兴还是该痛哭。毕竟是九年啊，都二十四岁了，从一个在外无父无母照顾的毛头小子成长为历经沧桑的大个子青年，他有很多话想说，却又无法说。此时看到吴春，他觉得该说说了，压抑得太久了，再不说，会积压成疾，会把胸腔越压越扭曲。九年啊，会改变好多人和事，吴春与傅路娃，两个穿开裆裤一起长大的小伙伴，各自长成了男人的模样，变得见面不相识，谁都无法第一眼认出谁来。

我没事做了。吴春开口说。那语气，像是傅路娃欠他的事做一样。不过，话说回来，从小一起长大的小伙伴，这种说话方式才能符合他们的关系。

见面就打人，还想来这里做事？黄林突然狂飙怒喝一声。你脑子有问题，谁知道你后面会做啥？

没你的事，走开。吴春仍那样霸气，傅路娃隐隐看到吴春爸爸的样子。可也有不一样的地方，看上去要世故一点，应该是出来务工后锻炼出来的。

吴春的手还在揉他被打的肩头，好像抬一下都很疼。九年了，村庄里的人都以为你已经去阎王爷那里报到了。

我爸爸妈妈怎么样？傅路娃听到吴春提起抱村，一颗急迫的心，再也按捺不住了。

你爸爸还好，你妈妈眼睛要哭瞎了。

这么多年，傅路娃没有写信，他怕与爸妈联系后听到不好的消息，当然主要是吴春的消息。他怕听到吴春被打晕过去后再也没有醒来，他怕吴春被打后留下了残疾。他一直忍着，像小时候生病了爸妈逼着他喝那苦得胃都要痉挛的中药一样，但为了早点好起来，能早点出去奔奔跳跳，不得不强忍着，忍得伤筋动骨都要忍。一个原因是自己还没挣到什么钱，离当初跑出来务工的初衷还有很远的距离，无法让家里的房子从岩洞里搬出来，就连改变爸妈的生活状况都困难。还有一个原因是，爸妈不识字，如果写信就会请抱村里其他人来帮读和回信，那么自己的窘迫状态也会暴露无遗。他明白这样做有点不近人情，特别是对于爸妈来说。他还没成为爸爸，不知道儿子远离多年杳无音信的秒分时日年是怎样度过的，那比患了胃病让人想吃吃不下，想喝喝不得要难受得多。吴春悄无声息的出现，让他放下了对吴春那一半的牵牵挂挂，此时父母就成了他全部的牵牵挂挂了。

还不是你！不是你装死，会这样吗？这么多年，从抱村出走，从轮船到火车，从砖厂到拆房工地，从拆房工地再到拆房工地，风风雨雨，历经几几多多坎坷，想着想着，一阵心酸，傅路娃再也控制不住了，感到眼眶里的泪水在往外面涌，所有的辛酸都在往外涌。

还好意思说。到现在为止，毛橘子都没找婆家。给她介绍，要不敷衍说不合适，要不干脆不理。你说，你到底把她怎样了？

这问题又扯到毛橘子，傅路娃有点无助了。事情缘起缘落都是毛橘子，好似前世的冤家今世来讨孽债，还不还得清，那是另外一回事，丝丝绕绕牵牵绊绊勾勾缠缠必须继续下去。

傅路娃眼眶里泪花打转，黄林是第一次看到，吴春也只是他小的时候看到过。黄林跟傅路娃多年了，知道他是一个硬汉，但不知道他在来申城之前的情况。傅路娃从来未与人说起，哪怕黄林或者王福生这样的好兄弟。

王福生是傅路娃离开抱村时在轮船上认识的，一认识就是牵牵绊绊绕过来绕过去走进他生命里的人。在务工路上，在申城这个大都市的拆房工地，命运在牵引着他们往前走，时代变迁在牵引着他们往前走，快节奏的生活在牵引着他们往前走。

四

申城是一个有着无限可能的城市，只要你肯想，敢想，很多事都有可能发生。在改革开放之初的二十世纪八十年代，很多贫困的乡村人，在这个百年难遇的机会里，选择了进入这样的大都市，去探索一条不一样的人生路生活路。在这条路上，艰辛地往前走，感觉累了，难了，就向后转，家是他们补充能量的地方，是他们肉体最放心的栖息地，精神最能得到安慰的落脚点。

傅路娃的境况与其他人不一样，他无法后退。他时常问自己为什么而来，如何而来，又要向何处而去。

大量涌进这个大都市的人，三教九流的，牛鬼蛇神的，眼高手低的，见风而行的，什么样的都有，在为这个城市建设美好的同时，也带来一些不可漠视的问题和弊端。他们打乱这个城市原有的生活与发展的节奏，又在缝补它的生活与发展的节奏。

傅路娃在努力抑制着自己身边可能出现的那些小贪心。这些小贪心，随着日子的推进，会慢慢滋长成大问题。如有工友会悄悄偷一些可以变成钱的东西去卖，那比做工的收入来得要快。这种想法，像一种流行病，太容易感染了。只要一个人做了，其他人也会跟着做。

傅路娃明白自己没有往后退的理由，也没有往后退的条件。他守着自己的初心一步一步艰难地往前走。这个初心，很多时候不被工友们理解。在工友们心里，傅路娃对他们好，但同时也对他们不好。他们将这种状况归结于傅路娃是为老板做事的，想往上爬。其实也没错，人都会有往高处走的心理，但只要走得正大光明，影不歪身不斜，明明白白就对了。

其实，这些说来容易，做起来很难。很多东西已形成了习惯，哪那么容易改变。大家来自不同的乡下，不同的生活习惯，不同的贫穷程度让他们对钱有不同的欲望，不同的人生观和价值观，想要规范、统一起来，实在不是容易的事。

这天，傅路娃一早刚睁开眼，黄林来找他，说陈小冬病了，在床上哎哟哎哟地叫唤。

那赶紧送医院呀。傅路娃从木板床上爬起来，用洗澡洗脸两不误的毛巾边擦脸边说。

傅路娃与黄林前脚赶后脚，乒乒乓乓来到工友陈小冬的床前。陈小冬在床上翻过来滚过去喊疼，那姿势有点怪异，四肢张开，像农村里杀年猪时给猪吹满了气的样子。

太累了？也没有这么个累法吧。手脚都这样了。傅路娃细看陈小冬，发现他穿广告衫的身体比以前显得有肉多了。陈小冬本来比较瘦，平时穿衣服，看上去像是晾衣竿。

要不，我给看看。在农村做过赤脚医生的老方说。作势要去撩开陈小冬的广告衫。

别，别，别……陈小冬急急地叫喊起来，身体好似突然不疼了，似被针尖狠狠地扎了一下，急速翻身站了起来，接着又哎哟一声倒在床上。

嘿，难不成害羞？你光着身子又不是没见过。老方调侃道。手在陈小冬喊疼转身时，突然撩开他的广告衫。

陈小冬的身子红肿，一圈接一圈瘀青黑红的印迹爬满全身。

这是什么情况？老方看得有点茫然，傅路娃及其他人也是。

半晌，老方若有所思地说，这是被什么东西捆绑过吧？

捆绑？傅路娃急了，谁绑的？哪个有这么大的胆子？傅路娃说这话时，想到陈小冬曾在社会上混，说不定得罪了什么比他要厉害的人，江湖事，你不让我好过我不让你好过，只等时间什么时候到来而已。

这，只怕是他自己吧。黄林不紧不慢地说。

自己？把自己绑成这个样子？老方半信半疑。不会是脑子坏掉了？这句话，老方是学着申城人的腔调说的。

路娃，路娃……老林的叫喊声在门外响了起来。老板找你，火急火燎的。老板不住工地上，天还没亮明白，就来找他，那一定是大事。

工地上要拆迁的配电房里的线缆被人偷了。

陈小冬把配电房里的铜芯线缆剪切下来，大一点的一圈一圈地缠在身上，小一点的绑在腿上和手上。然后穿上事先准备好的宽大衣服。

他看到那么多线缆，一根也不想放过。他一根根往身上缠，一层一层地缠。在从配电房里往外走时，脚步都移不动了，也舍不得放弃。

浑身上下都是铜芯线缆，宿舍里有其他工友，陈小冬不能将线缆带到宿舍。会走漏风声。再说，一旦老板发现，会到宿舍搜查。那样就完了。

他只有将一身的线缆连夜运送出去。线缆回收处，他轻车熟路。回收线缆的老板，明白这些线缆来路不正，会尽力将价格往低处压，只要来卖的人大体上能承受就可以了。

线缆回收处，离工地大概两公里。空手走两公里，对于乡村走出来的务工人来说，那不算回事。可陈小冬身上绑满了线缆，就不一样了。

线缆差不多五十公斤，跟陈小冬的体重差不多了，每走一步，陈小冬感觉背了一个自己在行走。要命的事是缠一身的线缆，完全不能与背同等重量的人比。人是活的，线缆是死的，缠着绕着箍在身上，像《西游记》里面孙猴子戴的紧箍圈，有人念咒语一样。走一步紧一下，紧一下疼一下。紧紧疼疼，越走越沉，越沉越疼。他感到自己的骨架要挺不住了，但还是不得不走。

申城的夜不管有多深，路灯下，黑影里，都有赶路的人，只是比白天相对要少很多而已，还有一趟一趟巡逻的治安联防人员。

陈小冬一步一为营，走几步，停一下，走几步，又躲一下。他感到身子要散架了，骨头疼，他开始后悔绑这么多线缆了。想半路上把它们解下来扔掉，可又舍不得，那是钱，是面子，是自尊，是傲气。拆两个月的房子，也不一定有这么多。

怕被赶路的人看出端倪，更怕巡逻的治安联防人员有所察觉。不管谁发现，都不是好事，自己都有可能到牢房里面去走一趟。他的精神在高度紧张中，几近崩溃；身体在高度疼痛中，几近崩溃。

陈小冬努力挣扎着回到宿舍，支撑不住的他，沉沉睡去，而后在浑身疼痛难忍中醒来。那叫声一大早喊醒了所有人，比傅路娃喊他们上班还管用。大家听到后没有拖拖拉拉，赶紧找人帮忙。出门在外，大家不互相帮助，谁来帮助呢？

傅路娃知道，这件事的性质已到了相当恶劣的程度。想要包庇，已是无能为力。如果放任自流，后面工友们全都效仿他，那该怎么办？

我已报警。老板看着傅路娃说，这样的人太过分了！这素质太垃圾了！难怪本地居委会对你们进城务工的人意见大，还真怪不得人家。你说，以前小打小闹地偷拿东西，我睁只眼闭只眼，知道你们乡下来的人，求生活不容易。如今弄成了这样子，是哪几个干的？

傅路娃知道不能说，再说也不是几个人干的。就陈小冬一个人。

按当时的法律法规，偷盗三斤铜就判刑，陈小冬这得判多少年，傅路娃不敢想。

他把头摇了摇，不晓得。我刚起床，就被老林喊过来了。

哦。老板意味深长地看了傅路娃一眼。走，去宿舍！

　　七月的申城，白天很热，掏心掏肺地热，而早晚比较凉快，估计是海边城市的缘故。天亮得早，黑得比较晚。上班的时间，早上天一亮，大家开始奔向工地，为的是早点收工。太阳大，受不了，身体吃不消，还会中暑。中暑了，不但挣不了钱，还会花钱，还会因工期，遭受老板的白眼，那白眼比七月的阳光捶打在水泥路面上还白，白得你不敢中暑。

　　虽然天刚亮不久，由于上班时间早，工友都起床了。再说，陈小冬这么哎哟连天地叫唤，就是不上班，也被闹得不得不起床了。

　　傅路娃在前头带路，挨个宿舍搜查，第一间是老林他们几个人住的，第二间是黄林他们几个住的，第三间才是陈小冬他们住的。还有烧饭的房间，烧饭的夫妻住的地方，傅路娃住的地方，每一个角落都不放过，可什么也没搜到。

　　在搜查第一间宿舍的时候，警察到了。看到什么也没搜到，警察说，把人全部集合起来。

　　傅路娃呼喊一声，所有人都出来了。站在宿舍前面与拆掉的房子之间的过道上，此时才发现，陈小冬还在。他以为他会选择逃走，可他没有。

　　警察让傅路娃把人员名单拿给他，他一个一个地点名。在喊到陈小冬时，不知他是因为疼痛，还是害怕，应答时声音有点抖抖颤颤的，这让警察心生疑问。久经案情的警察，察言观色、望闻问切是他们的强项。

　　你出来。警察指着陈小冬。

　　傅路娃心里咯噔一下，知道陈小冬这下完了。

　　别撑着了，你的神情和声音出卖了你。其实，警察也拿不准，只是感觉陈小冬有异样。

　　不对，你不是很瘦吗？怎么看上去比平时胖多了呢？工地看护人员突然挤到陈小冬身边，一脸狐疑地看着他。

他对陈小冬太熟悉了。陈小冬平常喜欢与人说笑，有点油嘴滑舌，与工地看护人员打得火热。本想与人混个脸熟，为以后做事打个基础，没想到此时成了把柄，这是陈小冬没有想到的。

我这是累病了呀，身子浮肿。陈小冬有点心虚了。突然想，为啥不穿一件大一点的衣服呢？如果穿一件大一点的衣服，别人是不能一眼看出来的。他平时喜欢穿比较紧身一点的衣服，瘦削的身子似乎显得强壮点。没想到，这个爱好，在此时出卖了他。

把衣服脱下来。警察突然厉声喊道。

你这是侵犯人权。陈小冬声色俱厉地吼道。

我们是执行公务。警察微笑一下，没想到，你还懂得比较多。你不脱，是不是心里有鬼？

傅路娃不想看下去了。他一方面恨那些小偷小摸的人，一方面又同情他们。都是贫穷惹的祸。如果不贫穷，谁会远离家乡？如果不贫穷，他们会多读点书，提高自身修养和素质，目光不会那么短浅。但回想过来，似乎也不一定全是贫穷的问题。

不脱。这么多人。

看来是真有问题。一个年轻的警察，一步跨到陈小冬面前，双手用力将他的广告衫往上翻卷着一提，一下到了肩头。陈小冬想努力往下拉，但无济于事。他那红肿的，有一圈一圈勒痕的身子已经暴露在大伙面前。

说吧，是怎么回事？老板从来这里没说过一句话，此时已经忍不住了。从他的内心来说，真不希望是工地上的人。

说吧。傅路娃说，是啥说啥，做个提得起放得下的进城务工人。

这很明显，傅路娃的意思是敢作敢当。

我做的，我当。陈小冬明白，不管如何，事实就是事实。

陈小冬承认了，这件事好似结束了，傅路娃知道后面还有很多事情要处理。他没考虑自己的前景，想到的是陈小冬，还有他的兄弟伙。

陈小冬被判刑，吃牢饭，是预料中的事。

陈小冬没来傅路娃这里之前，是混社会的，相当于那些无业人员，拉帮结派，不靠劳动力吃饭。

他到傅路娃这里上班，是王福生介绍过来的。王福生对傅路娃说，陈小冬想靠劳动力吃饭，你收下他吧。傅路娃本想保护他，但事情发展得出乎意料，超出了他的能力范围。他跟陈小冬说好自为之，只差明说了：你已犯事，快点跑吧。可事实上，陈小冬没跑。他是不想让傅路娃为难。但他没想到，还是给傅路娃带来了麻烦。

陈小冬的兄弟伙，在知道他被判入狱后，认为是傅路娃在搞鬼。他们不找老板，只找他。不管谁对谁错。

傅路娃被捅了一刀，刀是比水果刀大点，比匕首要小点的那种刀，很锋利，几乎没有半点犹豫就扎进了傅路娃的身体。

陈小冬的兄弟伙将刀挥到傅路娃面前时，按傅路娃的武术功底，完全是可以躲开的。一般的人也没办法扎到他，但他被扎中了。

陈小冬的兄弟伙全是亡命之徒，靠找老板或者包工头要钱生活。在申城混了这么多年，他们知道，傅路娃习过武，为人正直，也义气。可自己兄弟从你这里去牢房吃牢饭去了，一口气上不来，你就得埋单。

吴春手里拿着比拇指大一倍的钢筋，黄林手里拿着两米长的椽子，老林手里拿着撬棍……大家蜂拥而上。傅路娃紧紧捂住扎在左臂的刀，看到兄弟们那愤怒的表情，很是欣慰。强忍剧痛高声叫喊了一句，兄弟们，放过他们，我与他们扯平了。你们走吧。

陈小冬的兄弟伙没想到傅路娃会以这样的状态面对他们。那并没有因疼痛而停摆的气场，让他们不战自败。

这不是一个见利忘义的人。

傅路娃被刀刺伤，老板知道后说，这与傅路娃没有直接关系，只是他们不懂罢了。他们也不知道自己是从哪里来的而已。

五

　　苟飞与毛橘子来找傅路娃的时候，工地刚上工没多久，在哗哗啦啦乒乒乓乓的合奏曲中，傅路娃听到有工友在喊，路娃，有人找。傅路娃正忙着安排工友们做事，只是口头上应答了一声，并没立即走出工地。

　　等他忙完了，突然想起有人找自己时，已过去近两个小时了。

　　走到宿舍旁，远远看见一男一女，男的坐在包裹上，女的蹲在那里，只能看到背影。他想不明白，还会有一男一女来找自己？

　　他满脑子疑惑。在这里，除了吴春，还没有其他熟人以这样的方式来找过自己。一些熟悉的工友，会直接走到工地上来找他，不会让其他人带话。所以他在疑惑里，有几分小心。他的率直在无意中得罪过一些在申城做混混儿行当的乡下人，这些人怕吃苦，嫌务工累死累活得到的钱还很少。做混混儿，轻轻松松愉愉快快，时不时向在这里务工当上老板或者包工头的人伸手要钱，大多数人，抱着破财免灾的心理，安安静静地掏了腰包，这也让那些混混儿得意忘形贪欲膨胀。傅路娃不给，还不给他们好脸色，他说我也穷，要不你们先接济一下我，后面我有钱了再接济你们，如何？弄得混混儿怒目相向，放下狠话，你要小心点。所以他就小心了，他得时不时防范他们报复。

　　尽管心里忐忑忑，但还是要走过去，毕竟人家指名道姓来找，又不能不见，反正是福不是祸，是祸躲不过。看到傅路娃来到身前，那一男一女唰的一声站了起来。相互看着，似曾相识，可一时都叫不出名字。

你是……

你是……

他们同时发问。

你是舅舅？那青年男子突然喊道。

你是苟飞？傅路娃这时才将青年男子与自己的外甥对上号。难怪看上去有几分眼熟。多年不见，外甥苟飞长得比自己还高了，有他老子的长势。脸型与小时候比变化很大，白白净净的，只是轮廓有点像。

你怎么来了？这个是……

我舅妈呀。你不会不知道吧？

舅妈？哪个舅妈？苟飞的回答让傅路娃迷糊着摸不着头脑。在抱村，苟飞只有他一个舅舅，什么时候多出一个舅舅来了？那不是出奇地怪了？

我还会有几个舅妈呀？舅舅，你这是不打自招，那你得老实交代。我舅妈在这里站着的。苟飞嬉皮笑脸地说，有幸灾乐祸落井下石的味道。

傅路娃的姐姐在十六岁时嫁人，结婚一年后有了苟飞，所以年龄与傅路娃差不了几岁。傅路娃在家时，他俩时常在一起没大没小地打闹，为一个香烟盒子争得面红耳赤，不可开交。这个喊，路娃，给我，是我最先捡到的，它是我的；那个喊，苟飞，这是我最先看到的，是我的。

那时，农村里的娃没有玩具。一个香烟盒子，也会让他们乐不可支。把它折成三角形或长方形，然后，几个小伙伴在一起，你出一个，我出一个，按香烟盒子价格的高低分大小，谁大谁就第一个扇香烟盒子。也有用石头剪刀布或猜子的方式来决定谁先谁后的，但香烟盒子价格高的小伙伴认为不公平，所以很少采取那些方式。扇不是用扇子，而是用手掌。五根手指直着并拢，像扇子一样，照着香烟盒子，呼的一下扇过去。将香烟盒子从正面扇为反面，那么这个香烟盒子就是你的。扇香烟盒子有技巧，与手掌五指的并拢程度和掌心凹下去的程度有关系。傅路娃与苟飞做得不好。尽管时时刻刻在学那些十玩儿九赢的小伙伴，但还是摆脱不了输的命运，只能想尽一切办法去找香烟盒子。每看见一个香烟盒子，比看到家里难得吃到一次肉还高兴。乐此不疲。

当然这是闲话，但傅路娃与苟飞除了是舅与外甥的关系，还有风风火火的童年关系。自然说话做事没那么多讲究。有啥说啥，想到啥就说啥。

没大没小的。几年不见了，还是老样子。说，怎么找到我这里来了？傅路娃说着，往苟飞肩头拍了一下。

这还难吗？你不是隔三岔五给外公外婆寄钱嘛，那上面有地址呀。苟飞一脸不屑地看着傅路娃。那意思是，这点都想不到，亏你在大都市里跑了这么多年，还带班？

哦……傅路娃好似突然醒悟过来一样。其实，他根本没想到这个点上。吴春来了后，他仍然没有给爸妈写信，只是每隔一两个月寄点钱回去。从邮局寄钱的时候，在地址栏上留下了拆房工地的地址，那是必须要留下的。他也没其他地址可以留。没想过要收信，更没想过会有人按这个地址来找自己。而今天有人来了，自己最亲的人来啦，还带来一个女孩，听语气，是自己莫名其妙的未婚妻。

舅舅，这是外公外婆让我带来的舅妈，请收下。然后给外公外婆打个电话回去。我的任务完成了。说完，苟飞做出如释重负的样子，做了个鬼脸。

说真的，你跑的那几年，没有音信，外婆每天都哭呀。与人说起哭，没与人说起，想起你也哭；外公成天唉声叹气的。那时候他们的天空始终是乌云密布大雨倾盆的。后来，你有音信了，外婆不哭了，但变得沉默寡言，常常坐在地坝边上，望着那条下山的路发呆，外公看到这里，就摇头叹息也无可奈何。

傅路娃好似突然醒悟过来，弯下腰要提起女孩的包裹往屋里走。

慢点，我自己提。傅路娃仔细看，还是想不起在哪里见过，一脸茫然地看着她，伸出的手又收了回来。而后狠狠地盯着苟飞。苟飞说别看我呀，你们穿开裆裤一起长大的，还让人家这么多年吃啥啥不香，看啥啥不漂亮。

傅路娃被苟飞的哑谜弄得牙痒痒的，手动了一下，想给苟飞一巴掌。没想到，这个轻微的肢体动作被那女孩看出来了。你又要动手打人呀，傅路娃！她突然吼了一声。

傅路娃听到这吼声，有点明白了，这是毛橘子吧。可变化也太大了，听过女大十八变，但这似乎也变得有些离谱，在她脸上一点找不到往日的痕迹，只有这吼声有点那时的影子。毛橘子像抱村的桂花树一样，到了季节，花花点点环绕着，比以前漂亮的不只是一点点，说长得有女人味一点不为过。

你怎么也来了？是来找你哥的吧。他在上班，我去叫他回来一下。傅路娃在确认女孩是毛橘子后，第一想法是快点离开，这种想法好似条件反射，自然而然产生的。

慢点哟。舅舅，你不可能把我们扔在这里噻。

那是，那是。傅路娃从毛橘子手里拿过包裹，又被毛橘子抢了过去。

我们的事，还没说清楚呢。毛橘子说，我不是来找我哥的。

没说清楚？什么事。傅路娃一脸茫然。突然想起妈妈在电话里说的话。脸不争气地红了一下。走，走，走。有什么事，进去了再说。我不会跑。

那可说不定。毛橘子不阴不阳地嘟哝着，不是已经跑过一次吗？但还是跟着进了傅路娃的宿舍。

刚放下包裹，傅路娃将苟飞往旁边一拉，嘴附在他的耳边，眼角一挑，这到底是怎么回事？

外公外婆在家里给你找的媳妇，我的舅妈。苟飞故意大声说。

喂，有啥就直接说，别这小家子气的样子。毛橘子看出傅路娃拉苟飞到一边的意图。要不要我来个自我介绍，我姓吴，叫橘子。

哈哈哈，毛橘子，真有你的。

我姓吴，不姓毛。

好好好，你姓吴，不姓毛。傅路娃像是突然想起，毛橘子，这么多年了，这么大了，你还没找男朋友？

狗改不了吃粑粑，我姓吴。毛橘子说着，想将手里拿着的小布包扔过去。像突然想起什么，又收了回来。

傅路娃明白，毛橘子应该是想起几年前发生的事：在那碗一扔，柴块随意一扫，他们彼此的人生路就有了大转折。

舅舅，人家一直在等你。哪有心思去找其他人。

没你的事。

没你的事。

傅路娃与毛橘子同时呼喝一声。

哈哈哈，真默契。苟飞像发现新大陆一样得意。不管你们了，我出去走走。

看到苟飞那个样子，弄得傅路娃不好意思地笑了笑，用手摸了摸鼻子。傅路娃不好意思的时候总是爱用手摸鼻子。

那个……

别这个那个了。你得负责。

负责？负什么责？

我哥说过，你把我怎么啦？

吴春？我还没找他算账呢。这是无厘头的事，造谣、无事生非、毁我清白，他要对我的名声负责。

舅舅，你们在说啥？像打哑谜。舅妈是想你帮着找点事做。

别舅妈舅妈的。这什么跟什么呀？傅路娃对苟飞吼道。

外公外婆都认下了。苟飞做了个鬼脸。你想怎么样？要不孝吗？

傅路娃看了毛橘子一眼，她的脸有点红。傅路娃看得有点发呆，毛橘子这样性格的人还会脸红？

别一口一个舅妈，八字没有一撇。

不会吧？舅舅，人家可是千里寻夫哈。

别没个正形。

舅舅，这就是你的不是了。舅妈在家喊外公外婆爸爸妈妈差不多两年了。

这是他们的事。

他们说每次说到舅妈的名字，你就岔开，怎么说嘛！

不岔开，听了就是一家人了？

好像也有道理。舅妈，你说是不是呀？

别是不是的。我们还饿着呢。毛橘子接过话说，就你话多。

对对对，我们赶了几天的车船，从来没吃饱过。舅舅，是你做饭给我们吃，还是带我们出去吃好吃的呀？

就你能。做？我到哪里做去？走，出去吃碗馄饨。申城的馄饨好吃。

馄饨？是啥子？

话多。你吃了不就晓得了？我们老家的包面，晓得不？只是馄饨比包面的皮要薄点，形状差不多。

哦……苟飞若有所悟地点了点头。

苟飞带来了毛橘子。这让傅路娃不知如何处理。这从天而降的媳妇，让他有点无所适从，显然到了想媳妇的年纪了。在乡下，他这个年纪，家境稍好点的，孩子都可以满地跑着喊爸爸了。

傅路娃本来平平静静的拆迁生活被打乱了，苟飞和毛橘子的到来，在近乎喜悦和荒诞的背后，谁都看不出后面的路命运会如何给他们设计。比如舅舅与外甥成为敌人，弟弟与姐姐成为路人，发小成为陌生人，江湖兄弟成为仇人。这些都是后话，也是始料未及的事。

六

　　苟飞来傅路娃这里之前，在砖厂干过。这让傅路娃想到那些过往的日子，有些事不是过去了就过去了，它仍然深藏在记忆深处，只是没有打开那个抽柜的时候，就像锁着的日记，可以不说，也可以说。傅路娃面对这唯一的外甥，他已经忍不住要说。

　　有条件不好好读书，天生是牛一样劳碌的命。傅路娃看到苟飞一次就会唠叨一次，完全不像以前的寡言少语。黄林说，原来你喜欢说话呀，我还以为你是半哑的人呢。傅路娃白黄林一眼，口里说着找打，其实根本就没动，脸上不自觉地洋溢出了笑意来。

　　有什么条件？就是饿不到而已。苟飞说，你看那些出门务工的，给家里寄钱，回家时风风光光的。现在好多人建起了一楼一底，或者两楼一底的楼板房。

　　这也倒是。但书读得少，始终只有下苦力的命。傅路娃想到这里，忍不住长出了口气，在申城这样的大城市生活了这么多年，知道知识对于一个人的重要性，所以他在工作之余找来各种书籍翻翻看看，给自己充充电，打打气。想去电大学习，奈何时间确实有限，这是苟飞目前不会懂的。

　　下班后，傅路娃等大家都洗过澡，才准备洗澡，这是多年来的习惯，从他当领班开始。每到下午下班时，班里烧饭的大姐会将做饭的大铁锅洗干净，然后烧一大锅水，拆房的工友们边用边往里面加水，往要熄灭的灶膛加几根柴火。

　　去床头拿衣服时，傅路娃发现早上上工时换下的衣服不见了，装衣服的箱子也不见了。傅路娃急了，在工地上，出现小偷是时常的事。每间房子住着好几个人，不大的房间，上班衣服、臭袜子、烂鞋子、工具等东西这里一件，那里一堆；再加上难得洗一次的被子，各种味道混合在一起，实在难闻。如果将宿舍门关上，时间一长，那味道如同死臭耗子那样难闻。所以大家去上工时，宿舍门不会关，窗子不会关，除非下大雨，或者冷得无法忍受的大冬天才会关上。

傅路娃有点愤怒了，大家的东西没丢，偏偏自己的不在了。这不是明摆着冲自己来的吗？居然衣服也有人偷。还好多年来大家养成的习惯，上班时，钱包或值钱的东西，会用塑料袋包好（防止灰尘和汗水），随身带。钱没丢，是不幸中的大幸。苟飞在一边说，舅舅，你先穿我的，我马上出去给你买。

你那瘦长瘦长的衣服，我能穿吗？

将就穿一下，不要怕嘛，最多穿上会比较性感而已。苟飞边说边在一边不怀好意地坏笑。

将就穿啥子？毛橘子人没到，声音先到了。叮叮咚咚的脚步声比一个大男人踏得还要响，如果只看她的长相，也不会想到她会踏出这样的脚步声来。

别进来！傅路娃听到毛橘子的声音在往房间里面走，立即大声叫了起来。有两个工友刚洗完澡，穿着内裤，还没来得及穿上外衣。可傅路娃叫得再快，也没能比上毛橘子的脚步快，她已大踏步闯了进来。

进来后，她不管不顾地朝四周扫射了一眼，我以为要被吃掉呢，不就没穿外衣吗？你没看到电视上那些模特儿吗？他们穿得那么少，还让全天下的人看，也没见少个啥？

你这啥想法？傅路娃听到毛橘子这句话，心一下凉了，之前对她的好感一下消失殆尽。他在心里说，不是一路人。

毛橘子将手里拿着的衣服往傅路娃怀里一塞。你的衣服。洗完了回屋睡。说完，毛橘子不管不顾地大踏步往门口走去。留下大伙一愣一愣的，继而发出一阵大笑，哦，傅路娃，你的衣服被小偷偷了，箱子被子被偷了，看你今晚住哪里。

回屋睡。

对的，回屋睡。刚才嫂子不是说了吗？

听大家说到被子，傅路娃这时才想起看被子，被子也不在了。难怪刚才毛橘子会说回屋睡。我的天！傅路娃倒吸了一口气。看来，这些全被毛橘子收到她住的房间里去了。

毛橘子！傅路娃突然大吼了起来。我跟你有仇呀！

嗯，你们是有仇。前世的怨仇，今生了结。

今晚了结。

哈哈哈……大家你一言我一语地说笑，笑得傅路娃哭笑不得。心里一个劲地叫苦，爸妈这是整的啥子事呀？得想法将毛橘子弄回家去。可这还得等今天以后。今晚怎么办？难不成真要与她一起睡？一个大姑娘，不知道是怎么想的。

舅舅，去洗澡吧。别想那么多了！舅妈是外公外婆已经确认了的。再说，青梅竹马的，人家大姑娘都不怕，你怕啥？

没文化。傅路娃突然冒出这样一句。这是潜意识的反应。说这句话的时候，他完全没想到自己读的书也屈指可数。这是他这些年在外面闯荡后的一种收获。从一个毛头小子，到如今二十五岁了。这社会大学，对于傅路娃来说是一个很好的学校。学到了很多在学校学不到的东西，也学到了一些与学校一样的东西。

其实，说没文化的时候，他也拎不清自己是说苟飞还是说毛橘子，抑或自己的爸爸妈妈。反正那样自然而然。他说的时候，脑子里出现了常欣的身影，也那样自然而然。一个奇怪的想法，要将常欣变成自己的媳妇，那该多好！

舅舅，不能这样说你外甥呀。那样，你脸上也会无光的。

去去去，这是事实。自己休息去。我洗澡去了。

傅路娃边洗澡边想，今晚怎么办？看毛橘子的性格与做派，今晚不去她住的房间，与其他兄弟挤，估计会被从被窝里拉出来。这完全有可能。

逃，一个念头从心里冒了出来。

往哪里逃呢？这是不是他们说的逃婚呀。想到这里，傅路娃居然笑了。

自己都没正式订过婚，居然要逃婚。再说，这也不是结婚呀。

生活居然有如此近乎荒谬的情节。他想到这些年，下班之余读过的一些书，情节有很多荒谬之处，但也合乎情理，逻辑推得过去。而此时发生在自己身上的事，远比那些还荒唐。

你说不合乎情理吧，有父母在之前垫的底；你说合乎情理吧，自己作为第一责任人，在之前却一无所知。

毛橘子呀毛橘子。傅路娃在心里喊着她的名字，你就姓毛，哪是姓吴。这样的事，你都想得出来，还敢做。

往哪里逃呢？

都这么大岁数了，该成家了。身边的兄弟伙都在劝，爸妈在电话里时常唠叨，而此时毛橘子就在身旁，投怀送抱，傅路娃却像做贼一样，心虚、胆怯、害怕得想逃，他自己也搞不清楚是为啥。不知是没立业还是因为常欣。古话说成家立业成家立业，你成了家，业才立得起来，想到这句话他又有些彷徨。

毛橘子拽住傅路娃，再不放手。没办法，傅路娃亦步亦趋地将毛橘子带到吴春的宿舍。工友们穿着裤衩四仰八叉地躺在木板床上，突然看到毛橘子被拖进房间，吓得四处寻找被子衣服来遮挡，有的不注意摔下床，有的踩到其他工友身上，场面混乱得呼喝喊叫声乒乒乓乓。

吴春爬起来，三两步冲到傅路娃面前，劈头盖脸一拳，毛橘子用力一拖傅路娃，躲过了。

哥，你要做啥？

太丢人了。滚！

有啥嘛，你不是一直说路娃把我怎么样了吗？就是这个样。

滚！你们的事别扯上我。

你是路娃的舅子哈，别这么凶。低头不见抬头见呢。毛橘子笑嘻嘻地说。我等了他这么多年，心里早就是他的人了。

你……我……傅路娃被毛橘子的话给呛住了，一时不知道该说什么好。从心里来说，傅路娃还真没喜欢上毛橘子。尽管小时候玩儿过家家，扮过新郎新娘。

路娃，上床吧。上床了就结婚了。我们好喝喜酒。工友们裹着铺盖衣服，不顾自己的滑稽样，起着哄。大家一起起哄，傅路娃只好匆匆丢下一句，格老子的，没一个正常的。上床就是结婚啦？他原本想让吴春劝劝毛橘子，没想到适得其反。逃也似的蹿出吴春他们的宿舍。

结婚吧。毛橘子被你害苦了，要嫁不出去了。吴春在背后喊，好像毛橘子不是他妹妹一样。

结婚那么容易。疯啦！傅路娃小声嘟哝了一句。可还是被紧跟后面的毛橘子听到了。

结婚有那么恼火？我们都这么老了。毛橘子拉住傅路娃。我们不是早就结过婚吗？

你……

你什么你？不认账呀。小时候，我们拜过堂的。

傅路娃哭笑不得。小时候过家家的事也算数？毛橘子一直生活在小时候的影子里。

傅路娃想，这样下去，今晚肯定要失身。

他眼睛动了动，橘子，我们要结婚，也得选个好日子嘛，这样才对得起你。还得弄两桌不是，你说呢？声音温柔得自己听起来都要起鸡皮疙瘩。

毛橘子沉默一下，好吧，依你。你说什么时候？

找个会看日子的师傅给看看，然后再说。

好吧。我二十四啦，你二十六啦。

傅路娃知道毛橘子在暗示，他们的年龄都不小啦。在抱村，这个年龄，没结婚，那是很奇怪的事。

好不容易将毛橘子安抚好。傅路娃来到路灯照射下的工地上，看着夜空下那些废墟，不禁长长地出了一口气，但接下来该如何处理这档子事，想得他头疼。最终想的是给毛橘子找个工作，让她进厂，这样才能避免发生还没想好的事。他想到了找王镇，这个在派出所当警察的朋友。王镇、常欣的爸爸常维与傅路娃结交方式很特别，交情也不一般。作为进城务工的人，说起来傅路娃是幸运的，就像在轮船上饥寒交迫时遇到王福生，他给他方便面吃，在宜昌下船后还给他五十元钱，让他去坐火车，后来他来申城将自己留在他身边一样。

七

傅路娃是在王福生手底下干活儿的第二年当领班的，这来得太突然，被老板任命时，他感到抱村的喜鹊此时来到他的头顶叽叽喳喳喜气洋洋地叫个不停。这是他在申城迎来的人生第一个春天，是他务工路上的一个重要转折点。离开家之后，他经历了很多事，也见识了很多形形色色的人。

在申城这个大都市，所见的事和人让他明白，一个拆房领班，说到底，仍是拆房底层的一员。可就是这样的底层的一员，傅路娃看到很多工友削尖脑袋，想方设法地与老板套近乎，想往里面钻。

他看到那些工友在王福生面前的媚态，烟不停地散，隔三岔五找着借口请吃饭，想得到领班在上班时的照顾，也想领班能在包工头或老板面前给自己说说好话，让包工头和老板多注意到自己，为能向前迈一步打好基础。可事实是，难得有一个能向前迈一步的。傅路娃性格比较直，宁折不弯。他从不懂得如何搞关系，平常怎样就怎样。在他心里，老老实实做事，踏踏实实做人，就可以了。这种性格，在他当领班、做包工头、再到当老板后，改变了很多，圆润了很多，但正直的心一直没变，变的是社交时的处事方式。

这天空掉落的馅饼，那么真实地砸在傅路娃的头上，这年他二十岁不到。当领班有自己上班的工资，还有额外的百分之十提成（这是领班费，老板不会额外出）。这在一个拆迁工地完工后的总工资基础上，提取的领班费用，是一笔不小的收入。

这种提成方式在拆房行业已经形成不成文的规矩。一个工地完工的总工资动辄几十万，少则也有个十万二十万。在二十世纪八十年代后期，一天能有二三十块钱的收入，那是天大的喜事了。所以有那么多人想当领班。

傅路娃在欣喜的同时，知道自己身上的责任。这与做员工不一样。做员工，只管自己做好，安全做到位就可以了。而当领班，不只是自己要做好，还得带领其他人一起做好。除了做好安全，防止意外事故发生，还要防止偷盗的情况发生。

这两样，在当时的拆房工地，没有一样是真正可以规避的。一来，拆房的员工都是从穷乡僻壤的地方出来的。穷怕了，苦怕了，偷拆迁的电缆电线或者其他值钱的东西去卖，比拆房子挣钱容易也轻松许多。哪怕申城的法律法规已有明文规定，偷盗电缆电线等会被拘留，会坐牢，仍然无法遏制住那些拆房工友对钱生出的欲望；二来，拆房本就有危险，让人防不胜防。摔伤摔残时不时会发生。更严重的，还会有摔死的事故发生。这对于老板或者员工来说都不是小事。

在班子成立时，面对一些熟悉与陌生的面孔，傅路娃不知道说什么好。当然，工友对他或多或少心里都藏有不服气。

看着围在自己身边的十多个工友，他突然有点怯场。那个平时一股牛劲的傅路娃不知道跑哪里去了；那个孤身一人无乘车坐船的费用也敢出来闯荡的傅路娃突然失踪了。工友们看到他这个样子，笑了起来。熟悉他的不停地起哄，路娃路娃，你也有今天呀！

这在傅路娃听来有两层意思：一是他此时的表现；另一个是他能做到领班这个位置。他在他们的起哄里，心情反倒变轻松了。说，就拆房来说，你们差不多都是我的前辈，各方面懂得比我早，熟悉程度比我深，所以拆房该注意些啥，不用我多说。但我还是要提醒各位师傅们，安全最重要，有了安全，我们才有一切。

拆房是高危险行业，在那个基本全靠人工拆迁的年代，那些上了年代的高楼低房，暗藏危险，因此安全是重中之重。傅路娃涉世不深，但他最怕看到生离死别。不是怕出安全事故，自己领班的位置没有了，而是疼爱着那些兄弟们的命。从这点出发，经过一段时间磨合，熟悉了每一个人的拆房能力后，他按他们的能力来安排他们上班时的工位。特别危险的，自己亲自上。

老板看到傅路娃这样带领班子，点头认可，对傅路娃说，你这个领班与其他领班不一样呀，人家领班多数时间在地面指挥来指挥去，你却总是自己往高处跑，有点不像领班了。

傅路娃用沾满灰尘和裹满厚厚茧子的手指，挠了挠后脑勺儿，傻傻地笑了笑，我不是没有带班的经验嘛，边做边学，边学边做。

好一个边做边学，边学边做。老板看着傅路娃，意味深长地笑了笑，然后拍了拍他的肩头，走进工地旁边的临时办公室，留下傅路娃摸不着头脑地站在那里，傻笑着目送。

在傅路娃目送老板的时候，一阵呼喊声传了过来，出事啦，出事啦！

傅路娃被这呼喊声整蒙了头，还没有反应过来是怎么回事，工友们已纷纷向传出呼喊声的地方跑了过去。

傅路娃突然打了一个寒战，一个意念袭了上来，千万不要是谁从房子上摔下来了。想到这里，傅路娃不敢再有犹豫，啥也不想，跟着往那个方向跑了过去。

那个发出呼喊声的地方，里里外外围了好几层人。有自己手下的工友，有其他班上的工友，也有附近的居民。有在相互询问发生什么事的，也有煞有介事模棱两可绘声绘色地描述着事故的。有说是从房子上面摔下来了，有说是与人打架了。

傅路娃耳朵里乱成了一团，往里挤了进去。他一边往里挤，一边上气不接下气地如那些不明就里的人一样发出询问。没等到回答，他已经看到两个斗鸡一样的人，一个坐在地上，一个站在那里。

坐在地上的是他手底下的工友老林，站着的是他不认识的穿着体面的中年男子，口里用本地话不停地叫嚣着，傅路娃知道他在骂人。在申城的这些年，傅路娃没学会申城话，但多数能听懂。特别是骂人的话，因他听得多了。操申城口音的男子手里拿着一根椽子，旁边站着一圈本地装束打扮的人。老林周围站满了自己手底下的工友和其他班上的员工，手里拿着椽子或拆房时用的工具。看态势，随时有发生群殴的可能。

老林在地上坐着，没有还嘴也没叫唤，但从他扭曲的脸看得出他在强忍痛苦。他不只是脸上受伤，血流满面，应该是身体上也有伤痕。

傅路娃瞬间血气上涌，从旁边一个工友的手里夺过从房子上拆下的椽子，挥手就往那个操申城口音的中年男子劈了过去。

中年男子惊恐地往后退，旁边的人也惊恐地喊叫着四散退开。傅路娃手里的椽子就要劈到那男子身上时，被一只大手抓住了。椽子停在与那个男子只差半米的空中。是工友黄林。黄林的个子大，块头像堵墙，如练家子。也只有他能抓得住。他抓住傅路娃的手，大声喊着，路娃，不要冲动。

傅路娃沸腾的血液一下子冷了几度，头脑清晰了几许，将手里紧握的椽子一头放在地上，另一头仍紧握在手心。在黄林的呼喝声里，他突然警醒过来，他因柴块无意识扫在吴春腰上的情景又出现在眼前。他不敢想象，如果黄林不抓住椽子，后果会如何。傅路娃呀傅路娃，你再也不要犯同样的错误了。他在内心里一遍接一遍地提醒自己。

本地人找他们拆房人员的麻烦，这不是第一次发生，也不会是最后一次。以前只是口头争吵或者辱骂，即便有冲撞，也没有像这样大打出手。看着老林那痛苦的神情，傅路娃深吸了一口气，努力压制着心中的怒火，脸扭过来对着中年男子，这到底是怎么回事？傅路娃此时，有天塌下来也要顶上去的气势。

申城中年男子在这个比他小很多的外乡青年男子面前，倒一时语塞了起来。他还没从刚才的惊恐中醒过来。傅路娃那劈山倒海的一劈，他听到椽子劈出的风声从头顶压下来，呜呜作响。要不是被黄林抓住，那后果会怎样，想想后怕不已。

黄林接过话说，他们是马路对面的本地居民，说我们拆房子的灰尘和敲打声影响了他们的生活，几个人跑过来揪住老林就打。我从房子上面下来，他们已被其他人拉开了。老林成了此时这个样子。

傅路娃怒视着那些本地居民，他身边的拆房同事，也用愤怒的眼神紧盯着他们。手里紧紧抓住各种工地用具，大有只要傅路娃一声令下，就集体冲锋的势头。在这种境况下，本地人明显不安起来，那是因恐惧产生的不安。因这群拆房务工人员下一步到底会做出什么，他们无法预想。面对那一双双冒着火焰的眼睛，他们不敢正视，但又不能不视。不视，怕傅路娃他们突然发难，到时一点准备也没有，就更麻烦了。

一边是怒火冲天，一边是瑟缩不安。大家似乎忽视了受了伤还坐在地上的老林，不是他疼痛的哎哟声惊醒了傅路娃，往下的情节真不知怎么发展。

傅路娃丢下手头的椽子，想到上医院，可没有车；想到打救护车电话，此时没有几个人买得起手机。只有为数不多的大老板用得起那像砖头一样的大哥大，可老板此时在不在办公室也不得而知。

人群里一个戴眼镜的老者，似乎看出了傅路娃的心思。他挤开围在前面的人群，走到离傅路娃不远的地方，用本地话说，去喊一个出租车吧。他话音刚落，另一个老太太抢着用吴侬软语说，哎哟，你看那脏兮兮的样子哟，出租车不得拉的。

听到这里，傅路娃将身子一矮，喊旁边的人搭手，将老林往自己身上扶。然后转头对黄林说，你带着兄弟们，让打人的一同到医院，挂号付费。

听到要自己付医药费，那个先动手打人的本地男子马上跳了起来，操着吴腔，阿拉没有给医药费的义务。你们这些小瘪三，不在自己家里好好待着，到这里来搞得乌烟瘴气的。我看你们是想钱想疯了，一群垃圾！

傅路娃本已平复下来的心，听到垃圾两个字，立马火了。背着老林站在原地，对着黄林怒吼道，他不给医药费，给打回来。老林被打成什么样子，就把他打成什么样！

听到傅路娃的这一声怒吼，两边立马剑拔弩张了起来，员工们手里的器具举了起来。本地人吼叫起来，尽管叫喊的是本地话，大多听不懂，但看得出他们是色厉内荏。在战火一触即发之际，一阵急促的警笛声由远而近疾驰而来。两个阵营的人面面相望，搞不清是谁报警了。

到此时，大家手里举起来的各种器具软了下来，谁也不想给警察第一时间看到是谁打人了。一个带队的警察走到傅路娃他们这边，有点傲慢地问谁是领头的。大家齐刷刷地将目光投向傅路娃。傅路娃虽然没有经历过这种阵仗，但他怀着"心里无冷病，胆大吃西瓜"的想法，大声应了一句，是我，傅路娃！

带队的警察看到傅路娃这天不怕地不怕的样子，不露痕迹地笑了笑，面上的神情也缓了下来。你先把受伤的人放下，我们谈谈，了解一下情况。

不得行！傅路娃说得斩钉截铁，掷地有声。伤成这样了，得抓紧送医院。

带队的警察走得更近一点，老林那张因痛苦而扭曲的脸，虽然被飞尘遮挡了，但还是清晰地出现在他眼前。有可能是拆房子那些灰尘的原因，老林看上去比实际情况还要严重一些。

哦哦哦。带队的警察连着哦了三声。是得立马送医院。继而严肃地面对拆房队的所有人员大声质问，你们谁先动手？

他、他、他……拆房队的人员齐刷刷地用手指指着那个本地中年男子。估计带队警察没想到会是本地人先动手，在他心里这些偏远乡下来的务工人员是野蛮的化身。他有点错愕地转头看向那个中年男子，然后回转过来，就算是他先动手，你们也不能聚众闹事呀，你们晓得这是什么性质？聚众斗殴，严重扰乱治安秩序！

是呀，是呀。他们这是不想让我们好好活了。本地居民人群里一个老年女子声嘶力竭地叫嚷起来。把我们好好的日子弄得污七糟八，到处是灰尘、砖头、渣子，走一步路都不好走。还有人趁我们不注意的时候偷东西，太可恶了。把他们赶回老家去！

对对对，赶回老家去。这些小赤佬，像土匪流氓，还要动手打人，这是反客为主呀！

这样的呼喊声此起彼伏，喊得傅路娃他们有点心虚。真像自己做了亏心事：自己来这里拆房子，给本地人带来了麻烦，怨不得人家会骂。其实，他们嘴笨，认识也浅，不懂得自己的劳作是为申城的城市建设在付出。他们只知道，自己到这里来务工，拆房子，是为了挣钱，为了改变自己的生活现状，而后改变自己家庭贫困的窘境。仅此而已。

这样的情况，他们处处都在承受，而有些事也是无法改变的事实。比如说偷东西，这是时时刻刻都在发生的事。别说拆房工地范围内，就是拆房范围附近的本地人家里，也会时常发生被偷的事情。

当然，这些事情不好说，是不是自己一起的工友呢？大家在相互猜疑。有时候谁看谁都像，又看谁都不像。关键是没有证据，也难抓一个现行。能抓到现行，那一切就都好解决了。拆房工地周围的居民不会老戴有色眼镜来看待他们了。

傅路娃时时在开班前会的时候说，大家除了注意安全，一定记住不要偷。不要因为那点小利，丢了我们的脸，丢了我们祖先的脸，丢了我们家乡的脸。我们不要做那颗坏一锅汤的老鼠屎。

我们穷，但要穷得有骨气。用血汗换来的钱，我们吃得安心，用得放心。

工友们唯唯诺诺地应承着，但接下来谁偷没偷，谁又偷了，风言风语传进傅路娃的耳朵。作为同是贫困农村出来的人，傅路娃很多时候睁一只眼闭一只眼，只要老板不看到，周围居民家的东西不去碰。工地上的东西拿点偷点，对于老板来说不算什么事，只是癞蛤蟆不咬人，恶心人。

此时，在众多人面前，被本地居民像嫌弃臭虫一样嫌弃，傅路娃像是自己犯罪了一样，有点无地自容的感觉。

改革开放让这个城市在动大手术。走在一条街上，不是这里在拆迁，就是那里在建筑；不是这条街在搞拆迁，就是对面的那条街。由于大量的人力需求，一时间，涌进了大量的外来工，他们大多数来自穷困的乡下，他们来这里的唯一诉求和渴望——找钱。想着法子找钱，只要能挣，什么事都有可能去做。

这种场景让傅路娃等真正安心拆房的人心里很憋屈。自己流汗流血，虽然最初是为了改变自己的生活处境，改变家庭的生活现状，但最终还是为这个城市的旧貌换新颜在付出。付出自己的青春，付出自己健壮的身体，吃城里人不想吃的饭食，穿城里人遗弃的衣衫，住本地人唾弃的地方，为了什么呢？

路娃，把我放下来。老林的虚弱叫喊声将傅路娃拉回了现状，让他猛然醒悟，该送老林去医院了，他还疼痛着呀。他对着本地那些嘶叫的人吼道，你们叫什么叫，没有我们这些人的付出，你们能住到舒适安逸的房子，能有舒适安逸的生活环境吗？你们先动手打人，难不成还有理了？打了人不送医院，你们就心安理得了？你们口口声声以大城市人自居，懂得比我们多，书读得也多，这就是你们的为人之道？你们口口声声说你们是文明人，我看你们比我们还不如！说完，他背着老林转身往人群外走。身边的工友自动让开一条路，有的上前帮着扶他背上的老林，防止往下滑。

　　你要去哪里？那带队的警察开口叫住傅路娃。虽然这是明知故问，他还是及时叫喊了出来。紧接着转头向本地人群里不轻不重地扔了一句，他说的也不是没有道理。来，坐我的车，我送你们去医院。后半句是对傅路娃说的。

八

老林被打事件发生后，傅路娃与那次事件中一个本地中年男子成了朋友，他叫常维，是这个区域旧城改造拆迁办的主任；与那个带队的警察王镇也成了朋友，这算不算人们口中常说的缘分呢？

这是傅路娃从来没有想过的事。

常维与王镇，在傅路娃的质问下进行了反思。其实，傅路娃的那些话他们不是没有想过，只是他们内心里有不想认可的东西在作祟。这是人之常情。每个人有他固有的生活环境，每个群体也是一样。就如拆房团队里突然插进一个城里人，他按他城里人的方式做事，你按你乡村人的方式做事，每一方都有不适应的反感心理。

常维听到王镇回过头时说的那句话，无声地低下了头。其实，他在旧城改造处拆迁办上班，有啥不懂呢？他回过头对邻居们说，你们回去吧，我给被打的人送医药费过去。这件事本与他没有任何关系，他只是看了个热闹，完全可以不管，不过他没有一点犹豫把钱送了过去。

在送傅路娃和老林去医院的路上，王镇说，傅路娃，你说的是实情，本地人对你们的看法与认识也是实情。你们对城市建设做出了贡献，但也给我们的治安环境带来了很大的破坏。当然，因你们，我们拓宽了视界，不断地完善一些法律法规，提高治安管理水平。你们都没有错。在社会发展和进步中，社会环境不可能一成不变。城市建设，肯定是不破不立，在破与立之间，离不开你们这群人。

傅路娃没有完全搞懂王镇说的不破不立，他想应该是与他们拆房子搞建筑有关吧。

常维主动送医药费，这让傅路娃没有想到。在他的认知里，本地人是有钱，但真要他们从腰包里掏钱出来，那真如找泥菩萨要前程一样难。常维是个例外。傅路娃本想将老林入院治疗安排好后，请王镇从中调和，打人者必须要承担责任。

傅路娃从常维手里接过钱的时候，反倒有些歉疚，左一个不好意思，右一个谢谢，弄得常维不好意思起来，用带着浓厚的吴侬软语口音的普通话说，傅路娃，这不是你我的错。你这样，我反倒无地自容了。王镇在旁边看着，鼓起掌来，都是好样的。接着说，傅路娃，说起来，常主任还是你的领导，旧城改造拆迁办的领导。傅路娃听到这里，倒吸了口气，心里说，还好没有大打出手。如果大打出手，必定会伤及无辜。到那时，自己和那么多工友的饭碗会不会保不住？

有些事似乎有因果。傅路娃的拆房事业有进一步的发展，基本缘于此。经过这次事件，常维时不时叫上王镇与傅路娃去他那里喝两杯。傅路娃为了回敬，尽管自己的收入不乐观，也会时不时地请常维与王镇一起小聚一下。

这样你来我往多了，大家也就熟络地以朋友或兄弟相称了。当然，傅路娃知道自己的身份。不管常维与王镇喊自己兄弟还是其他称呼，他始终叫常维常主任，叫王镇王队长。一是他知道自己的身份，保持谦卑的态度；二是，他们是本地人，是拿政府工资、端铁饭碗的人，有自己可望而不可即的职业，值得尊重。

傅路娃谦逊为人、踏实肯干、不认输的心性与不卑不亢的态度，是深深打动常维与王镇的地方。他既知自己是进城务工下苦力的人，又不只把自己放在务工人的位置上。好似在他眼里，不管做什么样的工作，穿什么衣，吃什么饭，走什么路，坐什么车，大家作为"人"本质上是一样的，不是钱和地位能区别开来的。有这样的心理，傅路娃被抓进派出所，也算是他的性格造成的。

那天，天上下着雨。好不容易有一个休息天，工地上的工友们，早在很久以前就规划好了自己的去处。有到其他工地去串门的，有到城隍庙徐家汇等各大商圈去游玩儿的，也有到外滩去看风景的。傅路娃想，这是一个难得的机会，他一直想买一辆二手自行车，上下班、给食堂买菜、到其他工地走走的时候骑一下。之前他特意借其他工友的自行车学过，就是为了有一天能买一辆属于自己的自行车。

他现在讨厌坐公交车。公交车不光挤，车上的售票员在查车票时还会带着抓贼的眼光，在你脸上审视一遍，然后看看你的穿着，冷着声音说，把你的票拿出来看看。

傅路娃最反感这种声音，那是一种一听到就会让人莫名冒火的声调。但没办法，你还得忍气吞声把票从兜里掏出来。如果没放好，丢了，不光要补票，还会受到奚落。也有脾气大的售票员，会骂骂咧咧，大庭广众之下让你脸红一阵白一阵，在这个城市，这是很常见的事。当然，这怪不得售票员，坐车逃票的大有人在，这是他的工作职责。

改革开放以后，四面八方的人蜂拥到这个大都市。在这个每一处都充满机遇和挑战的地方，谁都想掘一桶金，但在这里站稳脚跟还是很难。

很多从农村出来的务工人，或多或少带有根深蒂固的习性。那种看到一根葱就想占有的欲望，那种想将别人的田边地角变成自己的心理自然而然地冒了出来。这是历年来乡村生活造就的，不是一朝一夕能够改变的。

傅路娃看到过那些逃票的外来务工人员，为了一毛两毛钱，看到售票员查票，往车里人多的地方挤，在本就不大的车厢里与售票员玩藏猫猫打游击。傅路娃在不屑的同时，也满怀悲悯。进而想到自己的家，自己生活的那个落后的穷山村。

傅路娃上学上到初二，后来到申城后杂乱无序地看过很多书，明白一些道理，他心里明白，什么该是自己的，什么不该是自己的；什么该做，什么不该做。所以在自行车事件发生时，他才会与警察发生摩擦，而后被警察扭进了派出所。

天上的雨仍在不停地下。傅路娃骑着花了两百元从火车站旁那个旧自行车买卖市场里买来的二手自行车，永久牌，国字号老牌子，二十八寸载重自行车。心里说不上是充实，还是欢喜。毕竟那是半个月工资。

他骑着自行车想着心事，几个穿着便衣的协勤人员突然出现，将他拦了下来。他们是协助警察专门查办自行车偷盗行为的从业人员，他们持有派出所颁发的证件。这个职业，专为整治自行车偷盗事件而生。

申城是平平坦坦地势，如果没有房子，应该可以一眼望不到边。因此，自行车是申城人必备的出行交通工具。

此时的申城，因大量的外来人员涌入，自行车偷盗事件也越来越多。最初，自行车是不上牌照的，也没有自行车持有人的相关证件，后来有了。自行车本来没有钢印，后来也有了。在大架上打上专属的钢印编号，这样，自行车被偷后，就能有效地查处和寻找到自行车车主。

傅路娃被拦住了，他压住心里要冒出来的怒火，这是刚买的呢，你们拦住我干啥？就在那边那个旧自行车买卖市场。

那几个人没有理傅路娃，其中一个伸出手说了声拿来。

拿什么？

自行车行驶证！

自行车行驶证？自行车还要证？傅路娃蒙了。他在心里问，自行车也要行驶证？他突然想起，买自行车的时候，老板问，是买有证的还是买没证的？他问有证的多少钱，没证的多少钱？老板说，同样的车况，有证的比没证的要多 100 元。傅路娃选择了没证的。他想有证没证不都是骑嘛。那 100 块对于他来说，不是小数目。

不要证，那不要乱套。那我们还来查什么？其实，自行车行驶证不算新生事物，是自行车被偷盗成灾过后的必然产物，是自行车的户口，是治安管理的一种手段。只是傅路娃不懂。

没证你们就没收呀？这是我刚买来的。傅路娃急了。在他的认知里，只要是自己用钱买来的，就是我的。我拿钱买的，不是偷。你们凭啥查收？

谁能证明你是买来的？没有行驶证，你有购买的原始手续吗？

那边的老板能证明呀。原始手续也没有。

他能证明？要是不能证明呢？那就是你偷来的。

嘿，嘿，嘿……傅路娃气极反笑。他感到有理说不清。这明明是自己买来的，没有行驶证，如何说清？

这样吧，你说你是买来的，反正这里离二手市场不远，我们陪你走一趟。要是老板不给你证明，自行车必须没收。另一个看上去比较随和的人说。

走就走。傅路娃笃定老板会作证，刚刚从他那里出来，他不可能这么快就将自己忘掉了。

来到卖二手自行车的地方，老板好似跟自行车查办人员很熟，相互间点着头，笑了笑。傅路娃看他们熟，想来只要老板说是从他这里买的，就会没事了。

傅路娃焦渴地望着老板，等他给自己证明。可老板不急，从兜里掏出一包硬壳中华烟，给那几个查办自行车的人分发。分发完后，又从兜里掏出打火机，嘴里用申城本地话哇啦哇啦地与他们说笑。完全当傅路娃不存在一样。

此时的空气对于傅路娃来说，是紧张而又有点惴惴不安的。尽管他心里笃定，自己花钱了，我不怕。可每过一秒，心中的焦急就多凝结一分，一分一分地重叠，焦急的心情就越来越不可控制。

他实在等不下去了，走过去拉了老板一下，用蹩脚的普通话说，麻烦给他们说一下，这辆自行车是刚从你这里买的。我回工地还有事。

从我这里买的？我不记得你来过呀。老板厌烦地扒拉了傅路娃一下，厌恶地对傅路娃说。

你……傅路娃气得说不出话来。

别你呀我的啦。一个查办自行车的人阴阳怪气地说，认了吧。

认什么认？傅路娃吼了一声。推着自行车要走。

没那么容易。查办自行车的人挡住傅路娃的去路。要么，留下自行车，你走人。要么，你随我们一起去派出所说个清楚明白。到底是不是偷来的。

偷你个 ×。傅路娃此时已愤怒到了极点。自己花血汗钱买来的自行车，到此时倒成了偷车的贼。有理没地方说理去。

还骂人？走，连人带车一起跟我们走一趟吧。另一个嘴上说着手已搭上了自行车车把手。

走开。别没事找事。傅路娃用力往前推了一下自行车，但没推动。要不，老板，这自行车我不要了，你把钱退给我。

退什么退？你是在我这里买的吗？谁能证明？我能卖没有证的自行车吗？要不，你看看，我这里哪辆自行车没有证，我就送给你！老板说得铿锵有力，信誓旦旦，让人无懈可击。

又是谁能证明，傅路娃有点抓狂。你良心给狗吃了？人在做，天在看。你会遭到报应的。在愤怒之下，本就有点口拙的傅路娃一时找不出什么好的词汇，只能用在家里那点常识来回敬，像泼妇骂街，又像面对无能力改变的事实，托付给莫须有的神灵来平衡事态与心理的失衡。

小瘪三。老板嘴上骂着，人已一个大跨步来到傅路娃面前，甩手一巴掌，结结实实地打在傅路娃的脸上。傅路娃想伸手挡，可双手撑着自行车，没办法挡，想挡也来不及。

脸火辣辣的，泪花在眼里打转。他快速撑好自行车支架，一个巴掌雷霆闪电般向老板回敬过去。几名自行车查办人员一拥而上，将他架起来，连人带车架到了派出所。

到派出所后，进行了审讯和笔录。傅路娃已经明白，该出来证明自己无辜的人不会出来。自己即便浑身是嘴，也没办法说清楚，但他始终不承认自行车是自己偷的。可也找不出不是自己偷的证据。派出所最终决定，自行车没收，拘留15天。在填联系人的电话时，他没有电话可留，随便填了王镇给他的电话号码。他想，这不过是他们的一个程序罢了。

傅路娃被关在没有窗户的小屋子里，正好有时间来想想这些年，想想在申城拆房子的一点一滴。回想从家里跑出来，在身无所依，就要流落街头的时候，遇到了王福生，开始了自己的拆房生涯。从普通拆房工人到领班，一切都那么自然而然，基本没有受到什么挫折，自己是幸运的。这样无厘头的不幸还是第一次，似乎也让他明白了一些东西。

在派出所待了两个小时，突然有人打开门，说有人找他。这让他没想到，谁会来找自己？自己出事也没让工地上的人知道，谁会知道他在这里呢？到所长办公室门口，他看到王镇坐在里面。王镇听到脚步声，抬头看到傅路娃，马上站了起来，嘴上连声说，来来来，兄弟，坐坐坐。没想到你会摊上这样的事。

嗐，人倒霉喝口水都要被呛死。傅路娃有点儿不好意思，带着自我奚落的口吻回应道。当然，里面也包含对整个事件处理的不满，但也没办法。

他们是公事公办，没办法。王镇拍着傅路娃的肩头。是坐一会儿，还是现在就回去？

回去？回去，不坐了。

那走吧。王镇一边与所长打招呼一边说。

自行车呢？

自行车算了吧，这是政策规定。他们还得寻找这辆自行车的失主。再说，你拿去骑，下次再被查到怎么办？

可我花了200块钱呀。

嘻嘻，当买个教训吧。要不是王队长保你，你还得在里面待着。所长说。

原来，出于规定，派出所第一时间按傅路娃留的联系电话打了过去，通知联系人傅路娃现在的情况。没想到王镇是一个重情重义的人，与傅路娃交往了一段时间，清楚傅路娃的为人，趁有空，第一时间赶过来担保了。

九

改革开放在申城早已是风生水起，处处是拆迁的废墟，到处是亟待建设的工地。申城是个有着各种风云传说的大都市，对于闯进申城的乡下人来说，没有一处不是吸引人的地方。时时走过一条街巷，或者脚踩在街头的一块地砖上，都会生出一种幻想：这是哪个风云人物踩过的吧，这是哪个落魄的人坐在那里乞讨过吧……

对于外来的务工人员，这些是不合时宜的想象，穷人眼里无风景。为了多挣一点钱，他们似乎只知道每天没完没了地出工上工。偶尔有休息天，除了待在工地上，让身体机能恢复一下，就只有打打牌，排解一下工地上的苦累寂寞和想家念亲人的情绪。

傅路娃从牌桌上下来，因有工友等着上场。为了让大伙高兴，得让兄弟们玩儿乐玩儿乐。他爬上床铺——一个用拆迁时拆下来的木板门搭起来的床。他想好好休息一下。可还没真正入睡，一个接一个的叫喊声挤满了一床。

傅路娃，有你的电话。

傅路娃，接电话。

傅路娃，有你的电话。

傅路娃，接电话。

那些工友们学着公用电话亭老板的腔调，一声声地重复，让睡意蒙眬的傅路娃哭笑不得。

嗔怒了一声，你们有完没完？

这时拆房工地对面的公用电话亭里的叫喊声又响了起来。傅路娃匆匆扔下这句话跑了出去。

这是傅路娃每走一个拆房工地，其他人要找他时的唯一联系方式。比如老板要找他，比如王福生要找他，或者其他拆房时认识的兄弟要找他……他以为又是哪个兄弟要喊他晚上喝酒，拿起电话，话筒里传来一个女孩的声音，甜甜的软软的，是吴侬软语的腔调。他愣了一下，他从来没想过会有这样一个女孩打电话给他。在他的记忆里，没有留过电话给这样的女孩，那些女孩也是他可望而不可即的，是敬而远之的。

怎么不说话？我爸喊你到我们这里来一趟。

你爸？

常维。你不会说不认识吧？

哦哦哦。傅路娃应答着，有些迷茫。常维他知道，可他的女儿他不知道，他们没见过。

她说，我爸有事找你，让我帮忙打个电话。

按常理，本地人一般不会邀请外人到家里玩儿，更别说你是外乡来的务工人员。

但常维给了傅路娃一个例外。这个例外，让太多人不理解。估计连常维自己也有些不理解。而事实上，他把他喊去了，还有王镇。

到常维家的时候，天已经黑了，王镇也在。他们等傅路娃，已经成了习惯。

本地人每天晚上吃饭比较早，吃完了，他们会出去逛逛，说是消食，有益于身体健康。

因傅路娃，常维与王镇似乎发生了一些不易察觉的改变。

刚端起酒杯，门被推开了。走进一个女孩。

傅路娃条件反射般站了起来。

你……

你……那个女孩也同时惊呼起来。

你怎么到这里来了？

你怎么到这里来了？

常维与王镇一头雾水。看看傅路娃，又看看女孩。

欣儿，怎么回事？常维一脸茫然地问。

傅路娃，这是怎么回事？王镇诧异地问。

傅路娃听到常维叫那个女孩欣儿，明白这是他的女儿，前面给自己打电话的女孩。哦，原来你是……

那女孩听王镇叫傅路娃的名字，知道他是自己上午打电话通知的那个人。哦，原来你是……

你们不要你是我是的了，说说，是怎么回事？王镇打断他们的对话。

说来傅路娃与常欣的相识是一个偶然。

那是一个雨天。夏天的雨。雨雾弥漫得眼睛看不清百米之外的事物。

傅路娃的烟抽完了，这么大的雨，不想出去买，但烟瘾上来了。他在屋角找了一块两尺见方的木板，顶在头上往马路对面的小卖部冲，没看马路上是否有其他人或者车辆来往。

事件很多时候就发生在这样的不管不顾里。在一声呀的惊呼声里，傅路娃被一辆自行车撞倒在地，紧接着听到另一个人倒地的声音，那倒地的声音大过了哗哗响的雨声，惊呼声后是哎哟哎哟的叫喊声。

傅路娃发现自己闯祸了，被撞倒后顺势在马路上滚了一圈，随后爬了起来。顾不得自己被摔疼的屁股，跑过去将摔在雨里喊痛声不断的人扶坐起来，她穿着雨衣，是一个比自己小一点的女孩。

听口音，女孩是本地人。

傅路娃用力想将女孩扶起来，可女孩刚往上一用力，就哎哟一声惊叫起来，身子往下矮。她右脚崴了。傅路娃左右看了看，除了零星几个穿着雨衣骑着自行车赶路的人，周边一个人也没有，也没有出租车经过。

有那么一瞬，他想一走了之，可憨厚负责任的性格告诉他，做人不能这样。到如今，他仍时刻为吴春的事件后悔，也愧疚得不好意思回家，时不时被噩梦惊醒。这些年，他挣了一些钱，却无法孝敬父母，无法第一时间帮助那个贫困苦难的家。这成了他目前最大的心病，是一个让他无法原谅自己的隐痛。

雨水哗哗啦啦地击打在他的脑袋上，而后顺着往下流，如一条河流。流得他眼睛只能睁一下，而后闭一下，又睁一下。

这情况让他顾不得男女有别，也没有考虑谁给医疗费用的事，只想以最快的速度将女孩送到医院。他半睁着眼，弯下腰，直接将女孩拉到自己背上，背着她往五百米开外跑。那里有一家私人医院。

雨水淋打在女孩穿着雨衣的身上，然后流到他身上。傅路娃双手拢着女孩的双腿，任由雨水在脸上肆意地流，顺着下巴吧嗒吧嗒地砸到马路上。

处理好一切后，女孩让护士给她家里打电话，让她父亲来接她。

傅路娃守在医院的大堂里，衣服已不滴水了，但浑身仍湿漉漉的。

等了很久，可能是雨太大的原因，女孩的家人仍然没有出现。

已经包扎完，女孩看到傅路娃的衣服在冒热气，是他体温散发的热量在慢慢把衣服烘干。

回去吧。估计一会儿我爸妈也该到了。她不忍心看到傅路娃这狼狈的样子，让他先回去。

护士和医生也劝他，一会儿女孩的家人就来了。你回去吧，或者把衣服换了再来。

听到说把衣服换了再来。他心动了，也好。反正离这里不远。

别来了，不是你的责任，是我骑车没注意。

没有。没事。只是……傅路娃有点诚惶诚恐，没想到女孩将全部责任揽到了自己身上，一点儿不怪自己乱穿马路。

只是什么？女孩急急地问。她以为傅路娃被撞到哪里了，要她赔付什么。

自行车不见了。我回去看时，自行车已经不在了。傅路娃吞吞吐吐地说。

哦哦哦，这个，没多大事。

这似乎应了缘分一说，也应了讲评书的一句口头禅——无巧不成书。

事情这么巧，要不是那场大雨，傅路娃可能认识不了常欣。要不是那场雨，常欣不会从他们拆迁工地那条马路经过。常维家离拆迁工地不远，平常在拆迁时，灰尘大，还很危险，他们基本上是绕着走。

常欣一点没有看不起外来务工人员的意思，也不因自己是本地人而骄傲。这在傅路娃心里烙下了深深的印痕。虽说长相不是娇滴滴的千里挑一的大家闺秀，也有大城市姑娘的时尚与知性。

常维看着傅路娃，原来是你呀？你完全可以不管嘛。

这是不撞不相识嘛。世事有时候总那么巧。王镇在一边调侃道。

常维曾给傅路娃说，想介绍他直接从拆迁办接点拆迁的活儿做，事情还没最后落实，赶上这个节骨眼儿却出了这样的事情。

为了感谢常欣的大度，也为了让常维对自己有更多的好感，傅路娃买了一辆凤凰牌女士自行车，给常欣送过去。

常欣坐在椅子上，正在看书。常维的房子是标准的申城老式阁楼，小弄堂。估计下一步就要被拆迁了。常欣看到推着自行车走过来的傅路娃，想站起来，被傅路娃叫住了。

傅路娃将自行车支架好，然后问常主任在家没有？他知道此时常维应该没在家，上班去了，只是没话找话问了一句，算是开场白。

在得到常欣的回答说没有之后，他顺便问了一下她脚的恢复情况，然后说，感谢宽容，不追究责任，但丢了的自行车还是要赔。而后放下购车发票，转身就走。留下常欣在那里喊，我们都有责任，把自行车推回去吧。

傅路娃边走边扔下一句，不啦。我推回去，给谁骑呀。

夜色暗黑下来，路灯相继亮了起来。傅路娃匆匆冲洗掉身上的尘土，换上一套刚买来不久的运动服，更显精神了。他也搞不清楚自己为什么会买这套运动服，在买那辆女士凤凰牌自行车时，看到了就买了。一点没犹豫。以前，傅路娃不注重穿着，花十块二十块，随便买一件穿。花两三百块买一套衣服是第一次。

到常欣家时，王镇也在。常维与王镇上上下下打量了一眼傅路娃，小子，不错嘛。今天穿得这样精神，是不是在谈恋爱了？说得傅路娃脸一红，不好意思地低了一下头。

谈啥恋爱呀？我一个穷务工的，什么叫恋爱？王大哥，你教教我。

嘿，这是没办法教的。就看你开不开窍。也该谈了，老大不小的，二十多了。

谈什么谈呀？这时常欣出来了，穿着一条粉色连衣裙，有点婴儿肥的脸被映照得更加可人。

谈恋爱呀。我们说路娃兄弟的事。不过，你也该谈了。再不谈，就成老姑娘了。看到时候谁要你。王镇开玩笑说。不过，除开家世，你与路娃，还是挺般配的。

家世怎么啦？这个时代，看的是人的本身。看他有没有向上的精神和为人处世该有的良善。你们那世俗的眼光，难怪与我们有代沟。常欣噼里啪啦地接过来说出自己的看法。

哈哈哈，原来妹子心中早就有人选了。王镇将嘴角和眼角一起撇向傅路娃。

傅路娃明白，尽管自己对常欣有好感，可真要处对象，那是不可能的。进城务工人员的身份时时刻刻分分秒秒在提醒他。常欣是地地道道如假包换的申城人，是旧城改造处拆迁办主任的女儿，中间的差距太大了。

常维看他们开玩笑，一言不发，只是微笑着看着他们。听到王镇这样说，作为主人，也跟着说，来来来，吃饭。不然，菜都该冷了。

傅路娃与王镇一起到常维这里来过很多次了，以前连常欣也没见过，这次常欣在家，可常维的老婆仍没看到。

常维的老婆是医生，加班上夜班是常有的事。

对了。路娃，你觉得你有能力独自接下拆迁事务不？酒过三巡的时候常维打开话题。

我没本钱。傅路娃摸了一下鼻子。端着酒杯敬了常维一下。

哦。找人，拆迁，安排等等呢？

这个没问题。拆房几年了，带班当工头也有四五年了。各种流程，各个拆迁环节都明明白白清清楚楚。

但要做好还是不容易，特别是安全问题。常维有点担心地说。

是的是的。现在最怕的是安全事故。王镇端着酒杯说。我觉得，路娃要独立起来，哪怕做个小老板也好。不然，只能打一辈子工，下一辈子苦力了。

其实，钱嘛，主要收取的是保证金。为了防止安全事故发生，老板跑路，员工找谁要工资去？旧房拆迁是这样的，拆迁时，拆迁办会给一定的垃圾处理费（有的还会给人工费）。有的老板在拆迁办拿到拆迁工程后，自己嫌麻烦，不拆，而是将它转卖出去，垃圾处理费或人工费揣进自己的口袋，还要从中拿到一笔数目可观的转手费用。

是呀。目前靠拆迁当上老板，挣到钱的人多了去了。王镇自顾自地喝了一口。

这样吧，你看你找点安全保证金能找到不？先给你弄个小工程来做做。如果做得好，后面继续合作。做不好，那另说。但我们兄弟还是兄弟啦。常维吃了口菜，不紧不慢地说。

你与谁是兄弟呀，老爸。常欣娇嗔地喊了一声。

对呀，这不是乱了辈分嘛，常兄。王镇哈哈一笑，我们的欣妹妹不干啦。

王大哥，你……常欣口里喊着，不知道下一句该如何接下去。

别打岔，我们说正事呢。常维说，估计你一时半会儿要找到钱也不容易。后半句是对傅路娃说的。

傅路娃没接话，他每年挣的钱，除了生活开支，大多数自己存着，想着什么时候能回去了，带回家，建房子，从那个岩洞里搬出来。

但要拿出那笔对于他来说如天文数字般的保证金，还是很难。借也没地方借。

老爸，你给想个两全其美的办法嘛。你想，他一下子哪能拿出那么多钱来呢？

哟哟哟，我们的欣妹妹在帮路娃说好话了，那以后还得了呀。王镇在下班后完全与他上班时不一样，上班时严肃严谨，下班时幽默风趣，爱开玩笑。

不是啦，我是想感谢人家，那么大的雨，把我送到医院。自行车丢了，本不是他的责任，还新买了自行车赔我。

那是该感谢，是该感谢。王镇哈哈一声，好久喝酒。

不是在喝吗？

这个酒与那个酒不一样。王镇摇头晃脑地说，样子有点滑稽。

酒与酒不一样？不晓得啦，我没喝过酒。常欣学着王镇摇头晃脑的样子，看上去，比王镇还滑稽。

喜酒呀。王镇忍住笑，用军人直接的作风说出了这几个字。

你……常欣被取笑得再也坐不下去了，丢下一句不理你了起身往里屋跑了。

常维哈哈地笑了起来，这丫头……哈哈哈，本来今天是欣儿说要感谢路娃送的新自行车，结果，这一闹，她感谢的话还没说，人却跑了。来来来，我们继续喝酒，其他的事后面再说。

十

毛橘子被送走了，傅路娃心里悬着的一块有点烫的山芋终于放下了。

但毛橘子不是回家，而是去了郊区的一家纺织厂，国营的。临时工。傅路娃请王镇帮忙物色的。

傅路娃曾试探说，橘子，我送你回家吧，这里不是很适合你。

毛橘子说，你要送我回家可以，那我们得先把婚结了，房同了，我就回去。

当着那么多工友，说得傅路娃的脸红了又红，很想找个台阶走人，可没有这个机会。只能连声说，好好好，不回去。他只能说不回去，不然还能怎么办？

毛橘子被送走后，傅路娃的生活表面上又回到以前了。其实，那是不可能的，如白纸染皂了，还想是白纸？毛橘子在去纺织厂时说，你必须半个月来看我一次，如果不来，我就不做了，还回工地。

傅路娃被弄得哭笑不得，他不能反驳，怕一不小心，毛橘子发飙，马上就回工地了。周围来来往往的人这么多，要是与她干起来，那得有多难为情。他只能一个劲地点头，嘴上说着，要得，要得，一定来。在答应的同时，脑海里又闪现出了常欣的身影，但只是想想，可谁又规定外来务工的就不能想？又或者说，谁规定了外来务工的就不能与本地女孩子发展有可能的爱情？

时代在变，之前农民还只能在自己的一亩三分地里觅食接种延续，哪想到过能进城生活，如今不是来了吗？

　　常欣这次没打电话，而是直接骑着傅路娃买的那辆凤凰牌女式自行车，一飘，就飘到工地上来了。常欣的出现，在工地上引起了轰动。手里干着活儿的忘了要继续干下去，没干活儿的站着直勾勾地盯着常欣不放，脚如抱村黄葛树的根一样，紧抓石头崖壁大地，任你狂风暴雨，也休想动得分毫。

　　苟飞像在拆房的废墟堆里发现一枚金戒指一样，眼冒金光，叫嚷起来，舅舅，难怪你不与舅妈同床，原来是有另一个娇滴滴的舅妈藏起的呀。

　　吴春在旁边狠狠地剜了苟飞一眼，像要剜去一块肉才肯罢休。

　　苟飞没理他，只是得意扬扬地斜看了吴春一眼，大有你看我舅舅出息了之意。

　　苟飞说的是家乡话，常欣听不懂，一声接一声地问傅路娃，他说的什么呀？是不是取笑我？

　　傅路娃用家乡话说了一句，还好你听不懂。

　　这下常欣不干了，从他们的表情里，知道说的不是什么好话。抬起手要打傅路娃。傅路娃往旁边一闪，想躲开。常欣不干，顺手抓住傅路娃那飘荡起来的衣角。傅路娃虽然是领班，但有很多时候自己也会动手做事，所以衣服看起来比其他工友干净，实际上也很脏。

　　常欣下意识地想放开，可转瞬间又紧紧抓住。这小小的动作，没能逃过傅路娃的眼睛。连声叫着大小姐，快松手，衣服脏。别把手弄脏了，不好洗。

　　不松。你把他刚才说的啥给我说了再说。常欣边说边用眼睛看向苟飞。她不知道苟飞叫啥，也不知他与傅路娃的关系。

　　没啥的，他夸你长得漂亮。

　　你骗我。看他那个神情，就知不是夸我。其实苟飞一半是夸一半是调侃。常欣用力拉了一下，傅路娃没提防，脚正踩在坑洼不平的地方，一个趔趄，撞到常欣身上，手也不由自主地抱住了常欣。

妈呀。常欣惊叫起来。手放开傅路娃。傅路娃身上拆房子的灰尘印在常欣的身上，占了半壁江山。

傅路娃慌了忙了，像触摸到刺猬的手，瞬间松开，接着用手去拍打常欣身上的灰尘。这一拍打，灰尘没拍打掉多少，反倒把手上的灰尘拍到她的衣服上，一拍一个手印，常欣脸上的红晕越拍打越多。

舅舅，别拍打了。舅妈的脸被拍打得要着火了。这次苟飞用他那不熟练的普通话憋腔憋调地喊叫，有点落井下石的味道。

你……常欣听清苟飞这时的喊话，联想起前面自己没听懂的，应该是在调笑自己与傅路娃的关系。脸更红了，连耳垂也红了起来。一把推开傅路娃，边往自行车停放的地方跑边喊，我爸说有事找你，让你下班了过来一趟。

哦，岳父找。苟飞带头起哄。

哦，岳父找。

哦，岳父找。

工友们一声接一声地叫嚷起来，在工地的上空回荡，虽然没有空谷回音的激越，但也是谱写了一曲难得的乐章。

还是八字没一撇的事，这样笑下去，会给他和常欣两个带来难堪。再往后只怕想见一面都难。

大伙看到傅路娃走进去了，也跟在他身后走了进去，但还在闹闹哄哄地说着刚才的事。有的说路娃要成为申城女婿了，有的说路娃要攀上高枝了，有的说傅路娃家的祖坟埋对了……

吴春圆睁着眼睛，你欺骗毛橘子的话，我跟你没完。

而傅路娃想的是，常维喊自己去做啥呢？

这要是在以前，傅路娃是不会想那么多的。总是会在心里说，到时不就知道了。可如今，他的心事多了。比如前面王镇的取笑，让他对常欣有异样的心情，现在更加有异样了。比如，常维说从拆迁办去争取拆房项目的事……他知道，现在不像以前了。以前常维和王镇隔三岔五喊他去，一起喝喝小酒，聊聊耍耍；现在好像是每次喊他去，都会有事商量，有事要做。

傅路娃纠结着，没心思做事。没心思做，还是不得不做。拆房工作的特殊性，让他没理由疏忽，一旦出现安全事故，那可不是小事。

他强打起精神，看看这里，看看那里，有工友处理事情不当的地方，必须第一时间加以制止。当然，在心情的影响下，难免会粗言粗语。好在工友们看出来了，从常欣到来后，傅路娃变得心事重重了。大家认真仔细地做着手头的事情，最大限度地不做违规或者不规范的操作。傅路娃平常待人如何，大家心里有杆秤。此时不能给他添麻烦。

傅路娃此时是度秒如年，人常说坐立不安，他没地方坐，是站立不安。拆房工作，没地方坐。每走一步，好似踩到了什么硌脚的东西一样。伸出去，又收回来；收回来，又伸出去。

最终的结果，该来的会来，该去的会去。

在两个可能到来的事情面前，他知道，不管哪一个，对自己都重要，没有偏向哪一个的理由。女朋友，事业，他都想着要。可事实是什么呢？有些东西好似不言而喻，就那么若隐若现。

本没多少想法的傅路娃，也动了心思。记得老板说过，难道你要在底层拆一辈子房子？他当然不想。特别是常维在那次说出他的想法过后，他的心已经不能平静下来，不光是挣点工钱那样简单了。可自己没本钱，又没地方可借，这是一个难题。这个难题，比跟常欣谈恋爱似乎还要难。

以前的拆房工地与常维的住处邻近，下班后走路赶过去用不了多长时间，现在搬工地后，走路得两个小时。尽管此时正值初秋，但天黑得比较早。傅路娃想赶公交车，可正是下班时间，不一定挤得上去。再说，公交车一摇一停的，不晓得什么时候才能赶到常维那里。

他返身折了回去，走到工友黄林的宿舍，推出黄林那辆28寸老式永久牌自行车，等不及黄林从工地上回来跟他打个招呼。边推边跑，一个飞腿，骑了上去。像做贼一样，头也不回地一溜烟儿跑了，不管从拐角处冒出头来的黄林大喊大叫。傅路娃心里乐得开了花一样，吹起了口哨。

在他为顺利骑上自行车而得意扬扬，口哨吹得比平时还响的时候，一辆公交车从后面擦肩而过，呼啸的声音响在他的耳边。他感到自己左肩头往前一沉，自行车在突然往前加速蹿的同时，身体向右边斜倒下去。一阵刺心的痛瞬间传遍全身，他想用右手撑地爬起来，却用不上力，只有疼痛让他的脸变了形。右手臂在倒地的时候，脱臼啦。

公交车司机从后视镜里看到傅路娃倒在地上，停下车，骂骂咧咧地走向他。小赤佬，不要命了呀？！想死找个好点的地方嘛，不要来祸害人，你个穷瘪三。

傅路娃被骂得一愣一愣的，突然火冒三丈，不知哪里来的力气，右手的疼痛居然没有觉察出来，他从地上爬起来，向司机冲了过去。

可想用右手抓住司机挥过来的手臂时，才发现右手是真的抬不起来。一动，疼得钻心。司机并没有理会傅路娃的表情，他见傅路娃向自己冲过来，毫不犹豫地握紧拳头，闪电般朝傅路娃打了过去。本就疼得龇牙咧嘴的傅路娃哎哟叫喊一声，向一边踉踉跄跄地倒退过去，差一点摔倒在地。脱臼的右手臂晃荡着，傅路娃连忙用左手抱住，不让它晃动，这样就没有那么疼了。

从公交车下来的乘客，有的是本地的，有的是如傅路娃一样背井离乡的，大家你一言我一语地说算了吧。我们赶时间，天都黑了。你们这样闹有结果吗？报警吧。这样能解决问题吗？你也是，骑自行车也不注意点。

听到这句，傅路娃更来气，我怎么注意？我在前面，并且很靠边了。算了算了，快去医院吧。手都这样了。一个同是进城务工的中年男子扶着傅路娃，这样争不出结果来的。我们出门在外的人，能忍就忍吧。是呀，是呀。你们出来主要是挣钱，和气生财。快去医院包扎一下。一个本地穿着打扮很雍容的大娘对傅路娃说。接着对公交车司机说，人家的手臂已脱臼骨折了，你不要这样子。再说，你在后面，人家在前面，又没有左摇右晃地乱骑车，难道他背后有眼睛？是呀是呀。这不只是骑自行车的问题。大娘的话刚说完，很多围观的人也齐声附和。

走吧走吧。我们赶时间。公交车司机被几个本地人推拥着走上公交车，一句好听的话也没留下。傅路娃抱着右臂，茫然地盯着慢慢消失在街道拐弯处的公交车发愣。心里一股怨气集结着，找不到发泄口。他狠狠地向那只脱臼骨折的手臂拍了一下，疼得他一咧嘴。不过，疼让他清醒了一点儿。

周围看热闹的人慢慢散去。自行车还倒在地上。傅路娃弯下腰，本能地用双手去抓自行车龙头，想把它扶起来。可右臂及时发出了抗议的信号——疼。没办法，他围着自行车，转到另一面，用左手抓住自行车三脚架正中，用力往上提，然后让自己的身子靠上去，待自行车立稳后，他左手抓住龙头正中，往工地那个方向慢慢推去。

好在长期从事体力活儿，长期练习武术，左手臂的力量足够支撑推行自行车。尽管右臂没有用力，但左手臂一用力，由于惯性，右臂还是不自觉地动一下，还是会疼。等到他推回工地时，天早已黑尽，昏黄的路灯光下，工地的废墟在朦胧里，看上去，就像傅路娃此时的心情，一塌糊涂地失落和沮丧。正好走出宿舍小解的黄林看到了他，跑过来接过自行车，口里问着怎么啦？眼睛却在自行车上不停地转。

傅路娃知道黄林的心思，别看啦。哪里坏了，你去修车铺维修，钱我给，瞧你那个小样。说得黄林嘿嘿一笑，你这是说什么呀。立即扯开嗓子喊苟飞，你舅舅出事了。一来，掩饰自己下意识表现出来的小气的难堪；二来，也是出于本心。傅路娃的右手伤这么重，不去医院是摆不平了。

常维那里没能去，还出现这样的意外，似乎很多东西，在生命中自有安排。傅路娃本想给常维打一个电话，可到医院后，医生不让出来了。说打好石膏的手臂，必须静养，起码一周才能出院，不能乱动。借医院的电话打吧，而那里早已挤满了人。每一个拿到话筒的人，都舍不得放下，最后他只能摇着头放弃了。

傅路娃没有大哥大，也买不起手机，比如摩托罗拉、诺基亚，动不动上万元。他只有一个 BP 机，是下狠心才买的。方便联系。他以为常维他们等久了，没见他到来，会呼叫他。结果没有。这出乎他的意料。

手臂打的麻药药性消失，疼痛加剧，他也就没有那么多心思去想了。一门心思与疼痛展开博弈。其他的后面再说吧。

十一

有好几天没见到苟飞了。确切说是从哪天开始的，傅路娃也说不上来。他右手臂刚打上石膏后的那两天，做啥啥不行，吃啥啥不香，所以没心情去注意啥。他将工地上的事，临时托付给黄林照看。偶尔去工地上走走，提醒一下大伙要注意安全。

有人跟傅路娃说，苟飞有自己的工地了。这把傅路娃惊喜了一跳。难得呀！自己来这里好多年了，除了混个领班，始终没有机会当上包工头，就更别说老板。他在心里说了一句，这孩子，会搞。但他为什么不跟自己说呢？他在心里画上一个大大的问号，我这舅舅难道做得这么失败？

他除了夸奖，除了说比自己强，找不出该用什么样的方式表扬苟飞。那天晚上回来后，他跟苟飞说，舅舅这运气背呀。可常维那里不去回个信也不对，主要是不知道常维那么急着找他要做啥，还让常欣专门骑自行车过来通知他。

苟飞在傅路娃的安排下去了常维家。他回来的时候，傅路娃还在医院，当然是见不着的了。后来一连几天没见。此时想起，这娃娃太没长幼尊卑了，连个面也没照一下，原来他去忙大事情了。

傅路娃的姐姐给他打来电话，说苟飞找他们要钱，十万。这不是小数目，对于一个落后的小山村来说，对于一个尽最大努力只能满足温饱的家庭来说，那相当于小马要拉大车，拉得不好，车动不了分毫，还会因此丧命。

傅路娃的姐姐不放心，所以问傅路娃。但就是放心，这仍是为难的事，是砸锅卖铁也无法满足的事。傅路娃问，苟飞要十万块做啥？姐姐回答，苟飞说是要投什么资，具体做什么没说。傅路娃瞬间有一种不祥感，苟飞不会是去加入什么组织或者非法融资团队吧。这些天没看到他，还真说不定：为了找大钱，被邪门歪道诱惑是完全有可能的。

他在脑海里翻箱倒柜地检索了一遍，自己的亲戚朋友圈子里，没有加入什么组织或者非法融资团队的。那苟飞误入非法组织，似乎没有多大可能。那会是什么呢？他为什么要找家里要十万块呢？他不可能不知道自己的家庭情况，尽管他平时喜欢油嘴，但关键的事情，还是有分寸的呀。

找到苟飞，是一件迫切的事。他问黄林，苟飞去哪里了？黄林摇摇头。问老林，苟飞去哪里了？老林的头比黄林摇得更厉害。问吴春，吴春说，苟飞平常很少与他说话，哪会对他说去哪里了？他想从工友们嘴里了解一些有关苟飞的情况，可最终是问了等于白问。但比不问好，至少是真的没人知道苟飞最近的活动轨迹了。

傅路娃给姐姐打电话，尽管打电话要等村办公室人员转达，然后等半个小时过后再打过去，才能等到姐姐接听，但这必须得等。

傅路娃与姐姐接通电话后，从电话里，听到姐姐语音里传递过来的虚弱和无力感，上次通话时他没有听出来，有那么一秒，他不想与姐姐说苟飞的真实情况了，可又不能骗姐姐。姐姐与父母一样，是他这辈子最亲的人。很多时候，姐姐似乎比父母还爱他。这是因为姐姐不会责骂他，一直都呵护他。

他将没找到苟飞的事跟姐姐说了，但也安慰她，不要担心，会找到他的。找到了第一时间跟她说。至于钱的事，等找到苟飞再说。

傅路娃把工友们传给他的消息说了，说苟飞有可能是自己当老板啦。只是目前没人知道他在哪里而已。姐姐听了，好似放松了一下，我们不想他做啥老板，只要他平安就好。

傅路娃知道，姐姐只有苟飞这根独苗。有了苟飞后，姐姐再也没有怀过孕，所以从小不管什么事都依着他惯着他，是含在嘴里怕化了，顶在头上怕摔了的溺爱。整个家庭的人都围着他转。

傅路娃他们搬工地一段时间了，BP机上没一个电话是苟飞打来的。从他骑自行车摔折手臂后，常维再也没与他联系过。这是他想不通的地方。从认识常维他们开始，还没有一两个月不联系的经历。

要去常维那里，不像以前那么方便。常维住市区，他们现在的拆房工地在郊区。

他想问王镇，却不知怎么开口。怕王镇一开口就说，你是想常欣了吧。再说，王镇是大忙人，没白天没黑夜的。怕给他打电话时，人家刚歇下来，想休息一下。有时候傅路娃想，公安民警的工作也累。

傅路娃发动自己的关系寻找苟飞。搞拆房工作这么多年，认识的工友老乡老板包工头领班不少，他不相信找不到。只要还在申城，迟早能找到。

在休息的时候，他骑着自行车到处转悠，专往那些拆房工地跑，看有没有可能撞到。

一次次带着希望而去，一次次带着失望回来。每在这时，傅路娃会叹息一声——申城太大了。

姐姐隔三岔五地给傅路娃打电话，每次他都绞尽脑汁去寻找一个合适的假设回答，去安慰、安抚姐姐的心。有时候真不知怎么说，想要逃避，不去公用电话亭回电话了。但不去回电话，姐姐不要急死？那更不是他想看到的。

一天一天，如在时间的水里煎熬，傅路娃感觉时间比黄浦江那平静的水流还慢。他怕苟飞出事，好在有人说过，苟飞当老板了。不然，傅路娃早到报刊登寻人启事，或者到派出所报案了。

吃晚饭的时候，老林说，路娃，我去买点熟食，咱们一起喝几瓶啤酒。

傅路娃白了老林一眼，你过生日呀？他知道老林的生日不是现在，还有一个多月才到。

嘿嘿，那倒不是。老林憨厚地笑笑，我一个老乡说晚上到这里来耍。

哦，那还差不多。傅路娃说，你们吃吧，我就不掺和啦。

我们两个人吃，那多单调，不好耍。老林边说边嘿嘿地笑，再说，我喊了黄林。

好吧。傅路娃说完，往宿舍走去。我去洗澡。

老林的老乡之前也到工地上来过。那是在以前，在另一个工地，这个工地他还没来过。

三杯啤酒过后，相互间就根根底底地谈开了。

老林的老乡说，他们拆的是郊区居民房，共有两万多平方，几个包工头。急迁工地。房子拆完后，没有安全事故，工期又提前几天完成了，他们苟包工头笑得合不拢嘴。他说，老板说会给一笔不小的奖金，会按比例分发给每个工友。

苟包工头？听到苟字，傅路娃突然来劲了，声音提高了几分贝。叫什么名字？

苟飞。好像是你们那个地方的人。

是不是比我高点？卷发，鹅蛋脸，偏瘦，口才好。

生活中很多事情充满了荒诞戏剧的色彩。当然，这些是傅路娃这些年来，一直感到学识不够，不断充电后从书本里学到的表述。

苟飞突然离去，又在此时突然听到他的名字，就如电影情节里的转折，也像柳暗了花明了。他在心里骂了一句，真他妈的戏剧得捉弄人。

这一年来，一家人为了苟飞，吃不香，睡不好，每时每刻在为他担心，唯一可以安慰的是听说他有自己的工地了，但这只是听说，留下很多可能与不可能的猜想。

苟飞在他妈妈说无法找到那么多钱之后，再也没有打电话，更别说写信。

他知道傅路娃的 BP 机号码，却从始至终没有呼叫过一次。傅路娃想不通，是什么地方把他得罪了？自己没什么对不起他的呀。他只要脑壳空下来，就纠结着这些事。可以说是食不知味，寝不能安。比毛橘子逼他成婚还让他揪心。

之前没有苟飞的信息，他担忧。有了他的信息，只想揍他。

傅路娃没有与老林的老乡一起出现在苟飞面前，他让他先走，自己后面赶了过去。照苟飞这一年多的处事方式，他怕给老林的老乡带去不必要的麻烦。

傅路娃看到苟飞时，隔得有点远，只看到背影。苟飞工地上正在做最后的收尾工作——拆迁的废墟垃圾清理，清理完，这个工地的工作才算真正完成。来来去去的除渣车，像不可一世的怪物，在工地上横冲直撞，铲车与挖掘机相互配合，左一下右一下，上一下下一下，在各种废弃物件磕碰的声音里，灰尘借势跳着它们自认为美好的不可一世的舞蹈，将在工地上忙活的工友们的身形弄得模模糊糊，像一幅朦胧的画卷。

苟飞东奔西走地指指点点，自带一种气势。这不是一个底层进城务工人员该有的姿态。说夸张点，有一种颐指气使的气焰。傅路娃在皱眉的时候又不由得点了点头。正想走过去，看到一个人先他一步走向苟飞。本以为是除渣的老板，可那身影看上去有点熟悉。他再往前走几步，可以看清那个人的脸了，是常维。

傅路娃愣住了，他怎么会在这里？苟飞，常维……傅路娃默默念叨着这两个名字，似乎明白了点什么。

他理了理心中一直以来乱着缠着的思绪。在公交车事件以后，常维与自己没有联系了，常欣也没再出现过。而自己住院过后，苟飞莫名其妙地失踪了。苟飞找家里要钱。有消息说苟飞有自己的工地了。现在看到苟飞与常维一起出现在工地上，把这些串接起来，头绪越来越清晰。他不想往下想了。

他转身离开了工地，他知道，此时不能去见苟飞和常维。到附近的公用电话亭给姐姐打了电话。说看到苟飞了，苟飞当包工头了，赚了不少钱。让姐姐不要再为苟飞担心了，如果要找他，可以给苟飞打电话。

傅路娃没有苟飞的电话，将常维的电话号码留给了姐姐。他想，常维一定会让他们联系上。

回到工地，夜已经很深了，大伙都睡了。傅路娃在工地附近的路边夜摊买了点猪头肉，在那个二十四小时营业的副食店买了几瓶光明啤酒，不进宿舍，在路灯下的工地上找了一个地方坐下来，将装猪头肉的袋子打开，喝一口啤酒吃一口猪头肉。他像吃着喝着与猪头肉和啤酒无关的东西，那些酸甜苦辣的调料变成了一个味道，酒也是那个味道。

他机械地吃着喝着。喝一口，看一眼那没拆完的房子，里面黑漆漆的，像一个黑洞。他看见他十来年的拆房生活在里面涌动，在里面荡来荡去，但在荡的间隙里，那是看不到底的未来。他第一次有了茫然的感觉，比他当年离开家乡，不知道何去何从还要茫然得多。

在常维透露给自己有机会承包拆房消息后，本以为有一个大的转机，能往高处跨一步，可还没开始进入角色，就被命运捉弄了一把。但又能怎样呢？

他越想心越烦，越烦越感到心里空空的。他抓起酒瓶，咕噜噜直往肚子里面灌，没一会儿，见底了。

他的头开始重了起来，再看那没拆掉的黑漆漆的房子里面，苟飞在里面走来走去，接着是常维，是常欣。他们像在商量什么，还不时地看向他，脸上带着未知的不可捉摸的笑，笑得他心里有点发冷却又无可奈何。

　　傅路娃使劲揉了揉眼睛，可眼皮并没有轻一点，还是那么重。目光也没有清晰一点，还是那么模糊。他拎起最后一瓶啤酒，一口气喝下肚。咚的一声，啤酒瓶掉到地上，人也跟着倒了下去。在倒下去的时候，他明显听到常欣常维苟飞他们哈哈哈地笑了起来。指责他，没有酒量，还硬装。有意思吗？

十二

　　毛橘子休息的时候，自己寻寻问问，辗转坐公交车然后步行找到傅路娃上班的工地上。傅路娃看到毛橘子那一霎间，无名火往上冒。当然，这与想明白苟飞为啥会突然玩儿失踪有关。

　　毛橘子说一家人得时常看看走走。

　　傅路娃听到一家人这几个字，就感到窝火。自己的外甥难道不是一家人？这差不多是兄弟的年纪和关系，说失踪就失踪了，连个屁都没有。可结果呢？

　　看到傅路娃发脾气，毛橘子没有征兆地开始扔东西。虽然他身手敏捷，往旁边窜开了，可还是被几个跳跃的橘子打在身上。撞坏的橘子，汁液四处逃窜。傅路娃的脸上、衣服上成了它们新的落脚处。那些奔走的汁液，张扬着得意扬扬的笑脸。

　　毛橘子看到傅路娃的惨样，居然哈哈哈毫无顾忌地笑了起来，把刚才的不愉快忘记了。

　　傅路娃狠狠地瞪着毛橘子刚想发火，远远看见老林边跑边叫傅路娃，出事了！出事了！声音里充满了害怕、颤抖、悲伤与绝望。

　　傅路娃的心咯噔一下，顾不得毛橘子，也不管老林，豹子奔袭般往工地上冲了过去。

　　听到出事了几个字，傅路娃感到天要塌了。因一般的工伤，老林他们不会这样叫喊。要不就是谁手脚被重物砸断了，要不就是谁从房子上摔下来了。

　　傅路娃昨晚做了一个奇奇怪怪的梦，一只鸟，有簸箕那么大，没来由地向他头顶冲来，眼看要撞到他身上了，他奋力往旁边一蹿跑开了。人是跑开了，可那只大鸟撞到了地面上，一声哀鸣过后，鲜血四溅，溅了他一身一脸。

早上起来，傅路娃隐隐感到不安，但没敢说出这种隐忧。如果说了，相当于乱了士气。在上班之前，他除了班会提醒，散会后，每个人单独交代了一句注意安全。慢点都可以。而后在忙碌中将那个梦无声地放下了。

毛橘子与自己闹了一通，他以为这是破梦了吧，应该不会再有事情发生。而这样的想法就闪现那么一秒，只有一秒，一切不安被打开了闸门。

吴春是不应该出事的。

吴春来傅路娃这里之后，傅路娃想到自己与吴春是一起穿开裆裤长大的小伙伴，再加上因毛橘子闹出的事件，他心里歉疚，只要有轻松一点安全一点的活儿都想着他。

拆房是安全事故多发的行业，每一个大的安全事故的发生，都会给治安带来不同程度的麻烦。随着旧城改造拆迁工程的开展，劳动安全管理部门及旧城改造拆迁部门也在一步步完善必需的拆迁规定，比如执证上岗。

以前没有强制要求一些较为特殊的岗位经过专业培训才能上岗。比如气割工，在之前，大都是口口相传，手把手教，如何打开切割枪开关，如何点火，如何防止回火引发爆炸，如何调节氧气与乙炔，火力在什么程度才能有效快捷地切割掉钢筋。上岗的人，在经验中锻炼提高自己的技能。后来，必须到政府认可的培训机构学习，获得由劳动部门认可的证书，才能上岗。

傅路娃让吴春去学习，吴春说，这么多年没学，还不是一样能上班？

你有力气，拆了这么多年房子，学不学都可以。傅路娃说，但是，学了不但人轻松，工资还会多点。你知道的。再说，人一旦上了年纪，力气弱了，又怎么办？或者安全管理部门查到了怎么办？

那倒也是。吴春若有所思，明白傅路娃的想法，他看得远些。

吴春拿到气割上岗证，加上之前的实际操作经验，算得上是一把好手。不管是割掉钢筋，还是安全作业，都做得相当到位。在使用氧气与乙炔上，由于操作技术好，一瓶气体总能比别人多使用些时间，多割掉一些要拆掉的钢筋。

早上上班的时候，傅路娃看到吴春，没有跟他明说注意安全的事，但与他对了一下眼神。那眼神，彼此心知肚明。傅路娃从吴春的眼神看到了放心与自信，吴春从傅路娃的眼神里看到的是提醒与关切。

傅路娃没有提醒吴春注意安全，是因对他了解。吴春不像在家时那么冲动，反倒比谁都稳重。所以只要一个眼神就够了。

吴春出事的时候，大家没注意到，也来不及提醒。出事是一眨眼间的事。

这个工地是厂房，厂房是框架结构。钢筋水泥混凝土，是它主要的构成部分。在其他工友用十二磅或者十四磅重的榔头，敲掉现浇，而后将两尺高、两尺宽的钢筋水泥框架梁的四角砸开口子，让里面的钢筋裸露出来，剩下的是气割工的事。气割工将水泥梁或水泥柱子的钢筋割断，掉落地上后，再由工友进行处理。

吴春像以往一样，先蹲在框架梁上，将梁一头的钢筋割掉三分之二，留下三分之一，支撑着水泥梁的重量；再到另一头，割掉那些钢筋。这边钢筋一断，往那边倒过去，因重力，拉断剩下没割断的三分之一，横梁就直直地向地面砸下。

这次出现了意外。吴春按以往的经验操作，谁知这边还没割断完，那边剩下的三分之一意外先断了。断了一头的横梁，直直往他骑坐的水泥梁这边撞击过来。几吨重的横梁，那撞击的力度，超出想象，直撞得水泥框架柱子前后晃荡。

　　吴春骑坐在框架柱子上面，身子像一棵弱不禁风的草，随着柱子前后晃动。四周的工友尖叫起来。吴春扔掉气割枪，双手抱向边上的柱子，就在手要抱住柱子的时候，身体没能稳住，头下脚上，向地面急速掉落。

　　他在往下坠落时，双手本能地抓向背后的安全带。在重重一顿之后，吴春的身体挂在半空，工友们惊得张大了嘴，不知怎么办才好。吴春紧抓安全带，双手交替，想往上攀爬，可就在这时，安全带却从拴挂的地方脱落了。脱离了安全带保护的吴春发出一声绝望的叫声，那声音凄厉而惨烈，在工地上空跌跌撞撞，紧接着砰啪一声，就再也没有声音了。"砰"是身体砸在地面的声音，"啪"是脑袋砸在刚割掉的横梁上的声音。他连最后的呻吟声也没来得及发出，抽搐了几下，生命体征就慢慢消失了。

　　工友们面对这突发事件，惊呆了。过了半晌才回过神来，在房子上面的，在地面上的，不约而同地发出呼叫声，向吴春坠地的地方跑去。

　　一切已来不及了。吴春早已没有了呼吸。

　　傅路娃跑到出事的地方，黄林正半扶着吴春的身体。他从黄林手里抢过吴春，抱起来往外面冲。他只有一个念头，马上送医院，也不管吴春有没有呼吸。他想用手按住吴春头部往外奔涌的血液，可双手抱着吴春在跑，这热乎乎的血液流得他的心快碎了。

　　傅路娃停下来，让吴春躺在自己怀里，双手按住那血流喷涌的地方。一按，他的心凉了，那血喷涌的地方，骨头碎了，塌陷了。他仰天悲呼了一声我的天啊！绝望而无声地哭了起来。

　　毛橘子紧跟在身后，看到这样的场景，喊了一声哥，人直直地向后倒了下去。赶过来的工友们七手八脚地将晕过去的毛橘子扶坐了起来。

　　傅路娃从来没有经历过工地上摔死人的情况，平时稳重，遇事不慌的他，此时已经乱了方寸，不知道该怎么办。头脑一片空白。

他双手仍紧紧按住吴春汨汨流血的伤口，明知已经无济于事。他就那么紧紧地按着，一动不动。以前有人受伤，他背起来就往医院跑。此时是人死了，人死了该做些啥，他不知道；该如何处理，他也不知道。

毛橘子晕倒了，他只能眼睁睁地看着，眼神空洞，空白无神。毛橘子今天的到来，像是有一只黑极了的乌鸦给她准备了信息。

老林掐她人中，叫喊她的名字，她有点茫然地睁开眼睛，目光落在傅路娃脸上，又落在吴春的身上。她猛地惊叫着蹿起来，扑向傅路娃，手脚齐用，雨点般向他落下，不管头上脸上还是身上。

她边哭边喊，边喊边打。旁边的工友们拉不住，越拉她越拼命似的打。傅路娃一动不动，任凭毛橘子拳打脚踢。鼻子被打出血来，流得到处都是，脸上青一块紫一块。他不叫疼，好像是打在别人身上。

毛橘子打累了，嗓子喊沙哑了，最后瘫软地挨着吴春还没完全冷下来的身体坐下。你还我哥哥，还我哥哥……口里仍在绝望地嘶吼，一会儿又喃喃自语，是我不该来，是我不该来……我不来，哥哥就不会有事了……眼神无助而迷茫，失去了先前的光彩，像突然被抽空了一样。

傅路娃看到毛橘子瘫坐在旁边，好似此时才醒悟自己该做点什么。

老板匆匆赶来了，他那张圆胖的脸上，每一片肌肉写满了急迫与愤怒。他看了看逐渐僵硬的吴春，努力压住怒火，傅路娃，你干的好事，后面再也没有说话，掏出摩托罗拉手机给殡仪馆打了一个电话。

工地出了死亡事故，这不是小事。老板面临的是工地停工整顿，罚款以及伤亡人员的各种赔偿，那可不是一笔小数目。有可能这个工地白干了。老板愤怒是情理之中的事。

傅路娃不敢看老板的眼睛。老板问及出事时的情况，他没在现场，不知道怎么说。黄林接过话，一点一滴进行了现场还原性描述。老板蹲下身子，拿起仍拴在吴春身上的安全带。安全带的结扣处并没有异样。他顺着安全带结扣处一路往上理，仍没发现问题。他的眉头紧皱起来，在两眉间挤出了一个川字。

傅路娃，这个问题你来解释一下。事故是如何发生的？安全带没有一点问题，这说明了什么呢？难道安全的基本常识都不懂？拴安全带位置的选择，难道是做个掩耳盗铃？

傅路娃搭不上话。他想说平时都提醒过，也认真交代过。但话到嘴边被硬生生地吞了回去。他明白此时说什么都没用。安全事故已经发生了。说啥已是徒劳。只有爬到那根梁上，看看吴春出事前安全带拴的位置，才能掌握真相。

你心好黑呀！我哥没有了，你还在推卸责任。毛橘子听到老板对傅路娃的质问，突然有了力气，从地上爬起来，指着老板的鼻子吼叫。

毛橘子冷不防的吼声，将老板吓了一跳。你是谁？有你啥事？

吴春是我哥。你还我哥！毛橘子吼叫着向老板的衣领抓过去。手上沾满了吴春的血，明晃晃的，老板被吓得连连后退，后退不止，差点摔倒。

傅路娃及时从毛橘子背后将她抱住，阻止了毛橘子的下一步动作。

毛橘子像一头失去理智的母狮，在傅路娃的环抱下上下蹦跳，用脚使劲踩傅路娃的脚，疼得傅路娃龇牙咧嘴。傅路娃知道不能放手。毛橘子奋力低下头，张开嘴咬傅路娃紧紧抱住她的手背。牙齿行走的轨迹历历在目，很深很深的齿印。血像找到出口的小蛇，急速往外蹿。但傅路娃就是不松手，他知道此时松手的后果会是什么。

橘子，在没弄清事情发生的经过之前，不要冲动。老板这样说，不是没有道理。你别闹，我爬上去看看你哥出事的现场。傅路娃在毛橘子耳边说。

　　在记忆里，傅路娃这是第一次喊她橘子。喊得那么自然，就如以前大呼小叫毛橘子一样自然。她愣了一下，轻轻地点了一下头。

　　他倒吸了一口气，两根大拇指粗的钢筋同时断裂，这是一个无解的方程式一样的问题。那是工友们刚刚挥汗如雨，用榔头砸出来的，是吴春要进行的下一步切割。现在没等到吴春切割，自己断了。被吴春的体重向下的坠力给拉断了。安全带晃荡后在横梁上留下一道深深的勒痕。按常理，这是说不通的事。这些钢筋承重力上吨，吴春只有一百多斤，加上向下的坠力，万万不会有上吨的力量。事情出得太诡异了。

　　傅路娃站在横梁上，任他怎么用尽自己的经验与学识去试图解释，可最终仍是一头雾水。他不得不将这归结于命。

　　当然，他不知道命运的说法本就是玄学，但家乡人或者这些年与自己一起漂泊的人，在骨子里将一些无法说得清道得明的事，归结于命。或许真就是命吧。

　　毛橘子无法面对这个事实，老板也无法理解这种说法。这是缺乏科学依据的。

　　而事实就是事实，吴春死了。死在拆房工地上，是摔死的，得有一个交代，最终得有人埋单。傅路娃无法埋下这个单，也不该他埋这个单，那就只有老板了。

　　为了有力地证明不是吴春的过错，傅路娃找来照相机，爬上去将现场拍了照片，冲洗好给老板进一步确认。

　　傅路娃在心怀愧疚之余，感到蓝蓝的天空在塌陷，不是一点一点地塌陷，是整块整块地塌陷，瞬间就分不清天地了，黑乎乎一片。比深冬的抱村的夜还黑，黑得呼气吸气都困难的黑，这是他活过的二十多年里，初次品尝到的一种味道。

十三

吴春身后事的解决，本只是钱的问题，可事实不尽然。大家都知道，能用钱解决的问题，就不是问题。

吴春的妈妈在安放吴春遗体的冰棺前哭得死去活来。吴春的爸爸是硬汉，强忍心里悲痛，硬是没有让泪水流出来。

他在吴春的冰棺前静静地默立了几分钟，突然拉住毛橘子的手臂，走，我们去找老板，让他还你哥。

毛橘子经历了这么多天的煎熬，反应有些迟钝，但心已慢慢平静下来，像是经历过狂风巨浪后的海平面。此时爸爸这一声吼，她又回到了刚面对吴春出事的那个时刻，爸，我们找老板去。我要我哥！

要什么要呀？橘子，冷静一下。傅路娃一把将毛橘子拉到离她爸爸有一点距离的地方，一半严肃一半劝慰。人都去了，这是无法改变的事实。我们尽力将他身后事处理好，在条件允许的情况下，对得起吴春，对得起你爸爸妈妈，也算尽力了。

你说的啥呢？毛橘子爸爸耳朵灵，别看六十多岁了，隔着距离，他听到了傅路娃对毛橘子说的话。傅路娃，格老子在老家的时候，你没把吴春害死，今天终于实现了，你满意了？我就晓得你是灾星，你是吴春的克星。

表叔，话不能这么说。一切前因后果，我想你应该有一个了解。事情已经出了，你说怎么办？哭泣？要横？能把事情解决吗？傅路娃不卑不亢地说，谁能为这件事负责任呢？谁又有责任呢？谁又没有责任呢？

傅路娃一连串的问题，让吴春的爸爸不知如何回答，也不知如何回答。但心里那口气憋着，总得找一个发泄口。路娃，我知道你心里怨恨我们，但也不是我们让你有家不能回，你这是什么态度？

　　或许吧。你爱怎么想都可以。傅路娃不咸不淡地回答。吴春还在那里摆着，我想，最该做的是能快点让他入土为安。

　　你想让他早点入土，为你的老板着想，为你的前途着想，我们理解。但是，没办法就这样算啦。这样算啦，吴春不是白死啦？吴春的爸爸怒声呵斥。没那么简单！

　　你想要怎样？要我抵吴春的命吗？傅路娃愤愤地说。

　　你那个命不值钱，值钱的话，也不会在外一漂就回不了家。吴春爸爸不屑地看着傅路娃。

　　你……简直不可理喻。傅路娃被吴春爸爸的歪理怼得找不到合适的话语怼回去，只能用这种大而化之的语言回应。

　　你们不要相互掐了。该做的事还没做，分得清轻重不？毛橘子不毛了，此时的话说得没有毛边可以修修剪剪了。

　　这让所有人不习惯。

　　毛橘子看着那些愣愣看着自己的人，以为自己穿的衣服出了问题，上下左右看了个遍，与以往一样，没问题呀。你们傻了？不会是被我哥找上了吧。

　　你们这些没良心的，难怪是傅路娃的工友。

　　这个问题再说下去，傅路娃知道受伤的是自己。他有些无辜地顺着毛橘子的眼睛看了看她的爸爸妈妈。我们看怎样解决吴春的问题，大家商量一下。

　　商量个鬼！我只要我的儿子活着。不要钱，我只要吴春活着。

　　一时没有人接话，灵堂里除了哀乐按照设定的套路响起，其他的没有章法。你走过去我走过来。要不给吴春冰棺前的火盆扔几张冥纸，要不就静静地坐在塑料凳子上，漫无目的地东看看，西瞅瞅。吴春妈妈在死去活来地哭；吴春爸爸，一双年迈的虎眼里，内容很复杂。有强压着的伤心、失落、愤怒、绝望，也有无能为力的软弱。

是呀，在这种情况下，哪个做爸妈的不悲伤？母亲可以用痛哭来缓解伤痛的沉重，而父亲呢？他只能如打掉牙齿往肚里吞一样，去忍受一切悲苦。

他的无理取闹，实际上是他唯一能够发泄自己悲痛之情的出口。作为一个从出生就缺钱的山区农民，谁不想钱呢？但钱与钱不同，用儿子的命换钱，那是万万不能的。他要儿子活着，尽管无理，可这是情之所至。

吴春爸爸边说边往殡仪馆门外面大跨步走去。傅路娃与毛橘子立即起身，边喊边拉。可他的块头大，别看老了，力气仍出奇地大。一甩手，把没有准备的傅路娃和毛橘子弄得在原地一个大旋转，差点摔倒。

他甩开傅路娃和毛橘子后，转过身又要往外走。尽管他不知道往哪里走。

在他转身往外走时，脸还没完全转正，身子与一个往里走的人撞在一起。对方猝不及防，被撞得直直地往后倒下去，还好跟在身后的人，眼疾手快，向前跨了两步，将他扶住了。

吴春爸爸愣住了，一向彪悍粗犷的他此时竟然像做错事了，嘴唇动了动，却不知道说啥。傻傻地站着，鼓着眼盯着那要往里走的三个人。这三个人，一看穿戴，不是普通人。头发油亮，西装领带，照得见人影的皮鞋。他猜想这应该是当地领导，想跟他们说句我不是有意的。可傅路娃的叫喊声响起来了，老板，你们来啦。

老板？吴春爸爸猛吸一口气，将到嘴边的话吸了回去。一个跨步冲过去，劈头盖脸一拳，打在老板脸上，老板疼得哇哇大叫，一张精致的圆脸瞬间变了形，鼻子血流不止，被打得脸颊没一会儿就肿了起来。

老板身后两人反应过来，冲过去，一左一右扭住他的左右手，往身后一提，他身子立即向前弯了下去，屁股朝天，脸就要触碰到地面上了。

老板，报警！其中一个向老板说。

傅路娃此时才反应过来，这要是报警，吴春爸爸不得蹲几天看守所呀。吴春的事还没了，不能再出事端了。

抓就抓，反正老子的儿子不在了，活着也没意思。你还我儿子的命来！吴春的爸爸咆哮起来，像一条要撕咬对手的狼。无奈双手被反扣着，想直起身子也无能为力。

放开他，放开他……在殡仪馆的工友叫了起来。毛橘子扑过去，抱住其中一个人的手就咬。边咬边哭，放开我爸……

被咬的人疼得不得不放开手，抬手向毛橘子打了过去。傅路娃伸手一挡，你们要做啥？

对方被傅路娃一挡，疼得龇牙咧嘴。俗话说，行家一出手就知有没有。大家认识这么久，他知道傅路娃习武。光那炯炯眼神，就能逼退人。

老板，你体谅一下。他老年失子，白发人送黑发人。当然，这不是你的错，也不是他的错。现在都在场，按规定把问题解决了就好了。

老板用手捂着被打的脸，鼻血还在流，他那块手帕想堵也堵不住。工友们仍在喊放开他，有蠢蠢欲动的迹象。他向那两个扭住吴春爸爸的人摆了摆手，吴春爸爸直起腰来，又向老板冲去。傅路娃一闪身，挡在他面前。

吴春已经不在了。他死了，他死了。人死了，谁能让他活过来？傅路娃厉声呼喝，原先的耐性已经没有了。他明白，此时只有面对现实，直面事实，用痛点触碰痛点，才能让吴春的爸爸理智起来。

吴春的爸爸没见过傅路娃发脾气，突然发脾气，有点不适应。他怔怔地看了他一会儿，突然蹲了下去，吴春死了，吴春没有了，我没儿子了。蜷在那里，呜呜地哭了起来，像一只孤独又受伤的狼。

毛橘子的妈妈一直在哭，看到老头子蹲在那里哭，她就哭得更厉害、更伤心了。这么多年，再苦再累，就算家里穷得揭不开锅，也没见他伤心过。在她的认知中，他是压不垮、折不弯的人。这是她第一次看到他哭，哭得那么伤心，真是男儿有泪不轻弹，只是没到伤心时。

她跑过去与老头子蹲在一起，哭成一团。毛橘子哪里受得了，与爸爸妈妈抱成一团，三个人哭得昏天黑地，不理身边的人。

大家被这个场景震撼了，想劝又不忍心破坏他们这唯一能发泄的出口。大家在四周默默地站着，默默地掉着眼泪。殡仪馆的上空，此时乌云密布，在乌云里藏着的伤痛，似乎随时都会倾泻下来。

不知过了多久，吴春的爸爸站了起来，两眼呆滞无光，呆板地向吴春尸体停放的地方走，嘴里念叨着，吴春死了，吴春没了，我没有儿子了。

他这表情，把毛橘子吓坏了。她紧跟在爸爸身边，爸，别这样。爸……

不管她怎么叫，怎么喊，她爸爸不理她，仍呆板而机械地往前走。嘴里一遍又一遍地嘟哝着，吴春死了，吴春没了，我没有儿子了。

毛橘子有点绝望了，她对着傅路娃喊，路娃，这该怎么办呀？

傅路娃一直紧跟在他们身后，刚想张嘴，毛橘子的爸爸突然咕咚一声倒在了地上。

这突发情况把毛橘子惊呆了，半晌才凄厉地叫了一声爸，你怎么啦？！她妈妈扑在她爸爸身上，老头子，你别吓我们啊……

傅路娃扶起毛橘子的爸爸，让他上半身靠在自己身上。他的虎眼里早没了昔日的神采，直直地盯着天花板，一动不动，黯淡无神。

毛橘子使劲摇晃他，边摇边喊，爸你醒醒，别吓我呀，别吓我呀。你这样子，我哥走得也不会安心。

哥？毛橘子的爸爸突然开口了。

他这一问把毛橘子和她妈吓得不轻。傅路娃也被吓住了。

对呀，哥。

对呀，吴春呀。傅路娃跟着说了一句。

吴春？听到吴春两个字，毛橘子的爸爸眼睛动了一下。吴春，还不去做饭，天已经黑了。他突然喊了一声，声音洪亮。吓了傅路娃一跳。

爸，我哥没啦。

对，没啦。毛橘子的爸爸愣了愣，好似突然醒悟过来。吴春没啦，吴春死啦，我没儿子啦。紧接着呼天抢地般哭喊起来。那撕裂般的哭喊，让殡仪馆也大声哭了起来。那灯光泪眼模糊，四周的一切都那么模糊且哀伤。

吴春没啦，吴春死啦，我没儿子啦。我什么也没有啦……这声音，哭喊得整个灵堂震颤起来，哭喊得人心碎了起来。那破碎的声音，由小到大，多么清晰。像夏日里暴雨时吹起的狂风，让人发抖，让人震颤。

叔，你还有我们呀。

对，爸，还有我们呀。

你？毛橘子的爸爸紧盯着傅路娃，摇了摇头，你不是我儿子，不是吴春。吴春没啦，没人给我养老送终啦。

叔，我给你养老送终。

你不是我儿子，凭啥为我养老送终？不要哄我了，吴春没有了。吴春才是我儿子。

爸，他是你儿子。你女婿，不是你儿子吗？哥不在了，有我们。

对，有我们。傅路娃不能再反对毛橘子。此时没有反对的理由。毛橘子对自己死心塌地，自己不是无情物。何况，常欣已经失去联系太久了。以前那些萌动的心思也该埋葬了。

毛橘子爸爸的目光在他们脸上扫来扫去。他爬起来，挣脱傅路娃的手，走向吴春冰棺停放处，虽然仍悲伤，但脚步有力些了。

毛橘子妈妈拉住傅路娃的手，叫了一声路娃，眼泪哗哗啦啦地流，七分悲伤三分欣慰。

十四

申城的天空说到底是没多大变化的，变的是城市的容颜与人们匆匆行走的脚步。像傅路娃这样的务工人，他们的变化在每天的脚步里看不出来。日复一日，月复一月，一直一个样，最多是从一个工地到另一个工地。

自从吴春出事后，傅路娃才将自己从十年来的拆迁生活里剥离出来，才感觉到变化。申城与他刚来时比，已经大变样了，用一天一个样，三年大变样来形容，一点不会错。环境、人、事情，只是在没幻化成问题的时候，看起来是不变的。

从王福生那里出来单独带班后，傅路娃基本上都在这个老板这里，没有去过另外的地方。这相对安稳的务工节奏，让傅路娃一度认为，自己要在他这里务工到老去。这想法，在几秒钟的时间里被改变了——吴春出事的那几秒。

老板被吴春的爸爸怒揍过后，很想将他送进派出所。但是，又于心不忍。想想也有情有可原的地方。哪个父母能平静地对待这样的事呢？所以，两个保护人员说报警时，他捂住疼痛难忍的脸，擦着流血不止的鼻子，只说了一个字——不。

傅路娃明白，老板没发怒，没追究责任，不代表一切安好。

处理吴春事故的后续事宜，老板再也没有出现。这不能说老板不仁。在这个领域，他毕竟混得风生水起。带着浮肿的脸，出现在拆迁人员面前，这个台阶他下不去。

那一天，老板让具体负责这个工地大小事务的老方给傅路娃传话，让傅路娃去一趟。这是在吴春的后事处理得差不多的时候。

　　吴春的后事，是借鉴当时的相关条律和不成文的行规私了的。丧葬烧埋，抚恤金等等能涉及的费用，加起来赔付了十八万。这对于二十世纪九十年代初一个农村家庭来说，是一笔不小的收入，也许是一辈子无法挣到的。但对于吴春的父母来说，这些钱只是个数字。他们缺钱，生活中需要钱。但是，这钱是吴春用命换来的，是给他们做了二十多年儿子的吴春呀！

　　而钱与吴春此时一样，都是死的。

　　傅路娃看到他们日渐消瘦下去，心里着急。尽管在吴春的灵堂上，公开说出了自己与毛橘子的关系，坦言是他们的儿子，最少是半个儿子。但儿子与儿子的差异就在这个半字上。他们的这些想法与顾虑是人之常情，傅路娃理解也明白。他对毛橘子说，我先把彩礼钱给你父母吧，好让他们宽心，再给点对你哥的意外离去表示歉意的钱。毛橘子说，你看着办吧。他取出自己这些年的积蓄，1万元彩礼（其实，在当地没有这么高的彩礼费，有1000块都算不错的了），一万元歉意费。傅路娃不好自己给，觉得他们可能不会收，将钱塞给毛橘子，毛橘子白了他一眼，你就这点出息？

　　老板办公室门开着，傅路娃喊了一声老板走了进去，还没等傅路娃开口，老板先开口了。

　　路娃，这些年辛苦你了。今后，有什么打算？

　　今后有什么打算？傅路娃听出老板这是话里有话，一时不知怎么接过话题。

　　看到傅路娃半天不接话，老板轻咳了一声，是这样的，你看因安全事故，工地的施工被迫停止了，耽误了工期，上面在找我麻烦，说是要罚款。什么时候能开工，是未知。再说，因安全事故，你的工友们心散了，你没想过到其他地方去？

　　也是。在这里，工友们心里有阴影。

　　你回去把工时情况核算一下，我提前给你们把账结算了。

这样的情况，傅路娃知道再多说没意义。因吴春事件，工地已经停工有一个多月了。在这一个多月里，能走的都走了，没地方去的或者想休息一段时间的留在这里。但坐吃山空，长期这样下去，不是办法。

在处理吴春事件时，傅路娃为了给他多争取点丧葬等其他补助费用，跟老板安排的专门负责谈判的人员发生过冲突，言辞难免有过激不当之处。尽管没有直接面对老板，但他清楚，迟早会传到老板的耳朵里。

老板喊他谈话时，脸上风平浪静，像什么事情也没发生。傅路娃知道，这是老板的作风，也是他显得有内涵的样子。其实，他心里永远会装着发生的不愉快，只是不显山露水而已。他会在让你觉得很顺理成章的时候，不露痕迹地给予还击。比如此时，他没有明着让傅路娃他们走人，可意思已经明明白白，让你不得不走，还走得无怨无忧。

如果说世态炎凉，似乎不太准确；如果说人情纸薄，也有值得商榷的地方。这是时代发展的节奏，老板与务工人员之间的必然关系。这些年，尽心尽力地为老板做事，功劳没有，苦劳还是有的。其实，看开了，与老板的关系也就那么回事，他给钱，你给他做事。事过后分道扬镳，各走各的，就这么简单。让傅路娃感到欣慰的是，老板这些年从来没有拖欠过他们的工资，这是他的诚信和仁义之处，也是他没有怨尤地给他务工的原因。

毛橘子陪她父母一起送吴春的骨灰回老家了，本来傅路娃是想一起回去的，这么多年没有回家了，太想回去看看了，看看抱村，看看爸妈，看看他后山顶上那个时常去玩儿的地方，到底变得如何了，但老板正喊他结算工地的工资，没办法离开。

面对已经空空荡荡的宿舍，傅路娃不知是哭好还是笑好。兜兜转转，似乎自己又回到了刚离开家时的境况，只是多了一些人生阅历和漂泊务工的经历，但仍不知下一步该往哪里走。

听到脚步声在宿舍的木梯子上响起的时候，傅路娃以为是工友来结算工资，就没动。坐在那把被拆迁户扔掉的木头框架单人沙发上，提不起半分激情。这样的日子，让他想到了在抱村的时候，日出而作日落而息风里雨里激不起半丝波澜的生活。

舅舅，在想啥呢，那么出神？

是苟飞。人没到声已到。

傅路娃条件反射般从椅子上跳了起来。你娃翅膀硬了？还晓得有我这个舅舅？

说啥呢？哪能把舅舅给忘了呢？我就是把自己忘了也不能忘了舅舅呀。

有啥事……傅路娃突然停住发问，他发现常欣紧跟着苟飞后面走进宿舍。

苟飞西装革履，皮鞋油光锃亮，头发向后翻卷，被发胶定型，显得青春飞扬而财大气粗。与以往那个穷小子比，真可用不可同日而语来形容。

他不知道苟飞是怎么知道自己在这里的。自从他出去后，就没回来过。搬了好几个工地，居然也能找到。说明平时他是关注着自己的动向的，可在内心里又是拒绝相见的。

从心里，傅路娃对苟飞有抵触情绪，没有了以往那样亲切随便的感觉。不知是看不惯他暴发户的派头，还是觉得他现在拥有的本该是他的。

嘿，舅舅，不要这样嘛。苟飞皮笑肉不笑地看着他。

常欣一会儿看看傅路娃，一会儿看看苟飞。他们的对话，是用家乡话说的，她听不懂，一脸茫然，但从他们的表情和语气上，看出他们谈得并不愉快，相互之间没有她以前见着时的友好。

去我那里吧，帮我带班。苟飞说这句话时并不是看着傅路娃说的，他的眼睛在这个宿舍里扫视，很不屑的样子，语气说得像在施舍。

不去。傅路娃没有半丝犹豫，说得斩钉截铁。

傅路娃心里清楚，只是没对任何人说。如果那时候不是因为自行车事件，自己与常欣的关系，可能早就更进一步了。而如今……很多时候，命运总是在捉弄人，或者说是事情捉弄人。如果不是苟飞做了那拆迁工程，而是别人，自己或许心里会好受点。有时候，他又回过头来想，与其好了别人，还不如苟飞做，毕竟是一家人。可人就是怪，心里始终过不了那个坎儿。苟飞玩儿失踪，这是无法原谅的。

你现在到其他地方去，也没人会收留。出安全事故，对于老板、包工头是有心理阴影的，谁都不想去触霉头。

谢谢你替我着想。傅路娃不咸不淡地回应。

路娃……一旁的常欣似乎是实在忍不住了，叫了一声。将傅路娃的姓去掉了，直接喊他的名字，叫得温馨且随意，一点没有生分和别扭的感觉，好像这些年一直都在一起一样，却不知接下去该怎么说。

哦，对了，常欣是专门来看你的。

是不是常欣不来，你不会来？

嘿嘿嘿……舅舅，不要呛我了。苟飞用咳嗽声掩饰自己的难堪。常欣一直喊我带她来找你，这不是工地忙，不容易脱身，才拖到今天。

找我有事？傅路娃抢白了一句。

不晓得，你自己问吧。苟飞突然降低了声调，尾音似乎有点酸酸的味道。

傅路娃内心矛盾，说不清自己的心情。对于常欣，在那次去找苟飞，远距离观看后，已刻意压下了心头的非分之想。心里有一个声音在警告他，与常欣真不是一路人。后来，时时想，苟飞失联，常欣也失联，有些事基本不用说也有些明白，或许常欣将来有可能成为自己的外甥媳妇。

此时面对面，苟飞在一旁站着，他搞不清他们之间的关系，只能不冷不热地问了一声，这些日子，还好吧。你爸和王镇他们都好吧？

一些事情好像有连带效应，一个失联，其他的也跟着失联了。

还好。我爸和王镇大哥时常在念起你。

哦。傅路娃想，念着，为啥一个电话也没有？其实，他自己也没有与他们联系。你找我，有事吗？

没事就不可以找呀？常欣反问。弄得傅路娃不知如何回答。

舅舅，人家心心念念地想着你呢，不要这样对待人家呀。苟飞在一边嬉皮笑脸起来。这是我舅妈哟。后面一句用方言说的。

常欣从苟飞旁边给了他一掌，虽然她不知道苟飞说的什么，但苟飞的形迹可疑，突然从普通话转为方言，一定不是好话。

我爸说，有空大家聚一下，到时他把王镇大哥喊到一起。

哦，原来是你爸要找我舅呀。苟飞冷不丁地插上一句。

不，不是，不，是的……常欣刚接过苟飞的话，突然醒悟，马上来了一个急刹车，停住了要往下说的话。脸因窘迫而憋得通红。

傅路娃在心里骂了一句，他妈的。觉得生活很多时候真他妈的变化莫测，长着阴阳脸，太阳天一个样，落雨天一个样，有时候晴转多云一个样。前几天自己刚刚在吴春的灵堂上确定了与毛橘子的关系，此时常欣却无声地出现在面前。原以为一切就这样尘埃落定了，而事实上，尘它永远是无法安定下来的。它如果不飘，不动荡，或许也不能叫尘埃了。

苟飞说想去厕所，找个借口走了出去，留下傅路娃和常欣。空气一下子比之前紧张了起来。他们四目好不容易相对，却又瞬间艰难地挪开。

我们现在搬家了。

哦。

原来那里开发了。

哦。

你能不能说点人话。只会说哦了呀？常欣无法忍受傅路娃这样敷衍式的回答。

傅路娃被常欣一抢白，更不知道该说什么了。

你不可以问问我们搬到哪里去了呀？笨。

看到常欣微嗔的样子，傅路娃有点发呆。原来少女欲怪还羞的神情那么迷人。那……你们搬哪里了？

笨蛋。常欣被傅路娃那个样子弄笑了。搬到郊区去了，从陆家嘴过去。你来的时候直接走那里。

嗯，好的。

外滩坐轮渡过去还要坐一段路程的公交车。坐公交车走黄浦江底下过去也可以。都方便。

知道啦。傅路娃被常欣的絮叨搞得有点心烦。以前没见常欣这么多话。好像怕他不去似的。你把我当成新来申城的了呀？

你……欺负人。常欣感觉出傅路娃的不耐烦，自己的好心在他眼里好像什么也不是。以前他什么都为自己着想，什么都不违逆自己的意思。可如今呢？好不容易见到了，完全变了个人似的。常欣越想越委屈，转身向门外冲了出去。

傅路娃突然意识到，自己不该这样对常欣。就算是普通朋友也不应该。但心里的坎儿一下子跨越不了，就像无法原谅苟飞一样。再说，自己现在与毛橘子已确定了正式的口头婚约，说出去的话如何收得回？更何况，苟飞与常欣之间，是否有什么关系，很难猜测。

看到常欣欲哭未哭地奔跑出去，他本想追上去，刚抬起的脚又停住了。接着听到苟飞呼喊常欣的名字，声音慢慢地越来越远，直到缥缥缈缈听不见。

十五

一切归于平静，好像苟飞与常欣没有出现过，而事实是他们来过，还余音缭缭绕绕。傅路娃与前些日子一样，一个人在工地上，等其他没领工钱的工友来领工资，他们把工资领了，自己才能做下一步打算。

在一个地方做久了，会生出感情。傅路娃不知别人是不是这样，反正自己是这样。不管是与工友之间，还是与老板之间，他都觉得有不可能一下子就抹去的情谊。

没有人来，闲来无事，他走出宿舍，在工地上漫无目的地走动，感觉每迈出一步，都与工友们曾经的步子重合在一起。工友的体温，从这些脚印里顺着自己的腿往上蹿，密布了全身，是那么熟悉而亲切。他们的音容笑貌就在眼前。老林永远不紧不慢的步子和语速，黄林走路咚咚的声响如擂鼓……还有吴春，那总是与自己掐着干的脾气……可这些，都渐行渐远了。

想着想着他想唱歌，唱叶倩文的《潇洒走一回》，这在一段时间里红遍大江南北的歌太应景了。歌名叫《潇洒走一回》，可谁又能潇洒地走过人生呢？他扯开嗓子，那沧桑而又有太多无奈的歌声在空荡荡的拆房工地上响起。在废墟里面响，在那些被拆得七零八落的房子里面响，在那些曾经累并热火朝天的拆房的身影里面响，可就是无法洒脱地响起。

这首歌词写得太好了，对于背井离乡在外打拼的人来说，对于年青一代的人来说，那是心声，辛酸而苍茫的心声。他从第一句开始，一句不落地唱：

天地悠悠，过客匆匆，潮起又潮落

恩恩怨怨，生死白头，几人能看透

红尘呀滚滚，痴痴呀情深，聚散终有时

留一半清醒，留一半醉，至少梦里有你追随

我拿青春赌明天，你用真情换此生

岁月不知人间，多少的忧伤

何不潇洒走一回

　　唱完最后一句，泪水已经爬满一脸。十年了，就这样过了十年。他自言自语。这十年的点点滴滴，像电影胶片捯带一样，重新出现在眼前。他突然蹲了下去，将头埋在双腿上，尽情地哭了起来，无所顾忌地哭。这是从离开家以后，第一次这样放肆地哭。有摧枯拉朽之势，有排山倒海之势。一个近二十六岁的男人，此时，他弄不明白自己为啥而哭，为谁而哭。可他就是想哭，控制不住地哭。

　　这些年风风雨雨的漂泊务工经历，练就了他强大的内心承受力，可又给他注入了柔软的一部分，只是被深深地埋葬着，不轻易显现而已。

　　突如其来的变数，将多年来的生活节奏打乱，有一时找不到方向的感觉。除了拆房，他一无是处。就如前些日子与老板的亲戚，那个在工地上的最高管理者一起聊天时说的一样，离开了拆房，就算人家喊他去坐办公室，给他一个官当，也是搞不懂官是怎么当的。

　　吴春事故给他的打击太大了。他感到人生无常，生命无常。在生活面前，个体显得太脆弱了。一个活生生的人，一个年富力强的人，在眨眼间说没就没了，最后就剩一把灰，或者灰也剩不下。

这些年除了往家里寄的钱，其他的积蓄给了毛橘子父母后，已经所剩不多。换句话说，他没有太多的时间在这个工地上耗，必须尽快将未尽事宜处理好，然后出去找活儿干。

苟飞与常欣带来的消息，在一定程度上给了他希望。当然，苟飞喊他去给他带班，他第一时间回绝了，他丢不起那个人。至于常欣说常维找他，他不抱幻想。曾经八字写了一撇的事，都可以在眨眼间成为过眼烟云，还有什么是可靠的呢？

哭够了，该起身了。他围着吴春出事的那个地方走了一圈，没有走进去。那里面每一根拆得七零八落的柱子房梁，都像张开的嘴，在无声地控诉什么。他无法面对。

回到宿舍门口，天已经黑了下来。想起晚上没有饭吃，得去买包方便面，刚走到马路边上，腰间挂着的 BP 机叫唤了起来。一看号码，是王福生打过来的。傅路娃这才想起，很久没给王福生打电话了。从吴春出事后，也没与他联系过。

在公用电话亭，拨通王福生的大哥大。王福生劈头盖脸就是一句，路娃，你现在不得了了，估计已经把我忘记啦。

哥，哪哪都不敢呀。我把自己忘啦，也不敢把你忘啦。

别说好听的。你说，有几个月没打电话了？

这不是工地上忙嘛。傅路娃说得小心翼翼，害怕王福生听出什么不对劲的地方。可这害怕是白害怕。接下来，王福生的话直截了当，说出了傅路娃现在的情况。

别掩掩藏藏的了，你那里是不是出伤亡事故了？今后怎么打算？

傅路娃听王福生这样说，知道没有什么东西是可以隐藏的了。一定是有工友去了他那里。王福生现在的情况不是很好，几个月前傅路娃就知道。他长期承包的一个老板的工程，结果被他二姑妈的儿子夺过去了，接替了他的位置。目前还有两个老板，但这两个老板已经气候不大，手里的活儿不多，一年里难得有两个工地;就是有，大多是慢迁。那赚不了什么钱。他们现在住的地方，是一个慢迁工地，已经两年了，还没拆到三分之一。

听到王福生的工程被人夺走，傅路娃给王福生打过电话，说要不要去找一下那个人说个明白。王福生说，老板信任他，你有什么理由去找他麻烦？再说，还是表亲关系，骨肉有区别，血液还有几分相同呢。钱嘛，哪个找都一样。

后来，王福生与几个同因拆房起家的老板合伙，买下一个拆迁工地，两万平方的框架厂房。如果成功了，那将是一笔不小的收入。可屋漏偏逢连夜雨，这个工地早已被别人拿下，证照齐全，手续完备。而那个出卖信息的中间人，早已卷着他们的订金跑了，不明踪迹。王福生的投入最多，近百万的投资落入水里，打了个水漂儿，泡没冒起一个。这些年当老板赚了不少钱，但有钱了，钱就不当钱花，存下的无几，都是大手大脚后剩下的。被骗后，他一下子被打回了原形，头发一夜之间白了。为了维持日常开支，无奈之下，将后面换的宝马豪车也给卖了。

傅路娃心里想着王福生的情况，但话还是要继续说。事情已经处理好了，还有几个工友的工资没来拿，我在等他们。完了，我再找事做。

到哪里找？王福生的语气很直接，也很强势，这是当了多年老板后养成的。

还没定下来。等定下来，再给你说。

实在没地方去，先到我这里来。饭有吃的。

哥，我晓得。

你晓得啥？你晓得我是如何知道你的情况的吗？

是有工友去你那里了吗？还是其他人将消息传过去的？

错。是申城人，你们很熟。

这……傅路娃一时没想起是谁。这些年，每走一个拆房工地，都会认识几个周边的申城本地人。尽管有些人看着他们不顺眼，但大多数没有申城刚搞拆迁时那样排斥了，都理解和包容他们这些搞拆迁工作的务工人员。说小点，他们是为了生活，没有办法。说大点，他们是为了申城的城市建设，是为了申城的明天更美好，在用血和汗无怨无悔地付出自己的劳动力和青春，甚至生命。

别这呀那呀的了。他说他叫常维。

哦……傅路娃长长地哦了一声。

前几天我在我老板那里碰到了他。无意间听到他与老板说起工伤事故，提到了你。我一问，他说你的外甥在他那里，你们以前是很好的朋友。

是的。唉，没办法。

听他说，他已不做拆迁办主任了。自己出来，用以前的关系拿工程搞拆迁了。说是前面还让你外甥带话给你，让你去找他。

嗯嗯，苟飞来过。傅路娃不想说苟飞与他之间的事。只能短短地回答。如果说多了，可能会透露一些不想对外人说的话。

那你去找他不？

暂时不想。

如果没有其他的去处，可以去找他一下，说不定会有新的收获。

再说吧。傅路娃回答得模糊而勉强。在他内心里，他不想再与他们接触，过去的就让他过去吧，有什么放不下的呢？

傅路娃放下话筒，理了理头绪。王福生的电话，传递了两个信息：一是告诉自己实在无路可走时，他那里就像他的家一样，随时欢迎。另一个意思，让他去找常维。常维以前在拆迁办，有公职，不好做工程。现在辞职了，凭他的关系，拆迁的工程一定少不了。

傅路娃明白，以前，常维想与他合作，可阴差阳错，成了现在这个样子。这个样子在他心里垒砌了一道坎儿，一时无法翻越的坎儿。他看着马路上路灯下来来往往的车流，心里五味杂陈，说不上好，也说不上坏。他没有目的地摇了摇头，向旁边那个卖副食的小店走去。

　　方便面还没买。

十六

常维这个名字在无意识中成了一个诅咒，在傅路娃的脑子里怎么也挥之不去。一会儿常欣，一会儿苟飞，紧随的是毛橘子，还有抱村。

诅咒之所以是诅咒，有它不可忽略和不可取代的东西。傅路娃在这个诅咒里，一直等最后一个工友来领取他的工资。其实，他大可不必在这里等。其他带班的，只要大多数人将工资领取了，早已该干嘛干嘛去了。最多让其他工友带个口信，告诉他们自己下一个工地的位置，让他们来领取。除非还是原老板的工地，马上又要入场了，才会等到最后一个。

他要等，是对工友付出的劳动的尊重，是他不知自己下一个地方是哪里。那样，工友们会认为他有意躲他们，不想给他们钱。这都是辛酸钱，血汗钱。

在等工友来拿工资的时候，傅路娃姐姐打来电话，爸爸在县医院，已下病危通知书。要钱，要做手术，喊他签字。不然，没办法做手术。

这个电话打得傅路娃昏天黑地，爸爸为啥会进医院，还病危？姐姐在电话里哭着喊叫着，弄得他不知如何回答。

他沉默了几十秒，理清头绪，爸爸怎么了？为啥要手术？

情况大致是这样的：下大雨，紧靠岩洞洞壁的墙壁被雨水冲刷，倒下来砸中他的头部了，左脑骨粉碎性骨折。走一段山路，赶车到医院时，差不多休克了，现在在重症监护室住着。

墙壁垮塌？哎，这是什么事嘛？寄钱回去，让他们另砌房子，搬出那个岩洞，他们不听。老是在电话里说，再等等，再等等。这下好了，等出事来了。话说回来，你不砌房子不搬出来也可以，把那危险的地方修缮处理一下也好呀！这些念头，在傅路娃脑海里翻腾，但此时又不能说出来。爸爸妈妈有他们的想法吧，至少寄回去的钱，他们不会乱用。

医生说要多少钱？傅路娃感到天要塌陷了。自从那次离家后，就再也没有见过爸爸妈妈。记忆里，他们还是他刚离开家时的那个样子。以前什么都可以不管，爸爸妈妈身体健康，自己寄点零花钱，就可以了。如今听到这个消息，哪还能无动于衷。

入院时，我交了五千块押金。做手术哪里够？他们说，至少要押十万，才能做手术。我问了，光有钱还不够，还得要你签字才行。我签字不作数。说女儿出嫁了，有儿子，必须要儿子签字。

什么烂规矩？！这不是相当于见死不救吗？

医生也没办法，他们说这是医院的规定。

这样等来等去，不是耽误了最佳的抢救时机吗？

我也没办法……说着说着，傅路娃的姐姐在电话里又哭了起来。

傅路娃被姐姐的哭声弄得心烦意乱，干脆将电话挂了。他想，自己手里就那么点钱，如果不是给了毛橘子爸爸妈妈，应该差不了多少，如今差的不是一点点了。毛橘子的爸妈现在有钱，傅路娃感到难以开口，但不开口，又有什么办法呢？

他拨通社长家的电话，此时由于改制，以前的队长不叫队长，已经叫社长了。铃声响了一会儿，社长才慢腾腾地接通电话，听到是傅路娃打来找毛橘子的，只说了一句，你等等，我去喊。

等了不到三分钟，毛橘子的声音在话筒里响起，傅路娃顾不得说其他的，爸爸的生命在与时间赛跑，他单刀直入，让毛橘子去给她爸爸妈妈说说，把他们的钱借十万，救救自己的爸爸。毛橘子说，你放心，你的事就是我的事。

听到毛橘子这样说，傅路娃安心不少。有了钱，签字这个问题应该不难解决。毛橘子让傅路娃等电话，她去给爸爸妈妈说说。

傅路娃想，毛橘子已经是她爸爸妈妈唯一的念想了，换句话说，傅路娃也是他们不可缺少的念想，应该会支持。

想是这样想，但有很多想法不能按常规出牌。

毛橘子在电话里说，爸爸妈妈不同意。他们说，现在吴春不在了，这点钱是他们往后生活的保障。女儿是别人家的，谁知道后面会发生什么变故？

这在偏远落后的地方，一直是这个传统，养儿防老。女儿再多，那也是别人家的。她们心情好，回娘家来看一眼。心情不好，一年半载或许也不回来。有钱高兴时拿点，不高兴什么也没有。女儿们心安理得，这是哥哥或弟弟的事。也许，重男轻女在山乡里世代相传，不是没有道理。

听到这个声音，傅路娃觉得天都要塌了。他们居然会这样，居然不同意！不说吴春伤亡的赔付款，就是自己给他们的钱，对于抱村来说，也是不可小视的数目。现在差不多已是他们的女婿，就差明媒正娶了。这是亲人该做的吗？

傅路娃对毛橘子说，他们不同意就算了，我再想办法。怎么想办法？到哪里去想办法？他心里哪里有底。他虽然知道妈妈爸爸手里应该有些钱，这都是自己寄回去让他们零用和把房子搬出那个岩洞的钱。他们房子没搬，平时舍不得用，一定存了不少。但自己不能去问他们要这钱。

王福生可以说是傅路娃目前最值得信赖和依靠的人，可他现在是自身难保。苟飞有钱，但他不想找他。那又去找谁呢？主要是这么大的数目，谁会信任你？一个月工资就千儿八百，十万也不是一般人能够轻易拿得出还得起的。

他想，苟飞这条路，只有姐姐去说。他提起话筒，还没来得及拨，腰间BP机响了，是姐姐前面打来的电话号码。

我给飞儿说了他外公的情况，但飞儿说，他现在手里没有那么多钱。这孩子也真是的，做包工头这么长时间了，怎么会没钱呢？怎么会没钱呢……

没事没事，姐姐，你把妈妈爸爸安慰好。其他的，我来想办法。

话是这样说，能想什么办法呢？

找亲戚朋友借？至亲的外孙都不帮，还有谁会帮？再说，也没有什么亲戚朋友可以找。

傅路娃感到变化太大了。小的时候，一家有难，八方支援。如今，每个人都在用心经营自己的家庭。你争我夺，能够有钱，才是值得思考的东西。

与其他工友联系，犹如石投大海。没办法，他只好将手里几个工友没来领取的工资连同自己仅有的积蓄，加起来共有五万多块，给姐姐寄回去。他对姐姐说，字你帮代签了，医院不同意，你喊妈与你一起签。妈写不来名字，让她按手指印。给医院说点好话，救命要紧。手术先动，我继续找钱回来。

将能想到的都想了一遍，看看哪里能借到钱。想一遍过后，又重新梳理一下，看哪个朋友被漏掉了。想到最后，还是一场空。

傅路娃将几个工友的工钱挪用了，没给他们打招呼，心里过意不去。想到如果他们此时来结算工资怎么办？他想，只有离开这里，等以后有钱了给他们送过去。但这样会不会被人看低呢？可不这样又能怎样呢？

他在宿舍里坐卧难宁。走还是不走，成了他此时的心魔。走，被人看低这几个字，在给他念咒语；不走，随意挪用这几个字一样让他无地自容。而就在此时，BP机哔哔、哔……地叫唤了起来。肯定是姐姐打来的，不会是爸爸动手术的事情没办好吧？他焦急，万一医院必须要十万押金都到位了才动手术怎么办？

傅路娃边往公用电话亭跑，边把BP机从腰间皮带上取下来。是一个陌生的手机号码。这是谁的呢？熟悉的几个朋友或者老板的手机号，他看一眼就知道。他猜不出这是谁的。猜不出就不猜了，不是姐姐打来的，他心里就没有那么慌。放慢了脚步向公用电话亭走去。

傅路娃在宁心静神的情况下，大概听出来打电话的是谁了。

兄弟，你现在手头应该不宽松了吧？

我知道你对我有成见。你也别问我是从哪里知道你的消息的。你是过来拿，还是说个银行账号过来？

过来拿？银行账号？傅路娃脑子转了两圈，明白了常维的意思，那是要借钱给自己。这个意外的惊喜来得让他毫无准备，他傻站在那里，拿着话筒，一时不知怎么回答。直到常维在电话里大声喊你倒是说话呀，他才醒悟过来。

银行账号吧。傅路娃想说，你不怕我不还给你呀，但终究没有说出口。这是对自己的信任。傅路娃管不了以前的心结了，钱对于他来说，此时是唯一的曙光。是爸爸能不能继续活下去的曙光。十多年的时光，妈妈爸爸都不知老成什么样子了。他掏出存折（因宿舍不安全，大多数时候，他用塑料袋包裹，随身带着），将号码念给常维，然后常维再念一遍给他听，确认无误后，挂了电话。

傅路娃想第一时间赶回家去，如果去拿，一来一回耽误时间。常维说借钱给他，没说多少，没说要什么时候还。傅路娃也没说。傅路娃想，只要能借给他五万，爸爸的手术就可以做了。

BP机再次响起的时候，是留言信息。傅路娃的BP机已不是数字式的，换成了中文BP机。中文BP机可以直接看到留言。是常维的留言，说钱已打到账上。没说打了多少。傅路娃撂下话筒往工地不远的银行跑，他要去查查到账情况，然后才好决定下一步该如何安排。

十万。傅路娃看到这个数目，完全被惊住了。常维这么大方地借，可自己到时又怎能大方地还？以前带班，连同拆房，一个月算下来最多也就两千，要还上这些钱，是相当困难的事。如今班没得带，连上班拆房也没着落，要还清这笔钱，就更难了。

他被常维的举动感动得想哭，眼泪在眼眶里打转。但他强忍着，不让自己哭出声，不让眼泪掉下来。

回到宿舍，收拾好包裹，然后找了一张纸，在上面写下一行字，表示留言：各位没有领到工资的工友，因我家突生变故，现必须回一趟老家，欠你们的工钱，只有等我再来申城时结付了。请理解！

包裹里装着自己比较好一点的这个季节要穿的衣服。棉被和其他衣服，本想打包寄存到王福生那里去，可想想，这样耽误时间。此时，他已归心似箭。如果不是为了筹钱，他早就在接到姐姐的第一个电话时回去了。

他想，放这里吧，如果有捡破烂的捡去，或许，他们用得着。

买到火车票，坐上晚上的末班车。心里五味杂陈。从离开家乡，十年了，从十五岁到二十六岁，没有回去过一次。这次终于回去了，却是因爸爸病危。

火车刚出火车站，腰间的BP机响了起来。一看区号和那电话号码，是县城的段号。知是姐姐打来的。可明知是姐姐打来的，又能怎样呢？火车上到哪里去找电话给回过去，着急也没用。傅路娃知道，火车再往前走，信号会消失，BP机就无法接收到任何呼叫了。

一切只有等到回家了才行。

十七

家在傅路娃的心中差不多成了一个概念词。时时刻刻想起，也时时刻刻在梦中出现，那些点点滴滴是离家出走时的样子，那样亲切。在亲切里仍有因贫穷生长出来的逃离。他设想了好几种回家的方式：比如自己成家后，带着老婆孩子回去；比如腰藏大量现金，回去将自己家的房子从岩洞里面搬出来。林文家搬到镇上去了，他想，自己也可以回家到镇上买房，到城里买房；只是没想过，自己会以这种方式回家，被爸爸病危的方式喊回家。这多少有点悲怆。

县城对于傅路娃来说是陌生的，从房屋到街道布局，与其他陌生的城市一样。唯一亲切的是口音，和那个从小被灌输进大脑的县城名字。如此而已。

县城与傅路娃之间相互陌生，相互打量。不得不说，县城太简陋了，有点像自己家的条件；也有点像他以前在常维家看到的书法家手里的草书，潦草的几笔，看不出丰满也看不出圆润，但不影响它叫书法。

县城确实老了，与外面的城市比起来，有点老态龙钟。进城与出城的路口各拉有大红的横幅：热烈祝贺今年县劳务创收十二亿元。看到这大红的横幅，傅路娃突然露出了微笑，这十二亿里面也有他的功劳。他知道，他们县目前也只能用劳务输出来创收，来改变生活现状了。其实劳务输出就是外出务工，只是字面上好看点。在申城，有县里专门成立的劳务输出办事处。

唯一一条有现代意味的街道贯通南北，上面车来车往，人来人往，拥堵不堪。看上去很繁华的景象，其实是不得已。县城坐落在两山夹一沟里面，只有那么大的地盘，长不过两公里，宽不过一公里，两条河交汇，将它环抱。站在山上看，进进出出的车辆和行人如蚂蚁。

在这条街道上，有汽车站，有体育馆，有电影院。再横向纵深一点，有人民大会堂。这条街道的房子比较现代一点，大多数是二十世纪五六十年代修建的砖瓦楼房。而横向错综延伸出去的，基本是新中国成立前或者清末时期的房子：木框架，竹篱笆，街巷很窄，窄得最多能让两个人骑着自行车擦肩而过。

县人民医院是唯一的公立医院，也是最有公信力的医院。一般来这里的病人，都是得了重病或乡镇卫生院和赤脚医生无法医治的病症。如果这里没办法医治，大家一致认为，那就是没得其他办法的了，命该如此。

它在主街道后面，一个相对安静的角落。傅路娃走进去，在问询过后，找到姐姐说过的病房，可里面没有人。病房里其他住院的病人说，他们在昨天已经出院了。

出院？傅路娃脱口而出，他们不是要做手术吗？

那不清楚。反正大前天去做手术，后来没回这里。昨天早上护士来收拾病床时说，这个床的病人已经出院了。

傅路娃听到这个消息，心里七上八下打着鼓，动手术就算很成功也没理由这么早出院呀！一般要住院观察一段时间，还要不停地用药。难道姐姐和爸爸是考虑到没钱用药？还是……傅路娃不敢继续往下想。他拍了拍脑袋，努力不让自己往坏处想，可那坏的影子仍不安分地噌噌蹭地往上蹿。

走出医院，想到刚上火车姐姐给自己打传呼，一定是有什么要紧的事。可在火车上，没地方回电话。这几天里，一定发生了什么事，只是自己没办法第一时间联系上姐姐。

他在医院附近找到一个可以打电话的小店，给社长家打了过去。社长一听是他，只说了一句，你姐姐他们在前天回家了，快点回来吧。随后挂断了电话。

这个电话，让傅路娃心里隐隐感到不安，一片不祥的阴影笼罩上心头。

他再也管不了其他。猜想已经没有实际意义，只会给自己增添心理负重。尽管忧心忡忡，可一切只能等回家才会有一个最终落地的消息。

抱村在傅路娃离开的这些年是有变化的，触目可及。一条盘山公路，从山底下一路弯弯绕绕而上。虽然还是泥巴石子路，宽三米余，但总算是有公路了。可行车了。

傅路娃坐汽车而后改坐摩托车，颠簸着往上走。越往上，路越走越惊心。从上面往下看，一片悬崖陡坡。摩托车为了躲过一些很深的坑洼路面，靠边走时，傅路娃想如果摩托车一偏，人骨碌碌滚到山下，还能不能爬得起来？他的心越揪越紧。记得小时候，从山上沿着山路往下跑，也没见得有如此害怕过。那时候，不小心摔一跤，抓住路边的树木草根，爬起来又跑。这些年，在平坦的城市里务工生活惯了，让他对家乡的路产生了畏惧。

还有一个变化，是傅路娃在没回来之前想不到的，虽然听说过家乡这些年的变化大，但还是让他有些猝不及防。一路上，公路边或者公路以外的那些村庄，已有一栋栋砖瓦楼房耸立了起来，有墙面刷得如雪般白里透亮的；有外墙贴上瓷砖，还拼有各种花色图案的；当然，也有就是青砖、红砖本色的。在青山绿水间，显得那么醒目，有偏居一隅的自豪和骄傲。让他有一种陌生感。他在惊叹的同时发出疑问，这是我的家乡吗？

在惊叹之余他想，原来不只是城市在变，农村也在变。

翻过山坳口，抱村已隐隐约约出现。以前成排，看上去规整的房子格局，中间或者边上有的已经拆除，留下一个豁口，此时看上去有点凌乱了。有几幢砖瓦楼房傲娇地挺立在周边，面朝的方向不一。傅路娃心里的激动之情已溢于言表，同时也有一种失落，这是对儿时记忆的失落。

这些念头，只在脑海里闪现了一下。想得更多的是，他不知道爸爸现在到底如何了？那垮掉了墙壁的山洞房子情况怎么样了？

远远看到岩洞下面的家，但还看不到垮掉的那面墙。抱村静悄悄的，连以往的鸡鸣狗吠声都没有了。傅路娃加快脚步，这安静让他心里更加不安。在将要爬上自己家的那个地坝坎子时，突然响起几声震天炮仗的声音，吓得他一哆嗦，人差点跳起来。这是有人离世时才有的炮仗声。这声音是从他家屋门前发出来的。

傅路娃感到脑袋一片空白，人站在地坝坎下，脚已没有了往上攀爬的力气。眼泪无声地往下淌。前面心里的猜测基本得到印证，爸爸已经去了，十多年前那一别，成了永别。

炮仗声过后，唢呐声响了起来，吹奏的哀乐，声声让人断肠。在哀乐声停止后，傅路娃擦了一把眼泪，拖着沉重的腿，爬上地坝。地坝里搭着简易得不能再简易的灵棚，白得怕人的纸上写着爸爸的名字。除了唢呐队的几个人，看不到其他人。爸爸的棺木（棺木十分陈旧，不知妈妈与姐姐在哪里买来的）停放在灵棚里，棺木前烧纸燃香的盆静悄悄的。香烛已经熄灭，显得刺眼而孤独。爸爸与抱村那些鸡飞狗跳的日子已经格格不入，与这个世界的烟火情长已经格格不入。

傅路娃默默地将背上的包裹放下，跪在盆前，点燃香插在盆前一堆泥土上，拿过一沓纸点燃放在盆里，而后无声地将头匍匐下去，与地面紧紧接触在一起。就这样跪着，头匍匐着。那些乐队的吹鼓手们，紧一阵慢一阵地吹打着。不知过了多久，傅路娃妈妈从屋里出来，看到跪着匍匐着的傅路娃，一时不知是谁，颤抖着声音喊叫他姐姐的名字。

妈妈和姐姐来到傅路娃身旁，傅路娃没动。姐姐伸手扶他，看不清面目，也不知道如何称呼。此时的傅路娃身体早已不是十多年前的样子，难怪他们从身形上认不出。

傅路娃被姐姐扶直身子，刚站起来，腿一软，又跪了下去。这时姐姐和妈妈才看清傅路娃的面目，但一时没认出来。十年了，变化太大了，容貌和身体都变了，傅路娃早已从一个青涩的少年变成了男子汉。

你，你……是路娃吗？姐姐愣了半晌才犹犹豫豫地问出声来。这是怎么了？

她想，除了路娃，谁还会这样跪在爸爸的灵前呢？

傅路娃听到姐姐的询问，哇的一声哭了，哭得抱村四周的山摇摇晃晃。亲人见面不相识啊。他伸出双手，拥抱着妈妈和姐姐，一边哭一边点头说自己是路娃。他强有力的手拥抱不到爸爸了，他没有爸爸了。

姐姐头上裹着一根拖到脚跟的白布，腰上系着围裙。妈妈肩头挂着黑纱，腰间系着围裙。她们手上还有菜汁的颜色没有来得及洗净，一看就知是刚从厨房里走出来的。

这看得傅路娃心碎。记得小时候，抱村有人离世，院子里大大小小的人都会聚集起来帮忙，生火做饭，招呼客人……或聚在一起说着离世人的过往，或谈论离世人就这样离开人世太可惜了。然而此时……

傅路娃不想往下想。姐夫居然不在，这是他无法理解的。他无心管其他的事，问姐姐，不是手术吗？爸爸为啥就走了？

医生说错过了最佳抢救时期。都是钱耽误了。

不是说先动手术吗？那五万块前期动手术都不够？

你钱一到，医院就安排了。可还是晚了。姐姐哭着说，声音虽然在哭，但已没有眼泪流下来。我给你打BP机了，你没回，当时医院已下病危通知。那是在手术台上。

傅路娃无言以对。他狠狠地捶打着自己的头。为啥会这样？

要是自己有钱或者毛橘子他们能借钱；要是苟飞能第一时间寄钱，后面自己来还都是来得及的；要是医院的规定不那么死板……他无法再想下去，他欲哭无泪。他扯着自己的头发，将头深深地埋了下去，突然抬起头，哀怨地长长啸叫了一声。只听得岩洞四周的鸟扑打着翅膀，一些树叶四散飞去。

妈妈，你们手里不是还有钱吗？

爸爸不让动。他说，如果动的话，他也不会配合医治。傅路娃的姐姐接过话说。

傅路娃看着姐姐一开一合的嘴皮，脑子嗡的一声一片空白，到最后只是看到她的嘴皮在动，说的什么对于他已经不重要了，也听不见。

他明白，爸爸是为了惜钱，穷惯了，穷怕了，有钱舍不得花、不会花了。

毛橘子在爸爸遗体回家时来过，但马上被她的爸爸妈妈喊回去了，后面就再也没有来。姐姐忧伤地说，她爸爸妈妈对毛橘子说，你害死了她哥，又这么穷，现在爸爸也死了，还有啥盼头？难道要跟着受一辈子贫穷的折磨？

刚开始毛橘子很犹豫，可后面还是跟着走了。

左邻右舍年轻一点儿的出去务工了，有几个老人在家，在傅路娃爸爸刚从医院弄回家时，出于无奈的礼节，你拿来点蔬菜，他带来点米，稍有点钱的，放下五十或一百块钱，而后回去了。然后就是现在这个样子。

傅路娃的姐夫，是一个比苟飞还活跃，还会算，也更为自己着想的人。记得有一次，傅路娃爸爸要卖谷子，没公路，只能挑。傅路娃爸爸喊他姐夫帮忙挑一下，忙是帮了，但收了五元钱的工钱。那时候，端国家饭碗的公务员才二三十块一个月。傅路娃一直与他姐夫不亲是有道理的。至少，他自己是这样认为。

这次爸爸死了，他不在，说是今年算八字不能出入灵堂，傅路娃除了心酸，其他啥也不想。

左邻右舍不出现，他不怨谁，不来是人家本分。谁叫自己家在这里是小户人家呢？谁叫自己家穷呢？人家都砖瓦楼房了，自己家却还在岩洞里。

没有人来，自然也没人知道傅路娃回来了。

爸爸已停灵几天了，天气热，继续停下去不合适。妈妈和姐姐等他回来，他才是主心骨。问了走道场的人，知第二天是适合丧葬的日子。可问题来了，谁来抬棺木呢？

有一个姐夫，一个外甥，如今都不在。有左邻右舍，如今不管在家不在家的也都不在。姐姐说，路娃，我抬一边，你抬一边。

你抬得动吗？就是抬得动，还差两个人呢？哪里去找？傅路娃妈妈说。

乡下出殡，一般是四个人抬，如果埋葬地远，还要两个人拿凳子，好中间换气休息。出殡时，没到埋葬的墓穴，棺木不能落地。如果落地了，再抬起来，有大凶的预兆。按老一辈的说法，会犯煞，有可能还会死人。这是风俗习惯，是吉凶祸福的规避。

傅路娃想去喊毛橘子的爸爸和社长，还有另外一个表叔来帮忙。他们比他爸爸年纪小，抬抬应该没有问题。其实，傅路娃没有想到，就是他去喊他们，他们也不会买他的账，他少小离家在外漂泊这么多年，基本上与老一辈没什么交集，见面也不认识，又能有什么面子可谈呢？

别，别去了。人家先前来的时候，与吹鼓手的师傅们说，爸爸是被墙壁砸死的，不是善终，他们怕犯煞。他们还想多活几天。放下要送的东西急匆匆地走了。毛橘子的爸爸，更不要指望，他的脾气你不是不晓得，现在对你的成见那么深。傅路娃的姐姐看着他转动的眼睛，知道他想做啥。

要不，我抬一头吧。傅路娃妈妈在一边接上一句。说得小心翼翼。

妈妈的话听得傅路娃鼻子一酸，抱着妈妈又哭了起来。傅路娃的姐姐扑了过来，一边抱着路娃，一边抱着妈妈，三个人哭成一团。漫天的乌云罩上西下的太阳，在群山包围下的抱村，此时天色更暗了。

母子三人的对话和哭喊，让治丧乐队的吹鼓手们心酸。这是他们从事这个行业以来，第一次遇到这种情况。世态炎凉啊。一个吹唢呐的师傅走过来，拍了拍傅路娃，这样吧，我们来几个人帮忙，但要给工钱，权当给我们冲喜。冲喜，是农村里迷信的说法，如果遇到什么比较触霉头的事，买来一挂鞭炮，一尺红布。鞭炮一放，红布一挂，就大吉大利了。

他的话让母子三人沉重的心情得以缓解。傅路娃边哭边点头，好，好，好，要得。感谢你们！一边说一边给那个吹唢呐的师傅鞠躬。

不过，还有一点。我们来抬棺木了，就没人吹唢呐和打鼓了。

没事没事。只要到地方给吹吹打打就可以了。傅路娃说着，强忍住泪水不让它掉下来。眼眶让那些不能流出来的泪水撑得鼓胀了起来。

十八

傅路娃回家，本是该高兴的事，十年的离别，那种思念之情不是一般人能够理解的。那是十年的日日夜夜凝聚而成的，犹如聚沙成塔，也如点滴之水成江。有一句很带哲理意味的话是这样说的，经历过，才会懂。没经历，也难能感同身受。可这感受，是那么现实、无奈而又刻骨铭心。像妈妈那个扎布鞋鞋底的锥子，锋利的光芒，直直扎透心底。这些都在一点一滴地改变傅路娃的人生观，改变他以前的为人方式。

直到傅路娃爸爸入土为安，没有其他人到场，毛橘子也没到场。傅路娃在往他爸爸的坟堆上加土的时候，每加一锹土，心就冷掉一截。在他的记忆里，爸爸是老实而又热心的人，虽然在钱上自己伸不了援手，但在力气上，只要邻里需要，他总会不声不响地出现，不管需要帮助的人喊没喊，他都会在最早需要的时间里出现。

他想到前段时间闲得无事时读到的陆游的一首词，里面有"世情薄，人情恶，雨送黄昏花易落"的句子，尽管不是很适合，面对此时，也不得不说是另一种应景。他知道，应景是应景，可这也是无可奈何的事。不经一事，不长一智。他感到对抱村无所挂念了。在外边时对抱村的思念在此时真成了一种讽刺。他没想到抱村现在变成这样了，熟悉的陌生，比陌生更可怕。这些人和事，让他在生活中长大，带着烟熏火燎的味道。

他明白，只有自己强大起来，才会是真正的强大。他需要钱，只有钱才能让自己强大，才会有人看得起。如果自己有钱，妈妈爸爸就不会那么惜钱，房子搬出岩洞，修上砖瓦楼房，墙壁也不会因年久失修而倒塌，爸爸不会被砸中头部；如果自己有钱，及时付了医药费，爸爸的手术不会被拖延，也不会就这样离开人世；如果自己有钱，家庭状况优越，那些邻居，不会找借口，不会在爸爸死了，连一个都不愿伸出援手，抬他上山入土为安。

他不想恨任何人，比如苟飞，比如毛橘子或者他的父母，比如邻居……

他爬上他家住的岩洞顶上的山头，坐在小时候最喜欢坐的岩石上，岩石上苔藓密布，陈迹斑斑。这里是抱村最高的地方，也是周边最高的地方。抬眼望去，一览众山小。不光是整个抱村尽在眼底，抱村周围的或者更远的村落，也一一能看到。小的时候，只是觉得坐在这里，没遮没挡，看了这山看那山，空旷得让人觉得心情舒畅。高兴的时候他会来这里，被爸爸妈妈骂了，也会来这里。所有好的心情与坏的心情都会得到有效的释放，不平静的心会慢慢变得云淡风轻起来。

此时坐在这里，成年后漂泊多年的心境，与小时候是截然不同的。如有相同的，最多是空旷，久违的空旷。他要发泄，他突然长啸起来，一声接一声。看着远山，看着远方长啸。他要把心中复杂的情绪和不顺心的一些人和事都长啸出去。

他知道，长啸过后，他又该出发了。

可出发之前，妈妈怎么办？如何安排？这是一件劳心的事。

让她去姐姐家吧，那基本是不可能的。姐姐是好姐姐，是有孝心的女儿，可她在她家没有一点儿地位。哪怕她说的话做的事有理，也没有姐夫他们的一个屁重要。这是傅路娃家穷的原因，不然自己的老丈人被抬上山时，他能不出现？

这样的事想都不要想，保管会被一句她自己有儿子不管，我为啥要管的话把话堵死。是的，这是贫穷落后的山村墨守成规的族群不成文的规定。有儿子的，父母的生老病死等等一切事都该儿子管。所以，养儿防老在这里成了最重要的事。

傅路娃此时感觉自己是抱村的弃儿。它已经无视他的存在了。

他想他该逃离了。这次逃离的心情与十年前的逃离，完全是两种不一样的心情。十年前，因过失伤人离开抱村；而这一次，是看透了抱村。抱村的邻居给他上了很重要的一课，比他在外漂泊十年的收获还大，还深刻。

他长啸得让自己精疲力竭，然后沉沉地睡去。梦里好似有人喊他。似自己的爸爸，又似毛橘子。但他没理，手向那个人推了推，仍沉沉地睡去。等睡醒了，回到家对妈妈说，跟我一起出去吧。你一个人在家，谁来照顾你？

你爸爸在呢。我不去。妈妈哽咽着说，我离开了，你爸爸会孤单的。

可是，你要有个凉寒感冒，头疼发热怎么办？

没事，没事。傅路娃妈妈说得有些失落也没有底气。长年累月贫困的生活，让五十多岁的她变得比城里七十岁的人还显老。看到妈妈这个表情，傅路娃鼻子一酸，眼泪不争气地往下流。

不说了。就这样定了。反正屋子的墙壁垮了，也没什么值钱的东西。咱们说走就走。傅路娃用手抹了一把泪水，用力往地上一甩，将泥土地面砸出一些如豆子般大小的坑，转身进屋收拾东西去了。他妈妈越哭越凶，也越哭越没有声音，最后只剩下眼泪不停地流。

傅路娃背着收拾的包裹，里面装着妈妈几件稍微看得过去的衣服。姐姐搀扶着妈妈。妈妈走一路哭一路，一步三回头。哭声让傅路娃心烦意乱。他不回头，这个生他养他的地方，好似对于他来说，没有值得留恋的了。爸爸归于尘土，妈妈就在身边，家也相当于在身边了。

到了山下，他再也忍不住了，回头往来的路上看，但此时已看不到抱村了，最多能看到围着抱村一面山体的轮廓。坐上公共汽车，他将包裹放好，从车窗里看自己爬上爬下过多少个春秋的山脉，在心里说，永别了，我的村庄，永别了我的家。

他想，他是不会回到这里了。

其实，后面的事，谁又能说清呢？就像这个超速度变化的时代。

十九

再次将脚落在申城这个建设中国际大都市的时候，傅路娃不知是喜是悲。喜不知从何来，悲也不知从何来。前面在申城为生存打拼了十年，按说对这个城市已经是熟悉且有感情了。此时，因吴春事件过后，他觉得茫然，下一步是未知。说确切点，一切只有从头再来。最多就是认识了一些人。当然，这些认识的人，让他在思想上有所依的感觉，尽管不算财富，也是一种收获。

带着妈妈一起漂泊，这是一种新的生活方式，是进城务工生活的新挑战，傅路娃在之前没有遇到过，自己却亲身体验了。没有去处，他只能去回家之前的那个工地。可当他走进工地时，里面来来往往的拆房工人让他无所适从。

在因爸爸的事离开后，老板在这段时间里，已经另外安排了拆房工人住了进来。当他走进宿舍时，已不见自己的棉被和留下的衣服。一种无法形容的悲伤袭上心头，但有前面回抱村的遭遇，这已不能让他失控、失去理智。带着妈妈，他明白，自己不能倒下，不能在妈妈面前表现出来。妈妈的依靠和念想，只有自己了。

傅路娃管不了那几个还没有拿到工资的工友，这里无法停留下来，只有另找地方，以后再想办法给他们。

唯一的去处，可靠的地方，只有王福生那里。至于苟飞这个外甥，他现在对他没有底气。带着妈妈这里那里去找地方住，会让妈妈不安，让她对自己的生存状态担心。带她出来，本想让她过得安心，如是那样，反倒是害了她。让她在忧虑中生活，自己就是罪人。

王福生是傅路娃的恩人，也是他江湖救急的兄长，最可靠的兄长。

常维借给傅路娃的钱，他这次回家，用掉了近两万，还剩八万，这得还给常维。这是他对于傅路娃人格的信任，在没有任何保证的情况下给予的资助。傅路娃想，好人的心，不能辜负。

安顿好妈妈，傅路娃给常维打了电话，本想问得银行账号后，从银行给转账过去。常维接傅路娃的电话时，直接给他说了现在住的地址，便挂断了电话。傅路娃握着听筒，一时没回过神来，直到公用电话亭的老板喊了一声，他才放下听筒。

看来只有到常维那里去一趟了。回头想想，人家这样相信自己，这样帮自己，该当面去感谢。另外一个声音也在对自己喊，常维现在是拆房老板，去见一下，或许有不一样的收获。

自己需要钱，需要钱来改变生存的现状。此时已不同以往，现在带着妈妈，不能过那种吃了上顿没下顿的日子，不能睡大街。

走出公用电话亭，傅路娃长长地吐了一口气。他不想遇到苟飞，这个与自己曾经亲如兄弟一样的亲外甥，离自己已经太远了。

其实，人与人这一辈子，有很多事是无法说清的。按傅路娃的性格，在之前，是有一是一，有二是二的人。哪怕在外漂泊了十年，性格基本没变。谁好谁不好，界限分明。你不好，我可以与你不相往来；你好，我可以与你如君子之交淡如水。这是他以前的性格。现在变了。在经历了父亲这件事，一些人和事给他狠狠地上了一课。他的生活状况，让他到了不得不变的程度。

在这个城市，一天一天地见证它的变化，就像见证着身边的人一样。都在变。那些与自己一样同时出现或者比自己晚出现在这个城市的兄弟姐妹们，从穿着打扮到口音，到说话的语气，都不可同日而语了。穿着打扮越来越接近这个城市，吃的越来越接近这个城市；出行的时候，有些人学会了打出租车，不再去挤人满为患的公交车了。他觉得，没有理由不变。再不变，就对不起惨遭横祸而逝去的爸爸，更对不起如今相依为命的妈妈。

常维现在住的是别墅型的小区，与他以前的小阁楼式的巷子居民区比，完全是两个不同的存在。这样的小区，在三年大变样的申城，仍不多见。大面积艺术设计修整的绿化，假山、流水、亭台，清晰疏朗的布局，一栋栋独立规矩排列的欧式风格与中式风格相结合的房子，看得傅路娃兴叹不已。这就是人与人的区别。

常维没有犹豫，将自己的家庭住址告诉了傅路娃，还邀请进屋，这本身已让傅路娃感动。很多老板防人知道自己的住处。没有联系这么久了，做了老板的常维一如既往地对自己信任。这让傅路娃不得不检讨自己以前的想法。在他心里，常维在他手被摔断后，叫苟飞去做他的工地，是他不能理解的事。所以基本将以前那些日子，常维与王镇对自己的好进行了否定，也不再联系。

对苟飞的不原谅，也出于此。但还有更深一层意思，苟飞接替他，做了工程，不该不告诉他。外公伤情严重，不该不伸援手，这个结想来一辈子是解不开了。

傅路娃背着一个陈旧的小包，里面是从银行取出来的八万现金，这是他第一次背着这么多现金赶路，有点担心可也看着喜人。但这不属于他，他欠人家的，要还，这是为人的原则。有多少还多少。还差的，后面再想办法。

当他从包里将钱取出来的时候，常维像看外星人一样看着他。路娃，你将钱背来，你父亲呢？

已经好了，不需要钱了。傅路娃努力控制着自己的心理变化，不让它在脸上表现出来。

哦，那就好。常维嘴上答应着，并没如其他人一样马上起身将钱收起来。你重回申城，有什么打算？

没什么打算。只是想找到事做，快点将差你的钱还上。

哦。那个不急。你方便的时候再说吧。常维看起来漫不经心。听说你现在无路可走了，工地出事故了？

暂时还没找好。

这老板不行呀，你给他干了这么多年，一出事就将你请出局，哪个工地能没有个意外呢？

傅路娃无法接话。他不想背后说谁谁的不是。

看到傅路娃为难的样子，常维说，这点你比苟飞好。你本性不改呀。

傅路娃沉默着，心里有话想说，但又不能说。

知道你想说的话很多，不为难你了。常维说，我直接点，你没有好的去处的话，来跟我干。

傅路娃嘴皮动了一下，没有说话。按实际情况，傅路娃很想得到常维的帮助，他需要钱。但这么多年的性格形成，让他不好意思直接说出口。再有就是，他不想见到苟飞。如果在常维这里做，与苟飞遇上那是肯定的事。

别犹豫了。我没有其他想法。你在我这里做，好第一时间还掉差我的钱。常维含笑看着傅路娃，我打个电话，看王镇今天下班早不早？有没有时间一起聚聚？我们三个很长时间没一起喝喝小酒了。

常维的话，让傅路娃无可推辞，但他明白，这是在变相帮自己，也给自己一个台阶。喊王镇一起聚聚，那是一个借口，缓和一下气氛。不过，他们三个自从自行车事件之后，还真没聚过，这是事实。

也该聚聚了。

傅路娃明白，常维虽然是拆迁办的，但做工程，没做过，尽管有那么些一知半解，那也只是一知半解而已，要应用到实际中来，每一个环节都得从零开始。不管是拿工程还是管理；不管是用人还是工期进度，哪一样都得理顺才行。

实际上，常维与傅路娃没有联系后，与王镇也没联系。这个不联系不是说不联系，而是找不到合适的时间。从机关部门踏入商海，他经历的事和人，让他无法忘记三个人在一起度过的那些傍晚，那是值得珍惜和怀念的时光，也值得再延续。大家虽然来自不同领域，不同地位，可从来没有陌生感和拘束感。在一起那么自然而随意，想说的说，想聊的聊。谁买酒谁买菜都行，一盘花生米，一盘小青菜，都可推杯换盏到深夜，这种情谊是其他东西换不来的。

王镇在这两年里，因出警办案过程中成绩突出，警龄又长，从队长升到了所长。职务越高，责任越大，事情越多，很多时候没有休息日。在这遍地开发建设的地方，很多法律法规在随着时代的步伐边行走边完善。违法犯罪分子在想着方法犯罪，各类治安事件发生频率高，基本是二十四小时备战状态。

常维与傅路娃没联系他，他知道傅路娃随工程、工地的变化各处游走，常维家因开发拆迁搬走了，想联系也不容易找到合适的时间。大家彼此记挂着，只能压在心底。接到常维的电话，这是兴奋的事。他在脑子里快速闪放了一遍，刚好今天所里没有其他要紧的事。他在电话里说，是该聚聚了。

阳光似乎比从前更明亮。

二十

从常维那里回来，傅路娃阴郁了那么多日子的心情变得好了起来。吴春出事，各种矛盾问题的涌现和解决，最终让他穷途末路。十多岁逃离时爸爸说你好我们就好的话还在耳边，但却成了遗言，这成了他此生最大的隐痛。而乡邻们在这次事故中表现出来的冷漠，让傅路娃寒心，让他真正感受到了人情的冷暖。

时代真的变了。不再是你家有事我帮你，我家有事你帮我，什么条件都不讲，全凭远亲近邻之间的友情和热爱的年代了。这十年，除了钱，一切都变得陌生起来。人与人之间，那热情如火般纯情的日子已远去，是什么在改变这一切？生活质量在变，人与人之间的关系也在变，变得那么微妙而又不被人理解。

这些事塞满他的脑子，占据他的心，沉甸甸的，让他喘不过气来。就像那拥堵不堪的马路：自行车、摩托车、小轿车、公共汽车，间或拿了许可证在白天可以进入市区的货车、工程车等等，显得不堪重负。而一旦疏通了，快速的节奏，会让人亢奋起来。

他要给妈妈一个好心情。

妈妈一直沉浸在爸爸离世的悲痛之中，来到大都市申城，见到她前面几十年没见过的人和物，也没能让她有丝毫的改变。一路走来，汽车、火车、轮船、自行车、高楼这些她在过去想看而又不能看到的事物，还有说着各种方言和各种穿着打扮的人，最多只能让她的视线转移一会儿。过后，她的心情和表情就又还原了。

这是他急着要解决的问题。

早上起床的时候，傅路娃从窗子看出去，明亮的光线告诉他，今天是个好天气。他想，趁还没正式上班，带妈妈四处走走看看：申城的古建筑群，或者改革开放后的新生事物。一来让她长点见识，二来看能不能借这些新鲜事物转移她的注意力，让她早点从悲伤中走出来，自己能照顾自己，这样他才能安心上班。

他到外面早餐摊上买了油条和豆浆，好像将所有事情忘了一样。妈妈听到他那亲切而甜蜜的呼喊声，还有口哨声，脸上露出不易察觉的开心，这从她脸部温暖的神情可以看出来。看到这细微的变化，傅路娃的心情更加舒畅了。他在除了想尽快找到事做，多挣钱，让苦了一辈子的妈妈过上好日子，再就是迫切地要让她开心。

听到妈妈在与一个男人说话，傅路娃隔着窗子，以为是王福生或其他住在这里的工友。心里想，要是王福生，就喊他一起出去走走。他老婆因老家有事，回去了。他一个人也不好耍。其实，他知道，王福生根本没在家。老板有老板的事要忙要做。就算住在他的工地上，也很少见到他。

越靠近妈妈住的房间，声音越清晰，是苟飞。傅路娃原本的好心情瞬间没有了。这该死的苟飞，他从内心里排斥他。这昔日如兄弟般的外甥，现在不是了。

舅舅，别这样看着我嘛。苟飞背对门口站着，从外婆的眼神里，知道有人来了。回过头，看到傅路娃，有点尴尬地笑笑，但马上恢复了以前的状态，一点没有隔离感。

你来做啥？

看看外婆呀。想把她接到我那里去耍几天，让她散散心。

哦，这个就算了。我马上带她出去玩儿。

舅舅，别这样嘛。我知道她是你妈，但也是我妈的妈。我有这个义务让她开心起来。

傅路娃看看妈妈，妈妈的眼睛里居然有期待的眼神。

这也难怪，苟飞从小与外婆在一起的时间多。换句话说，妈妈爱苟飞的分量有可能比爱自己还多一点。这是隔代的爱，有宠着溺着的成分。到申城这个地方来，妈妈除了自己，没有一个认识的人，更何况是亲人，是外甥。

外婆，别犹豫了。小时候你对我那么好。外公去世，我因工地的事没能回去，又没能帮到忙，本就愧疚得很，你让我弥补一下我的歉疚嘛。

苟飞撒着娇，本来口才好，说得又入情入理，谁不会动容呢？妈妈对他的偏爱，傅路娃看得出来。不让她去怕是不行了，搞不好还会增加妈妈的心理负担。苟飞与自己的事，一直没对妈妈说，也不能说。

舅舅，我将你的妈妈借几天，后面给你送回来。可以吗？苟飞那神情，让傅路娃哭笑不得，同意也不是，不同意也不是。

妈妈，你自己看吧。

傅路娃妈妈听到这里，转身去着手收拾自己的衣服，被苟飞挡住了。他说，外婆，这些都不带，被子我那里有，为了喊你过去，刚买的新的。衣服，过去了我带你出去买。只有比着买，穿起来才合身。

苟飞这一通话，让傅路娃妈妈那皱纹密布的脸上，浮现出了久违的笑容。一边收拾一边嗔怪，这孩子，有钱要节约，这衣服没坏，还可以穿。

妈妈跟苟飞走了，留下傅路娃愣愣地站在那里，一时不知怎么办才好。先前做的准备，都白费力气了。

他知道苟飞现在有钱，不是住在工地上，自己租了一套两居室的房子，也知道他与自己一样，对常欣有心。妈妈过去，或许是好事。最少不会住在灰尘满天的工地上，还会时不时地搬家。又想，苟飞的一切，原本是自己的。苟飞做得有些不地道，可也是过去式了。记恨又能怎样呢？反倒会给自己心情添堵。

那天晚上，常维说，马上有一个居民房拆迁工地要进场了，你做好准备，我包给你做。人员、安全、拆迁进度、材料拆除时的质量，全部由你负责。给苟飞做多少钱一个平方，在他的基础上加几块钱。

傅路娃感觉这是天降馅饼，兴奋之情无以言表，端起酒杯，一饮而尽，我先干为敬，感谢常老板的关照和提携。

常维端起酒杯回敬了一个，而后哈哈一笑，路娃，你我认识这么多年了，兄弟之间，不要说那些虚的。你的性格我知道，但今后要改变。有些事太实诚太仗义也不行。今天我给你说说当初为啥要喊苟飞来做我的工地，一个原因是时间太急，而你恰好手摔骨折了。尽管苟飞后来没拿钱做押金，我还是让他做了。从与他的交谈中，在处理一些事情上比你要活泛。又一想，反正是你外甥嘛。别见怪。

嘿嘿，就是，兄弟嘛。有些事，说开了，就好了。王镇在一边喊了一声，为了我们三个重聚，一起再干一个。

傅路娃回想着常维说的话，再对照自己这些年走过的路和做过的事，还有自己爸爸离世时的遭遇，他在心里说，是得变了。在这日新月异发展的时空里，光有一腔热血是不够的。老一辈说穷在闹市无人问，富在深山有远亲；现在的人说钱不是万能的，而没有钱是万万不能的。很多时候，一文钱难倒英雄汉。

他现在无事一身轻，有时间调整心情，联系一些以前在一起干的工友，为后面进驻常维的工地做准备。人嘛，必须得有一个再出发的时候，不然就彻底没戏了。有这样好的机会，不牢牢抓住，还想做啥呢？这样的机会，是太多人梦寐以求却求之不得的。他想，哪怕是与苟飞同做一个工地，也要做。自己需要钱。

等待的日子并不好过，眨眼一个月过去了。王福生有拆迁工地马上进场，喊傅路娃去给他带班。这让傅路娃有点为难。去给王福生带班吧，要是常维喊他进场怎么办？可不去，要是常维的工地还往后拖，自己每天要吃要喝，都需要用钱。何况这是在自己最穷困无路可走时帮自己的大哥。

经过一夜的挣扎，傅路娃觉得还是实际情况实际说。将自己为难的情况与王福生讲，王福生拍了一下傅路娃的肩头，我以为好大一回事，你先在我这里干着，如果常维那里的工程出来了，你去他那里，但人不能带走。再说，我这里工期紧，一个月时间，耽误不起。

傅路娃点了点头，但点头过后，心里却有点儿犯难，人不带走，我一个人去怎么做？

在拆迁工地上，有个不成文的规定。谁带班，底下的员工都是自己去找。傅路娃带了这么多年的班，手底下差不多是一些长期跟在身边的人，熟手。每个人的性格熟悉，技能知根知底，谁能做啥谁可以做啥，安排起来得心应手。最主要是大家经过多年的磨合，谁的脾气暴躁，谁的脾气温和，都会相互包容。

带班的收入肯定没有包工多，这是毋庸置疑的。不去，这能说得过去吗？可去了，到时候，房子拆到中途，常维喊进场，那又怎么办？王福生是急拆工地，延误工期是要被罚款的。还有比罚款更重要一点的是，罚款只是钱的问题，而老板失去信誉，再去拿工程，成功率会打个折扣。想想，如果到那时将一班人马中途带走，那伤害会更大。还不如此时不答应。

可当着王福生的面，傅路娃开不了口。想到常维说要改变自己的性格，做事要活泛一点。他跑到常维他们附近，在公用电话亭给王福生打了一个电话，说他现在在常维这边。常维说最近一周要进场了……

后面的话还没说，王福生打断他的话，好的，我不能耽误你，发展最重要，抓住机会，加油。

嗯嗯，后面有机会，我再来帮你。傅路娃挂上话筒，人好像虚脱了一样。这是他第一次用这种方式骗人，而骗的还是对自己有恩的人。面对生活，很多时候被压抑得喘不过气来。有些谎言不想说又不得不说，这谎言对于紧张的关系来说或许是一种调节剂。

他走出公用电话亭，长长地出了一口气，天此时有点阴郁，但比较开阔，不沉闷。他想，该回去了。但回哪里呢？回王福生那里，明显有问题。常维的工地进场时间是自己杜撰的，要是一周后，不能进场，那不是穿帮了？今晚能回去，接下来得另外找地方住才行。最少，在一周内得搬走。不然，与王福生的兄弟情就难续了。

其实，他知道，王福生已经心生间隙，那是因他将这个工地主要拆迁力量放在傅路娃身上了。指望着他，期待着他。傅路娃这是撂挑子，至少王福生是这样认为的。他不得不另去寻找可靠的人帮他。时间紧，让他有点手忙脚乱。好在后面找到了，不然这个问题有点大了。如果不是这么多年大家知根知底，傅路娃与王福生的关系，估计得彻底土崩瓦解。

二十一

常维工地的工程顺利做完了，工友们要工资是天经地义的事。这在以前，傅路娃会第一时间跑在前头，主动去找包工头或者老板交涉。而这次不一样了，自己是包工头，老板是自己多年交好相互可以称作兄弟的人。前面隔几天去找一回常维，后面自己都感觉不好意思去了。

去得太勤了，常维已明显表现出不耐烦来。傅路娃想到自己情况窘迫时，常维主动帮助过自己，到如今还差他两万块，连一个欠条都没写。那是多大的信任和无私的帮助。可自己手底下的工友们，大多数跟自己在申城从东到西，从南到北好多年了。再说，自己也是进城务工的一员，知道挣几个血汗钱的不容易。可这又能怎么办呢？

拖欠工资，以前听说过，但傅路娃没有亲身经历过。做过那么多工地，大都在完工后的半个月左右就结账了。有拖一拖的，但不会超出一个月。

常维这个工地已经完成两个月了。这两个月里，工友们住在工地旁边一个临时搭起的彩条布棚里。完工后，没有生活预支款，集体没办法开火烧饭，只能自己拿钱生活。下一个工地在哪里？还是未知。

大家远离家乡，是为了挣钱，不是出来玩儿的。一年里能有几个两个月？工友们急得如热锅上的蚂蚁，每一秒都过得度秒如年，碍于傅路娃的情义，前一个月大家隐忍着。可后面谁也忍不住了。走吧，工资没拿到手。不走吧，这样下去怎么办？再过两个月就春节了。

事到极致必有异象发生。这天，傅路娃到王福生那里去了，接到常维打来的电话，说工友们把他堵住了。末了还不忘骂一声这些小赤佬，哈农民。这听得傅路娃无名火起。这不是瞧不起人吗？想要反驳时，常维已经挂了电话。

傅路娃突然想起，爸爸出了意外事故，需要钱做手术时，苟飞说他没有钱，是不是他的钱，也如自己今天一样，常维没有付呢？

他没有急着回去，想让工友们去与常维做个了结，免得自己夹在中间为难。在他与王福生商量接下来做工地的事的时候，一个陌生的电话打在 BP 机上，他借王福生的手机回拨过去，从话筒里传来一个比较严肃的声音，你是傅路娃吗？我是派出所民警，你手底下的员工闹事，将常维常老板的车窗砸坏了。现将带头闹事的几个人拘押在我们这里。你来一趟。

傅路娃听到这里，知道事情闹得有点大了。但这件事情发生的引子在老板常维，你如果及时付了工钱，人家会来找你麻烦吗？出门在外的人，是来求财的，不是来找麻烦的。

但他不能说。这个工地做下来，自己收入有四五万，除去欠常维的两万块，也还有不错的收入。但没拿到手，有点像空头支票。

面对派出所的调查，做笔录，他不得不实话实说，可还是在必要的时候为常维开脱。交往这么多年，有一些东西大家都得顾及，想想这就是人的本性吧。

派出所将几个带头的工友叫到一起，你们是要私了还是公了？如果公了，我们给你们立案，该走法律程序的走法律程序。如果私了，将你们老板常维叫到一起，你们砸坏他的车窗，该赔的要赔。他欠你们的工钱，商定一个结清交付日期。

带头的几个工友相互看了看，然后将目光转向傅路娃，路娃，你说这事怎么办？

矛盾抛向自己，傅路娃知道无法回避。工友们是自己找来的，且是多年来形同兄弟、相互知寒知暖的工友。拿不到工钱，对于务工的人来说，就如要命一样。

这样吧，我觉得还是私了。麻烦派出所从中调和一下。车窗玻璃的事，我来承担责任。傅路娃处在一边是岩一边是坎的位置上，哪边都不能轻易得罪。

常维来的时候，一脸怒气，用申城话嚷嚷着必须追究他们的责任，要将闹事的几个人拘留。嘴上不停地骂着小瘪三、小赤佬之类的话。骂得傅路娃的脸青一阵红一阵，实在忍不住了，他吼了一声，你欠人家工资还欠出理来了？差不多三个月了，马上过春节，人家指望这个钱回家。你可不可以换位思考一下，人家在外务工，一年里能有几个三个月？

这有几个钱嘛！渣渣皮，这些穷瘪三。

给了不什么事都没有了吗？渣渣皮你也要拖欠起？像这样不讲诚信，以后谁还敢来给你做事？就算我来，我一个人能给你做下来吗？

估计常维还没有遇到过有务工的人会这样与他说话，还那么大声而愤怒。他怔怔地看着傅路娃，你只适合做带班的。比苟飞差远了。说完，转身想往门外走，被派出所的警察给拦了下来，把事情的解决办法定下来吧。你看是私了还是公了？

常维知道，为这点钱公了不合适。毕竟曾在机关部门待过，他明白不管是民事还是刑事，这几个农民工都不够拘留的分儿，更别说判刑了。

明天。明天下午 3 点，给他们结账。但我车窗玻璃他们必须赔，还有因没有车，我这几天的打车费用也得赔。

你这老板当的！警察嘿嘿一笑，那就这样说定了。我希望不要再来找我们了。

工友们谁都不说车窗玻璃的事，这毕竟是钱。傅路娃不管了，反正结账的时候常维会在工资总数里扣出来，工友们的工资有多少结给他们多少就是。自己少点就少点吧。

没想到，自己第一次包工，就在工资上出现了不愉快，与常维的关系也闹得不愉快。结算工资的时候，常维没有出现，只有他的财务人员出现了。

傅路娃想给常维解释一下在派出所时的态度，是没有机会了。结账时，财务并没有将他欠常维的钱扣除掉，想来常维没说这件事。傅路娃主动跟财务人员说，扣除掉。给常维打了两次电话，但没接。没办法，傅路娃让财务开了一个收据，在上面注明扣款事由。以证明自己已经还了欠他的款项。

结清工友们的工资，傅路娃给工友们道一个歉后问，你们春节有没有不打算回家的？

有活儿？其中一个接过话。

如果有不回去的，相信我，就跟我去做几天。

工资怎么算？

过年过节的，到时候老板会发点过年钱。

今年在这个工地耍了三个月，没挣到钱，哪好意思回去。

是呀，我也是。我在想，还不如把去来的路费寄给家里，让他们过个好年。

可人不回去，他们也高兴不起来。我都两年没回去了。

我有三年了。其实，回不回去，就看有没有钱。回去了，没有钱拿给家里，家里人高兴不起来，我们自己也高兴不起来。

唉，看来还是钱最亲呀。

谁叫我们生长在穷乡僻壤的农村呢？我今年不回去了。

我也不回去。等明年再说吧。

我也不回去。将路费寄回去，好给孩子交下学期的学费。

我也不回去，多寄点钱给家里。父母身体不好，时不时要吃药，还有两个娃儿开学要用钱。

这一番交流下来，有七八个人决定不回家过春节。一个班的人差不多有了。傅路娃自己算是没地方可去。老家房子已垮，唯一的亲人妈妈就在申城，也没什么其他让他想回去的理由。

那工资呢？会不会像这里一样？

你们相信我不？

路娃，我们肯定相信你。但是，有时候，你也没办法。

别说那么多了。路娃也不容易，一起走过那多年了，谁不知道谁的为人呢？

就是。与其他工地比，我们要好得多了。其他工地在完成拆迁工作后，拖欠一年半载是常有的事。

好。有你们的信任就好。

傅路娃前面到王福生那里，是商谈工地进场的事。每年春节，进城务工的人大都背着包裹回家与亲人团聚去了。有拆迁工程，但难找到人。这次是王福生自己单独在拆迁办拿到的工程，面积不算大，三千平方的居民房拆除，一个月。工期急，又是过春节，材料能不能抢出来，还是个问题。不过，拆迁办对于这类房子的拆除，拆迁补偿和除渣补偿比平时要高。

在谈的时候，刚好是常维和派出所打来电话的时候，傅路娃借题发挥，旁敲侧击地说了工资的问题。王福生说，路娃，我可以给你保证，房子拆完十天之内给你结清。就算拆迁办没付给我，我自己垫钱也要先结付给你们。但人员与安全问题，你得给我整好。

这是傅路娃拆房子十来年第二次包工。他好似看到了人生路上的曙光。如果再承包两次这样的拆迁工程，自己就可以大胆地无忧地租上房子，把妈妈从苟飞那里接过来了。

常维那里，他想应该是再也承包不到工程了。如果能承包，要是再出现拖欠工资的情况，那是非常麻烦的事，何况进城务工的人都有一种一朝被蛇咬十年怕井绳的防范心理。

大年三十的晚上，傅路娃没有去苟飞那里。给苟飞打电话，他的手机是一个女人接的，尽管她只喂了一声，说了你好两个字，傅路娃听出是常欣的声音，后面是苟飞的声音传了过来。

傅路娃在潜意识里，没什么好与苟飞说的，只问了一句，是不是在家？苟飞说在常老板家，一会儿回去。傅路娃想到大年三十，妈妈独自守着出租屋会是什么模样？举目无亲，连说一句话的人也没有。就是要说，也没人能听得懂。

那我过去将我妈接过来耍几天再说。

你不是工地忙吗？再说你有地方住呀？前一句是询问，后一句是质问。苟飞的语气不再是苟飞的了，是苟老板的语气。

傅路娃突然悲从中来，有想哭的冲动。大年三十却无法与母亲一起过。以前在老家就不说了，如今近在咫尺，却还是不能遂心如愿。

工地确实忙，大年三十忙到深夜才收班。大年初一放一天假，但熬到深夜的傅路娃与工友睡到下午两点才起床。如果放的时间长了，工地就不能如期交付。将妈妈接过来，自己上班去了，谁来照顾和陪伴？让她住哪里？到处一片狼藉，灰尘无处不是，连走一步路也提心吊胆的。

虽然苟飞说话有点冲，却也是事实。傅路娃不想再说什么，挂了电话。眼泪已不知不觉地涌上眼眶。他用力擦了擦，在心里喊了一声，走，喝酒去。留守工地的工友们在等我呢。

这些年的春节不都是这样过来的！

二十二

常维给傅路娃打电话的时候，王福生的工地主体拆除刚完不久，尽管是一个月工期，作为包工头，按行规算，也是一笔不小的收入。

傅路娃没想到常维还会给他打电话，更没想到会让他去做工程。常维说，这个工地只让你做，苟飞就算了。

傅路娃不明白他为啥要喊自己，苟飞与他合作这么长时间了，应该是他最可靠的人。为啥要将苟飞排除在外呢？自己前面做他的工地，不是因工资闹翻了吗？

他将这个情况与春节没有回家的工友们说了，征求他们的意见，去还是不去？这句话，像投入池塘的一块板砖，激荡起阵阵涟漪。

那个老板不可靠，我们与他耗不起。

这样没有诚信的老板，不做也好。

有活儿干，当然是好事。但不好拿到血汗钱，说起来心灰意冷。

看你吧。路娃，反正我们相信你……

大家你一言我一语，说得傅路娃的心七上八下。再去做了，还如前面一样，要发生纠纷才能拿到工资，那样没意思。自己如耗子钻进风箱里，两头受气。再说，工友们没吃定心丸，不见得会跟着一起去。一个光杆儿司令，怎么打仗？去还不如不去。

他想不通，常维为啥不让苟飞做了？是苟飞手里有工地在做，忙不过来？还是其他原因？

可这个问题，目前是得不到答案的。

傅路娃忙于王福生工地最后一些扫尾工作,然后是算账结账,居然将常维给他说的事忘了。不是常欣打电话,他仍没想起来。

听到常欣的声音,傅路娃有点激动,但他努力压抑住这种心理状态,尽量不让它表露出来。他明白,苟飞与常欣走得近。

常欣说,路娃,还听得出我的声音不?

刚开始没听出来,今天怎么想起给我打电话了?

据说,你现在当老板了,不理人了。

没有的事。听谁乱说的?

那你为啥一直不给我打电话?

我们一直很忙呀。再说,我没有手机,打电话不方便不是?

是没有电话号码吧?这个号码是我的手机号,记下来哈。

在二十世纪九十年代初,能用得起手机的屈指可数,不是做老板的就是老板的家人。尽管傅路娃包两三个工地了,仍不敢有买手机的念头,一是手机本身贵,动不动一万多块;二是话费贵,一块多钱一分钟。几个人消费得起?

记住了。

然后呢?

什么然后呢?

说你笨,你还不承认。好啦,不与你吹了。给你打电话,是我爸让我给你打的。常欣软声细语地说,像春雨滴答在一片久不见风吹的树叶上。我爸说,这个工地的收入五五分。这或许是他做的最后一个工地。他想用这种方式表达一下你们这些年交往的情谊。不是兄弟情哈,你与我是一辈的。

哈哈哈……真有你的。傅路娃被常欣后面的话逗笑了。一时没反应过来,也没多想这或许是他做的最后一个工地的活儿。

严肃点。为了让你手底下的工友们放心,他说可以先预付一半工钱在你手里,作为押金。

啊?有这样的事?

常欣的话让傅路娃愣住了,在拆迁行业没有听说过这种先例。

不要啊,我等你电话,大概后天进场。

这不是一般的拆迁事情了。在冷静下来的时候,想到那句最后的拆迁工程,傅路娃的心不能平静了,这是什么原因呢?是他钱赚够了,不想做拆迁工程了?是拿不到拆迁工程,抑或是想转行?按常理说,谁会嫌钱多呢?照常维与申城旧城改造枝枝网网的关系,不会存在拿不到工程。这到底是什么原因呢?

他将工友们叫在一起,说了这个情况。工友们听到先预付拆迁的工资押金,大家感到不可思议,来申城这么多年了,这是破天荒的第一次遇到,估计是前无古人后无来者的了。

去吧,去吧。或许是常老板认识到了自己先前的错误,为了让我们放心,才出此下策。黄林首先发话,继而老林接着说,其他工友们也齐声附和。

但傅路娃想,事情没那么简单。其中肯定有事,是什么事呢?怎么也想不明白。当然,工友们不会这样想。

进场那天,没见到常维,只见到常欣。这让傅路娃感到不安,好似有什么事将要发生。可来都来了,也不好说其他的。

傅路娃心里的想法,在他的脸色上显露了出来。常欣说,我爸今天有事,来不了,让我来安排一下。不要怕,工钱一分不会少。给我账号,我先把前面说的工资押金转到你账户上。

是不是发生什么事了?傅路娃答非所问。

能发生什么事?常欣淡淡地笑了一下,眼角有一丝不易察觉的忧愁一闪而过。

常欣比刚认识的时候成熟多了。不知是年龄增加了,还是与她长时间帮着她爸打理拆房工程的原因有关。这是傅路娃面对常欣的第一感觉,与那个长期在脑子里盘旋的身影有了质的变化。

面对常欣的反问,傅路娃接不上话。工资的钱等等再说吧。先把住宿安排好。什么时候正式开工?你们选定日期没有?

选了。后天早上六点一十八分，到时我把鞭炮香烛带过来。

常老板来不？傅路娃想叫常大哥，但想到常欣在电话里说的他们是同辈，还有那次在她家里喝酒时她的声明，此时只能喊常老板了。

聪明，没有喊常大哥。常欣调皮地笑了一下，脸上飘过一丝羞涩，马上又回到了原来的样子。我爸这些天有其他事，来不了。怎么，有我在你还不放心？

放心，放心。傅路娃讪讪地笑着说。

这就对了。反正我不会跑。就是跑，也跑不掉。你去过我家。

嘿嘿……傅路娃感觉在常欣面前有点口吃，反应迟钝了不止半拍。你这小姑娘，口才好，我说不赢。

谁是小姑娘？常欣那对大眼睛鼓了一下。

傅路娃知道自己惹到她了，马上转身，边走边说，我去弄住宿，你慢慢耍。有事叫我。

我现在有事。常欣在后面大声喊。

什么事？傅路娃急急停下脚步，没来得及缓冲，身子摇摇晃晃了几下。

陪我走走。

这……

这什么呀？不愿意？

可是……

这不是明显不愿意嘛。

傅路娃本想说自己住宿还没落实，床铺没有搭，还得去找可用的门板。天色已经不早了。经常欣一追问，脸涨得通红。站在那里，不知该如何是好。

走，我们走吧。我陪你走走。一个声音从傅路娃左后方传了过来。

苟飞不知什么时候来了。听到他们的对话，他们却一点没有觉察。

苟飞皮笑肉不笑地看着常欣，你与我舅舅私会，不告诉我我就不知道了呀？

走开。常欣明显表露出不耐烦。没你的事。

不识好人心。苟飞看着傅路娃，舅舅，外婆说好久都没看到你了。

知道了。说完这三个字，傅路娃感到脸明显火辣辣地烧了起来。他知道苟飞的用意，这是间接在暗示什么。他清楚，自己这个做儿子的没做好。

你妈妈到申城来了？常欣惊讶地问，什么时候来的？

看来苟飞没有告诉常欣。

去年八月份……傅路娃还想接着说，却被苟飞把话抢了过去。

一直与我住一起。苟飞不阴不阳地说，过春节，舅舅也舍不得来看一眼，挣那么多钱做啥嘛。

苟飞说这些话，明显带着刺。像农村花椒树上的刺，刺得你看不到明伤，但那又疼又麻的感觉让人实在难受，又发不出火来。

傅路娃搞不懂，他现在为什么变成这样了？

你有完没完？常欣看出傅路娃的尴尬，一边对苟飞吼了一句，一边往傅路娃这边快速走了几步。拉着傅路娃的左手臂，往即将要拆迁的房子弄堂里走去。

傅路娃知道常欣在给自己解围，但另一方面也在暗示，怕工友们走错了，惹些不必要的麻烦。因工友们有习惯，总会第一时间窜进那些已经搬迁的居民屋里，寻找可以穿的旧衣烂衫，鞋子什么的，用来上班穿。

傅路娃抬起脚，刚想跟着常欣走，苟飞这时叫了声舅舅，我有话要给你说。

他刚停住，苟飞已经将嘴贴在他的耳朵上，舅舅，常欣嫁给你就是我舅妈；嫁给我，就是你外甥媳妇。说完，用不怀好意的眼神看了常欣一眼。

你说啥？常欣在旁边看到苟飞那鬼鬼祟祟的样子，有点生气地问。

我给我舅舅说，我舅妈毛橘子在老家等他。苟飞说完这句话，已迈着当了老板后学会的螃蟹步一摇三晃地往他的车上走去。

傅路娃想发火，但这火如果发，好像有点无名。不发，心里憋得慌。他的眼睛慢慢睁大，而后又慢慢缩小。直到常欣在旁边喊他，他才将盯着苟飞离去的方向的眼睛收回来。

怎么会这样？这还是苟飞吗？难道他的性格与为人处世是遗传？跟他爸爸一个德行。

别去想那么多了。走，我们去看看要拆迁的房子。

他的变化太大了。

常欣欲言又止，他的事以后再说吧。别影响我们的心情。

这一片要拆迁的居民区有一万多平方米，光靠傅路娃带来的人还不够，还要找人。好在工期不是太急，但也不慢。六个月时间。

春节已经过了，到申城来拆房子挣钱养家糊口的工友们在陆陆续续地回来。傅路娃想，自己带一个班，还要统管所有拆迁事务，最少还得找三个班的人，不然，没办法按时完成拆迁任务。他将这个任务安排给黄林、老林，他们是拆房老手，不管是技术，还是安全等注意事项，都烂熟于心。他们有他们的老乡与熟人圈子，在拆迁人员上没有大问题。在杜绝偷盗这个问题上要费一番脑筋，是个技术活儿。说轻了，工友们当没听到，说重了，会伤害到他们的自尊。这是每一个工地，傅路娃最感到头疼的事。但又不得不做。

常欣有很多话想说，却没有说，傅路娃有很多想问的话没有问，也无法问。他们绕着即将要拆除的房子周围走了一圈。时不时四目相对，马上又将眼睛挪开。除了与拆房子有关的，其他的事情都不去触碰。谁都不开口。时间过得很快，在送常欣坐上她的车的时候，路灯已经亮了起来。

车启动的时候，常欣打开车窗，探出头，等这个工地做完了，我有很多话要对你说。说完，没等傅路娃有任何表示，车鸣的一声开走了。留下傅路娃站在昏黄的灯光下发愣。

傅路娃想，所有疑问和所有想说的，看来只有等这个工地做完了，才能得到最终释放。那就等吧，也好。

二十三

王镇给傅路娃打电话，他正在工地上忙前忙后，作为包工头，比带班时事情要多很多，忙的程度是可想而知了。差工具找你，没生活费找你，拆迁过程中有安全隐患找你，材料堆放时遇到问题找你……反正遇到搞不定的事情都会来找来问，何况他还兼带一个班。

他到公共电话亭回传呼电话之前，不知道是王镇打的。接通电话后，那边不是王镇接的，说王镇刚刚出去了，让他等一刻钟打过去。回工地一来一回差不多一刻钟，傅路娃只好站在那里等。

在记忆里，王镇很少给他打电话。就是以前常维、王镇他们几个三天两头聚聚时也很少给傅路娃打电话，一般都是常维联系。或许是他工作性质的原因，这也是可以理解的，何况他现在升官了，有很多事已变得不太方便。

近段时间发生的事让傅路娃有点蒙，隐隐感觉有什么事在暗地里发生。是什么事，他怎么也想不明白。常欣应该知道，可她不说，自己只好等这里的房子拆完了再说。平白无故地将这个工地一半的收入让给自己，让人难以理解。说白了，常维不欠他什么，反倒是他欠常维的人情。

如果说有歉疚，最多是第一个工地结算工资时拖欠了，增加了一点麻烦而已。工地差不多已接近尾声，常维没有来看过一次，这不只是傅路娃不理解，所有拆房工友都不理解。

几年了，王镇破天荒给自己打电话，不会是叙叙旧那么简单。他本身工作就忙得没白天没黑夜的。建设中的申城，各种大小案件、事故层出不穷，这是外来人员参差不齐的素质带来的必然结果。王镇所管辖的区域也不例外。

好不容易挨过十五分钟，再次拨过去的时候，接电话的不是王镇。电话那边说，王所长临时出警去了，他说有空了再联系你。一个大大的悬念挂在傅路娃脑海里，如常欣之前给自己留下的悬念一样，想不出王镇找他到底是为了啥？

想到常欣有两天没到工地上来了，不知她这两天在忙些啥？傅路娃临时起意，给常欣拨了过去。

常欣接通电话，急急地喊，路娃，是不是出了什么事？

这也难怪，傅路娃基本没给常欣主动打过电话，这正是上班的时间，没有急事谁会打电话呢？在工地上，最大的急事——工伤事故。其他事情，工地上常欣专门安排了人管理和解决，傅路娃是知道的。只有无法解决的问题才会找她。

没事，没事。从常欣焦急的询问声里，傅路娃知道自己这个电话打得不是时候。看你有两天没来工地了，刚好我到电话亭回一个电话，顺便给你打了一个。

哦。常欣长长地松了口气。吓死我了。那就好，那就好。

常欣松懈下来的语气，明显带着疲惫。

你啥时过来呢？

不会是想见人家吧。尽管常欣用的是调侃的口吻，疲惫的语气还是没能改变。

你最近在忙啥呢？是不是有什么难处？

没有，没有。

王镇从来没给我打过电话，今天突然打电话，也不知道是什么情况。给他回过去，他出警去了。

这样呀。常欣沉默了一会儿。我可能明天过去看看，要不就后天。你要多注意安全哈。我们一切都看你的哟。说完，不等傅路娃再说话，就挂了电话。

匆匆的对话，转瞬结束。傅路娃怀疑自己得了多疑症，这是二十多年来没有过的。从常欣说进场的时候起，疑云已开始爬上心头，到此时越来越多，越来越重。但没办法，解疑人不说，日子还得继续过。该做啥还得认认真真做。至于后面会出现什么状况，谁知道？又不能掐会算。

其实，傅路娃最怕的是工程结束了无法及时拿到工资，自己不好给工友们交代。这样的次数多了，信誉会大打折扣。往后有工地，再想找人做事，人家第一反应是，工资不好拿，还去做啥？人家怕辛苦付出后拿不到钱，还要发生不愉快，那不相当于给自己添堵吗？至于常欣说的这个工地所赚的钱，一人一半，他倒不是很放在心上。当然，也很想得到，自己穷得让妈妈跟在别人（尽管这个别人是自己的亲外甥）身边，始终不是一回事。

工地拆除最后的工作是除渣，清除房子拆下的砖块、瓦片、木头等等堆积起来的废墟。这个需要在外面寻找专门除渣的工程队。

常欣一直没出现，常维一直没来。傅路娃没办法，给常欣安排在这里的主管何师傅说了一下。何师傅说，她家现在出了点事。说是这两天要来，不晓得是不是脱不开身，一直没来。

尽管离工地交付还有十天，但十天眨眼就过了。再说，除渣的工作只能在晚上进行。这是有关部门的规定，白天人们要上班，会影响人们出行。那么，时间明摆着是有限的。何况工地上还有那么多旧砖、旧瓦、旧门窗、旧椽子、木板等材料需要转移。

傅路娃坐不住了。他得给常欣打电话。一方面关乎工友们的工资问题，另一方面是常维他们对待自己的态度。作为本地人，作为老板，能这样对待一个外地的务工者，可遇不可求。人要懂得感恩，自己要尽到自己的责任。如果材料转不出去，会损失一笔不小的收入；如果因除渣而延误交付工地日期而被罚款，那是一笔不小的费用。

接通电话，常欣说，工地拆除已经完成了吧？我马上让财务算算拆除的费用，然后让他们结算给你。

听到常欣这样说，傅路娃心头的一块石头落了地，但还有石头悬着。工地除渣的事呢？材料的转移呢？这本不是他的事，但为了常维，为了常欣，他必须得想到。

你如果其他地方暂时没有活儿，可不可以帮忙打理一下？除渣的工程队，我们是老合作关系了。我一会儿给他们打电话，让他来找你。另外，材料转移的事，你与何师傅说一下，转到我们郊区的堆场去。他会给你交代如何联系的。

你家是不是出什么事了？常大哥是不是出什么事了？

叫常老板。别想比我大一辈。在这时候，常欣仍然没有忘记她与他是一个辈分的。

对对对，常老板。傅路娃想象电话那头，常欣那认真的样子。嘴角往上一挑，像阴谋得逞似的笑了一下。

该你知道的时候，会告诉你的。你帮着把工地的事做一下。哦，对了，还有你一半的收入哈。常欣在电话里笑了一下，拜托你的事做不好，拿不到钱的哟。傅路娃听得出，常欣这笑里掩盖着心事，有强颜欢笑之嫌。

哈哈哈……傅路娃笑了起来，他想用这种方式让常欣真正高兴起来。还想说话，常欣已经挂了电话。他拿着话筒愣了会儿神，这是什么情况？

王镇的电话再次打来的时候，工地上的事已基本做完了。工友们的工资也已结算。这次王镇在办公室等他。

好像我不给你打电话，你是不会给我打的了。王镇在话筒里不疾不徐地说，语音平静得没有波澜。傅路娃拿不准王镇给自己打这个电话到底是有什么事，也不好直接问。他现在连怎么称呼也迟疑了。是叫王镇大哥，还是叫王所长呢？几年前年少轻狂，叫他王镇大哥，而现在大了几岁，岁月和经历教会了他很多事，也成熟了很多。身份、地位有别，一个称呼出错，可能出现的问题也会接踵而来。

别犹豫了。叫我王大哥，以前怎么叫就怎么叫。王镇在电话那头感觉出傅路娃支支吾吾、犹豫着不开口，连称呼都不知道怎么叫出口，只是重复一个王字，于是抢过话头说。

这把傅路娃吓了一跳。难道警察做久了，都会这样吗？能隔着电话线看穿对方的心里想法？

嗯嗯。王大哥，上次我回电话过来，你出警去了。后面不是忙工地上的事嘛，没来得及。

知道。常维大哥出事了。

呀！出什么事了？尽管傅路娃在很久以前就有预感，但还是被惊住了。因为常欣在他面前，基本没有表露出常维出事了的心态和神情。

是常维不让告诉你。

为啥呢？傅路娃想起这个工地还没进场时常欣说的一句话，这可能是她爸爸做的最后一个工地。他不禁倒吸了一口气，原来常欣早告诉自己常维出事了。

与苟飞有关。

啊？与他有关？

在电话里，一两句说不清楚。我晓得，你们这个工地已经做完了。明天我休假。有空，你到我这里来，见面再说。

王镇的家在嘉定，平时住单位宿舍，周末或者休假的时候才回家。看来他是把难得的休假时间用来与傅路娃会合，然后看看常维的事情怎么办。

可傅路娃还不知道到底是怎么回事，只是此时才从王镇口里知道与苟飞有关。

一边是自己的亲外甥，虽然因一些事情，关系越来越僵硬，但那还是外甥。一边是在自己最困难的时候啥都没说，就伸出援手的人，对自己有知遇之恩的人。傅路娃越想心越乱，不知道面对这两个人时，该如何去处理。想来这件事应该不小，不然，常维为啥在这几个月里，一直没有露面？

傅路娃想不出苟飞到底做了啥？虽然他把钱看得很重要，但就自己与他以往相处来说，心地应该不是很坏吧。可常维出事了，还与苟飞有关，这又怎么解释呢？

躺在彩条布搭建的工棚的木板床上，路灯光慵懒地照在上面，天上下起了小雨，那细细密密的脚步声，就像傅路娃此时的心事，踩得他的心久久无法平静下来，哪里睡得着。他爬起来，想出去给常欣打电话，可一看传呼机上的时间，已差不多凌晨了。他把迈出工棚的脚收了回来，无声地叹了口气，又躺到了床上。盯着工棚顶，看那些若隐若现的雨点轻重不一地落在上面，就像他此时不再想的心事，任时间在身上轻重不一地爬行。

他闭上眼睛，一切等见到王镇再说吧。夜就不再躁动慢慢地安静了下来。

二十四

迷迷糊糊中，传呼机响了，傅路娃顺手摸了过来。那闪烁的数字是一个手机号码，他揉了揉发涩的眼睛，有点熟悉。是苟飞的。

天还没亮，这时候打电话，这几年里难得打一次电话的外甥会有什么事？不会是妈妈出了啥事情吧？

傅路娃翻身爬起来，快速穿上外套，鞋后跟来不及提上，跌跌撞撞往外面跑。老远看到公用电话亭没开门，他只得往五百米以外那个无人守候的投币公用电话跑去，可跑到那里，将衣兜掏了个遍，没有一元的硬币，怎么办？焦急也没有用。凌晨三点钟，这个因开发拆迁而变得冷清的地方，哪里遇得到人。

他知道苟飞住的地方，想打车，夜间本来车就少，拆房工地，大片大片的废墟无人区，车更少，肯定是打不到车。只有跑到一公里外的大马路上去。

来到苟飞租住的地方，怎么敲门也没有人应声。傅路娃越敲心越急，不会是妈妈出事了？苟飞等不到自己的电话，先送医院去了？

他转身拔腿往外跑，在一个投币公用电话处停了下来，还好刚刚打出租车时，司机找零给了几元硬币。投进硬币，等了很久，电话接通了，可里面没有声音，只有细微的电波杂乱的声音。傅路娃喂喂喂一阵，又叫一阵苟飞的名字，一切是白费力气，始终听不到有人回答。

他越叫越着急，声音越来越大，早起的人从电话旁经过，停下脚步，直愣愣地看着他。不说话，像在看一场戏，等待下一幕剧情开启。

然而没有。

他在那里不停地对着话筒叫，最后是喃喃自语，紧接着是哭泣。从悄悄流泪到轻声地哭，而后是无所顾忌地大哭大叫。

苟飞铁了心不理。

旁边的人越来越多，有的看得久了，可能是赶时间，走了。而新来的人不知所以，比前面看着他发愣的人还发愣。有一个看了很久的人，感觉没意思，想走开，却又不甘心，想知道剧情的下一个环节，走进去推傅路娃，你拿着电话筒哭喊啥，到底想做啥？这么多人站在这里，有什么事，直接说出来要得不？

傅路娃听得火起：老子这么伤心的事，你在旁边瞎操心做啥？抬起左脚向那人踢了过去，那人往边上一闪，躲过了。傅路娃的脚踢在投币电话亭的亭壁上，疼得他哎呀一声，手不自觉地扔掉话筒，双眼怒睁，一阵强光让他的眼睛不得不闭上。再次睁开眼睛时，看到工友们围在身边，一脸焦急地看着他。黄林狼狈地靠在工棚边上，像是刚刚遭遇了谁袭击的样子。

你吓死我们了。老林开口说。其他人也跟着说。

黄林拍了拍衣服，路娃，你撞邪了？我没招你惹你，那么用力踢我，我们前世有仇呀？在梦里都想着报复。

他看了看黄林，然后又看了看工友们，不好意思地笑了一下。

你那样子，又哭又喊，脚不停手不住的。

没啥。你们去睡吧。

真是的，从来没见你这样过。把黄林差点踢出工棚去了。大家说着，各自爬上各自的床上去了。

傅路娃注定再不能入睡。他心有余悸。这个梦到底在预示着什么呢？他想立即去看看妈妈，可天还有两个小时才亮，去了怎么说？应该没事吧，真有什么，苟飞会打电话过来。

躺在床上，满脑子飞来飞去的事情，眼睛睁着与闭着，没有什么两样。反正睡不着。翻身多了，又怕把工友们吵醒，自己那个梦让他们跟着担心了。傅路娃想到他们那个表情，突然笑了一下。看来是把他们吓住了。

傅路娃感到自己从这个工地进场后，像变了一个人似的，变得多愁善感了。他不知道根源是不是从这个工地开始的，或是从爸爸被墙壁砸过后开始的。性格在变，人生观也在变。

天真的亮开的时候，傅路娃却睡着了。被黄林推醒的时候，已差不多早上八点钟了。被推醒的他条件反射地呵斥了一声，你做啥？又不上班！

小常老板找你。黄林边说边翘嘴角。他们都喊常欣小常老板。

傅路娃顺着看过去，在工棚门口，隐约看到常欣的身影。

哎呀。他彻底醒了。想起要到王镇那里去的事，可常欣没说她要去，更没说要来工地。

这么早？睡不着呀。傅路娃迷迷糊糊地跑出工棚门口，没轻没重地说。

都多大的人了，说话有点礼貌好不？常欣不轻不重地白了他一眼，你不可以请我吃个早餐呀？

嘿嘿，这个……没问题。傅路娃听常欣指责，调整了下心态，边穿外套边往外走，不过，你是老板呢。

傅路娃用手揉了揉眼睛，好歹将眼角挂着的眼屎给弄掉了。

看来是本性难移。常欣鄙视地白了傅路娃一眼。

什么本性难移？傅路娃一脸无辜的样子，我这不是怕你等久了，人饿瘦了，你爸会找我的。

对对对，是这样的。老林他们不知什么时候来到了傅路娃的背后。小常老板，我们路娃同志，那是相当讲究的。早上起来，不洗漱干净，是不得吃饭的。说完，他们相互望了一眼，会心地笑了起来。

去，有你们什么事？是想我给你们松一下筋骨吗？

嗯。揭露老底了。是不是想用武力解决问题呀？后果会是什么样子？

万一要呢？傅路娃边说边往不远处的水斗边走去，低下头，打开水龙头，用双手接住水，往脸上抹，然后顺手扯下一块挂在旁边绳子上的毛巾，擦了擦，刚要顺手将毛巾还原到绳子上，突然觉察到常欣在呢，老老实实地弯下腰，将毛巾搓洗了一遍，这才挂上去。

常欣说去拆迁办，傅路娃突然明白是去结算工程款，不是要去王镇那里。坐上车，常欣没再说话，脚在油门上一踩，车往前蹿了出去。左脚与右脚相互切换，左手放在方向盘上，右手在挡位操纵杆上左一下右一下地换挡。那娴熟的劲头，看得傅路娃不得不佩服。

到拆迁办后，常欣没有急着去找相关负责人结算剩下的工程款，而是带着傅路娃去拜访了几个当领导的人，顺便把傅路娃介绍给他们，说傅路娃是他们的合伙人，以后多关照关照。

那些当领导的半开玩笑半当真地说，我们还以为你换男朋友了呢！

常欣羞红了脸，叔叔伯伯们，你们就不要取笑我啦。我还没耍男朋友。前面一起来的也是合伙人。再取笑，我就不理你们了。

好好好，不取笑了。不过，这小伙子看上去不错。

好好好，你们说不错就不错哈。常欣故意摆出生气的样子，说完将头扭向傅路娃，轻声说，他们说的是苟飞。

——你看你看，悄悄话都说上了。常欣被调侃，脸更红了。

——你说你这么漂亮乖巧，又是金凤凰，再说岁数也不小了，为啥就不着急呢？

——要是我有个儿子，一定请媒人把你娶进我家来。

——你这小妮子。我女儿与你差不多大，孩子马上要出生啦，我替你爸爸着急。

从拆迁办出来，常欣说，你拿到钱后想做啥？

租房，把我妈接过来。其实，光是这几次包工的钱都有足够的底气租房了。傅路娃算是有钱人了，但傅路娃眼光不止于此，他想用这钱做更赚钱的事。

这个工地，常维将一半的收入分给自己，那是提携和帮助自己。虽然，这个工地的大小事基本上是自己负责，但如果他们不是真心，也不会这样。他粗略估计了一下，怕有好几十万。他明白，自己一下从贫困人群，摇身一变，成了富翁。这像做梦一样，带有戏剧性，却又那么真实。

就这想法？常欣反问。

我真不敢相信，我会咸鱼翻身。

瞧你那点出息。常欣说得不咸不淡，那你先租房，将你妈接过来吧。到申城有一年了，估计你们母子没有在一起住过几晚。

我要投资，趁现在有点钱，投资拆房工程。

拆了这么多年房子。傅路娃不只是尝到没有钱的辛酸，还有一个无法让他释怀的事，那是在给前面的老板拆房时，老板请的管理人员看到傅路娃那双粗糙、皲裂的手时，半开玩笑半当真地说，傅路娃，你说你这双手，以后找到女人，摸在她娇嫩的身上，怕不要刮掉她几层皮，那女人不晓得要好遭罪哟。

这句话一直在他脑海里荡呀荡。从听到那句话开始，他暗下决心，一定要改变自己的生活现状，让自己的手不再粗糙、皲裂。可要改变，正正当当地改变，只有投资当老板，少做粗活儿重活儿，用钱找钱。

有了这样的心理，以前不刻意走近常欣，到现在，变得有点刻意了。他发现自己真的在变。他想常欣的条件，有常维在背后，或多或少会帮助到自己，少走一些弯路。而事实上，常维在暗地里帮助他，尽管前面因工资的事与他闹得不愉快。

从旧城改造拆迁办接下工程，按情况，多数拆迁工程会有专项资金补助，有的拆迁工程没有。没有补助的工程一定有他不补助的道理。比如厂房，纯钢筋水泥、钢铁结构的，那是赚钱的工程。钢材很值钱。承接的老板能把工程接出来，有相当过硬的关系不说，还要有钱。像居民房，多数没有多少赚头，一般拆迁办会给予补助。

但这里面水深，很多关系硬的老板，从拆迁办把工程接出来，然后转手卖给其他老板去拆，他从中赚取差价。这样他会很轻松，不会花体力也不会花脑力。有时候，真正拆迁的老板，估计是转了几次手，才到他手里。所以，这个老板能赚钱，但赚的也有限。

这是不争的事实。傅路娃知道。他是没有关系的人，只有这条路有可能走通。就像王福生一样。

嗯，还是有想法的嘛。孺子可教也。常欣学着老夫子的样子，摇头晃脑地说。那滑稽的样子，把傅路娃逗笑了。

别取笑我了。总之，感谢你们。傅路娃说到这里，话锋一转，我想去看看你爸。

哦，好呀。只是，现在不太方便。要不，你先到王镇大哥那里去一下再说。一说到常维，常欣的脸色就暗了下来，晴转多云地暗了下来。

傅路娃知道她不会带自己去，既然这么说，那只好先去王镇那里。再说，与王镇约好了，上午没去，下午再不去，就太不够意思了。不要成为一个言而无信的人，这是傅路娃最大的优点。

我们一起去吧。

常欣犹豫了一下，我还有其他事。我把你送过去，你做你的，我做我的。

穿过黄浦江隧道，顺着外滩，过白渡桥不远，就到王镇那里了。常欣在傅路娃下车的时候说，你去把车学了吧，以后会方便些。哦，对了，还要买部手机。都包工头这么久了，还不买手机，人家有活儿，急着找你，找不到，你不是要失去好多机会呀？

　　傅路娃想想，是这个道理。前面王福生也这样说过。

　　看到常欣的车慢慢融入滚滚车流之中，心中生出很多感慨。常维父女俩对自己的帮助不是一般的朋友情那么简单了。一个在家乡不被关心帮助的人，却在异乡得到如此恩情，也不枉来申城漂泊一回。

　　在看不到常欣的车后，傅路娃对空长长地出了口气，是该去找王镇了。常维与苟飞之间到底发生了什么呢？谜底马上要揭晓，他反而有点踟蹰不前了。他怕这个谜底揭开后，会让自己左右为难，不知怎么办才好。

　　这时一个声音在耳边不停地叫嚣：男子汉，得有担当。该来的会来，该面对的是躲不过的。他揉了揉耳朵，心里骂了一声，烦死了。抬起脚，跨进王镇住的单位宿舍大门。其实，他们单位宿舍在办公区域内。办公在前面，宿舍在办公区大楼后面。

二十五

外滩此时的天空是澄澈的，像外白渡桥下的水一样安静。但傅路娃的心却不平静，像马路一样，有人来人往的脚步声，有亲密的对话、争吵、咳嗽声，也有车来车往的喧嚣声。这些声音，在他跨进王镇住的宿舍那一刹那，都安分了下来。似乎，它们噤声，是为了得到回音。

傅路娃脚刚跨进去，BP机就响了，是连着呼叫几遍那样响。本想不看，但这数次呼叫声让他没办法不看。这种情况，以前没有过。

他取下BP机，一看号码，是苟飞。自己前段时间在的那个工地，苟飞来溜了一圈，走后就再也没有消息。傅路娃忙，再加上没有手机，打电话不方便，也没去问妈妈的情况如何。此时苟飞的电话，让他隐隐感到不安。

他想出去找公用电话，刚转身，想王镇的宿舍应该有电话吧，可又一想，人家是公家电话，这样不太好，就又转身向外走去。

电话刚接通，苟飞说，你快点来，外婆身体不好，有一天多没吃饭了。喊她去医院看看也不去。

这是个大问题。他突然想起前面那个梦，有点害怕了。平常可以不理，妈妈不吃饭，身体一定是出现了状况。

傅路娃左右为难，都到王镇这里了，难道就这样转身走了？该谈的事没谈，该了解的事没了解。可妈妈的事不能不理，爸爸去世了，现在只有妈妈了。孰轻孰重？他在心里权衡了一下，快步跑到王镇的宿舍，敲开门，气喘吁吁地说明了情况，王镇什么话也不说，第一时间将傅路娃的身子扭转一个方向，边推边说，快去快去。妈妈最重要，别耽误最佳治疗时间。其他的事后面可以慢慢谈。

苟飞如今住在郊区动物园附近。倒腾几次公交车，赶到苟飞那里的时候，天都快黑了，路灯已相继亮了起来。走过前面那个小巷，再拐个弯，就是苟飞租住的房子了。

昏暗的灯光下，傅路娃匆匆往前赶，潜意识里，感到空气中弥漫着一股瘆人的味道，后面有两个人像在合自己脚步的节奏，不紧不慢地跟着走，在没有其他人的巷子里，声音听上去有点怪异和不安。

傅路娃没放在心上，这么多年的风风雨雨，将他打磨得不惊不躁。

路娃老板，别走那么快呀。走在后面的两人突然喊了一声。

听到对方喊出自己的名字，傅路娃以为是熟人，听声音，应该没见过。但也不一定。这些年遇到的人太多了。

他停下脚步，快速转过身，睁大眼睛，借昏黄的路灯光，仔细辨认，想将他们认出是熟人。而事实是，自己的脑海里没有一点印象。

胖的个头高一点的开口说，听说我们的路娃老板现在发财了，你吃干饭，还是给我们喝点汤嘛。

听声音，应该是皖南口音。

傅路娃听对方这样说，知道自己遇到混社会的混混儿了。能给个名号吗？

怎么？想记账呀？矮的瘦的接过话，我们的账，人家都不知记了多少了。多你一个不多，少你一个不少。瘦胖二李，我想你不会陌生。

是的，傅路娃不陌生，虽然没有真正遇到过，但早就听说过。他们是专门在申城混的人。所谓混混，是指社会上的无业人员。

他们在拆房这个领域，敲诈勒索那些当老板的、包工的，有时候连拆房子的工人也不放过。他们以此为生活来源，以此为生存的资本。

为啥叫瘦胖二李，不是胖瘦二李。是因瘦的做事比胖的要心狠手辣些，出手必见血光。一般开场都是胖的先开口，瘦的在后面才说话。而胖的没有那么狠，手要软点，很多时候敲敲打打也就过了。

胖的是安徽的，瘦的是河南的，两个人都姓李。学过武术，单打独斗，一般人不是他们的对手，手底下还有一帮狐朋狗友。他们心狠手辣的名声在外。无所事事的他们像狗皮膏药，只要被盯上，要么舍财免灾，要么寝食难安，更有可能家毁人亡。

这些人到处流窜，建设中的城市，各种事件层出不穷，让执法的警察忙都忙不过来，也让他们有了可乘之机。搞拆迁工程的老板、包工头是为了求财，没那个精力和时间去惹麻烦，能花钱息事宁人，求得一时平安，绝不另生枝节。这也使这群人滋生了让人恨得牙痒痒的嚣张气焰。

傅路娃知道，今天不能善了，暗地里已蓄势待发，两个拳头用力握了起来。

我们知道你从小习武，胆识也不一般。瘦李不紧不慢，淡而无味地说。你的拳头不会硬过西瓜刀。

瘦李的话音未落，胖李的西瓜刀已经亮了出来。你还是打发我们一点儿吧。路娃老板，我们日后好相见。

别废话。不要说我不是老板，就是老板，你们也别想从我这里拿到一分钱。傅路娃不吼不叫，像在说与自己无关的事。我劝你们，不要一条道走到黑。人嘛，流汗挣来的钱用得安心。像你们这样用流血的方式挣来的钱，用得也许痛快，但不会踏实，更不会心安。

嘿，还给我们念上经了。瘦李边说边掏出西瓜刀。砍！他的声音干脆，没有一点儿拖拖沓沓的音色。

遇事不怕事，遇到强硬的他会顶着上。这是傅路娃的性格。他恨那些走邪门歪道、不劳动、靠欺诈生活的人。哪怕与他们拼得两败俱伤，也在所不惜。

傅路娃左躲右闪，抓住时机，他那呼啸的拳头不遗余力地劈出，让空气更为紧张。

胖瘦二李知道真的遇到对手了，估计这些年，他们一直没有遇到过。挥舞的西瓜刀，从有套路的砍劈，到慢慢没有了章法，冷汗慢慢从他们额头流下来。他们后悔没有将手底下的狐朋狗友叫来。

这是他们自恃武功不错的后果，或许是以前的那些老板、包工头一见到他们就妥协的原因，在刀光和凶狠面前，让他们觉得没有不怕他们的人。如今后悔来不及了。就在快要被傅路娃制服的时候，一个人影边喊边闯入了刀光拳影之中。

听声音，傅路娃知道是苟飞。他不得不收住拳头，而就在他收住拳头的时候，瘦李的西瓜刀从斜刺里刺入傅路娃的左臂。血从划破的衣袖处涌了出来。这是傅路娃第一次被混混儿用这种方式砍伤，他像头狼，见到血斗志更高涨，伸手抓住西瓜刀，一扭，刀已在自己手里。没有丝毫犹豫，反手劈了过去。而苟飞像中了邪一样，迎着刀窜了过来。傅路娃不得不把刀努力往旁边带了一下。也就是这一带，苟飞才会安然无恙。不然，他不死也得丢掉半条命。

在傅路娃回过神来的时候，瘦胖二李骂着，傅路娃，你小心点，我们的事没完。人却往相反的方向跑去。

傅路娃这时才感觉到手臂的疼痛，疼得钻心。习武和漂泊这么多年，第一次受这样重的伤，还是刀伤，那么长一个口子，血按都按不住。

苟飞跑过来，快上医院吧。不然流血过多，人就完了。

我妈呢？情况如何？不要紧吧？傅路娃没有管自己，心里想着妈妈的事，这是他最担心的。爸爸走了，他觉得自己最亏欠的是妈妈。说是带在身边，来申城差不多两年了，在一起的时间不超过两周。

没事，就是不大吃饭。

你不是说有一天多时间没吃饭了吗？

哦，我不说严重点你会来吗？我的大忙人舅舅。估计呀，是外婆想你了。苟飞嬉皮笑脸的，对了，你怎么惹上瘦胖二李了？

你认识他们？傅路娃反问。

我刚好出来扔垃圾。听到打斗叫骂声，拐过来想看热闹，没想到是你，所以冲了过来。苟飞边说边看傅路娃的手臂。走吧，去医院，别像审犯人一样审问我。我是你亲外甥。

晓得你是我亲外甥。傅路娃温软地白了他一眼，心里还有话没有说。我先去看看妈妈。

你这样进去，不把外婆吓坏呀？

想想也是，这样跑去，手臂伤口的血虽然不怎么流了，但还没有完全止住。衣服裤子上都是血，不把妈妈担心死才怪。傅路娃想起那年把吴春打倒后，妈妈那害怕的样子，让人心疼。不能再给妈妈增加负担了。

你给你外婆说，过两天我把房子找好了来接她。听你妈说，你准备结婚了，这是大事加好事，到时给我留一杯酒哈。

那是没有悬念的事。你得给我包一个大红包。

傅路娃不再与苟飞啰唆，在苟飞的指引下，去最近的小诊所包扎了一下。这样的小诊所在申城很多，有隐形的，有不隐形的。隐形的是那种没有专门的门店；不隐形的，他们会弄一间房子，拉旗竖杆，看上去很正式。这里的医生有一个共同特点，都是从农村里来的，没有进过正式的医学殿堂学习，只是跟着赤脚医生的师傅学习了行医，所以，他们也是赤脚医生。医术不是很过硬。

进城务工的人挣几个钱不容易，血汗钱，舍不得花。有什么凉寒感冒，小伤小疼，正规医院钱贵，进不起，基本上都找这样的地方解决。他们收费比正式的医院要少得多，但比在乡下要高得多。这是两厢情愿而又双方获利的事。

那看上去比一般进城务工的乡下人体面、面色白皙的赤脚医生，在处理傅路娃的伤口时说，你们这是狠心在整呀，刀口子这么深，如果再深点，就伤着筋骨了。那样的话，我是没法弄的。记得半年前，有一个老板，申城口音，比你这要严重多了。当时被人扶过来，我只能给他临时处理，尽量控制住流血的情况，然后让送大医院去了。

半年前？申城口音？也是这附近？傅路娃敏感地意识到，这会不会与自己莫名其妙地被瘦胖二李找上有关联呢？那老板多大岁数，长得如何？

你不会认识吧？那赤脚医生看了看傅路娃，兄弟，看你不像是混社会的。有些事不要去招惹呀。

你怎么知道我不是混社会的？万一我是呢？这样会不会给你招来麻烦？

呵呵，我见过的人太多了，混社会的人看上去眼神都不一样。赤脚医生有点自豪地说，一看你就不是。申城老板岁数应该跟我差不多，高矮与你差不多。唉，那才叫一个惨呀。到我这里的时候，人差不多要休克了。

潜意识里，傅路娃的直觉在心里发问，这不会是常维吧。岁数与赤脚医生差不多，五十岁左右，高矮与自己差不多。

不会那么巧吧？

在内心里，傅路娃有很多疑问。自己到这里来，只有苟飞知道，而瘦胖二李好像事先准备好了，在这里等自己。诡异的是，能一口喊出名字。

他想不通，以前从来没有社会上的混混儿找自己麻烦，而现在有了，还来得那么蹊跷。而在自己就要将瘦胖二李制服的时候，苟飞恰巧出现了。看似帮自己，却也给对方帮了不小的忙。至于妈妈的事，苟飞的解释似乎合情合理，没有漏洞。

傅路娃拍打了一下头，自己是被那一刀砍出毛病来了吧？不管怎样，苟飞是自己的亲外甥，以前亲如兄弟，尽管现在有矛盾，但也不至于这样对自己呀。

赤脚医生说的那个与自己有同样遭遇的申城老板，那是自己在臆想。申城那么大，如常维一般年纪和身材的老板大有人在。算了，别想那么多了。该来的始终要来。如今第一件事情是找房子，将妈妈接过来，尽做儿子的本分。不要到时候子欲养而亲不待了。

将妈妈接过来的事情刚安排得差不多，常欣打传呼过来，傅路娃立即给回过去。常欣听到傅路娃的声音说，你是守在电话机旁呀？

这也难怪，从传呼机响到电话接通，估计也就一分钟。

我用手机打的呀。

你买手机了？

是的。诺基亚1011。

嘿，用高档手机了。

别取笑我了。说吧，什么事？我刚把我妈接过来。

听说你被人砍了一刀？

傅路娃听得出常欣话语里的担心和焦急。但他也知道，这肯定是苟飞说的。

自己住的地方不要轻易给人说，包括你的外甥。

这是什么意思？外甥都不能说，还能对谁说呢？傅路娃沉默了。这是话里有话，肉里有骨头，一阵不安不祥的预感又袭上心头。

听到傅路娃半天不说话，常欣有点忍不住了。明天我们去拆迁办一下，有一个工程需要去公关。

你爸去不？

别说我爸。他已经将这一切交给我了。

好久没看到他了。

你去王镇大哥那里，他怎么给你说的？

傅路娃给常欣说了大致情况，末了说，我的手是那天晚上被划伤的。

原来是这样呀，与我爸的情况太像了。

啊？什么太像了？

没，没什么。反正，以后自己小心点。

倒是你，要小心。一个女孩子。

所以我爸让我找你嘛。有机会我会给你说实际情况的。

又是一个问号摆在那里，如那些江湖术士，天机不可泄露。

在拆迁办与常欣会合的时候，意外看到苟飞。傅路娃想上去打个招呼，而苟飞仅用眼睛扫了他一下，捏着嗓子对常欣说，欣小姐，好久不见，可好？

常欣瞥了他一眼，不见到你，什么都好。

苟飞讪讪一笑，不要这样嘛。

那要哪样？

这时过来一个与苟飞差不多大的男青年，一头长发染着几种颜色，对苟飞说，唐主任喊他。苟飞借这个台阶，连蹿带跑地走开了。

常欣看着苟飞跑进唐主任的办公室，人有点像泄气的皮球，慢慢没有了力气。她没管傅路娃，自己往旁边不远的凳子走去，一靠近凳子，人坐在上面，好似再也没有力气爬起来一样。

怎么了？傅路娃不明所以。

常欣示意，让傅路娃坐。

傅路娃焦急地看着她，没有坐。

一直以来，还没看到常欣这样过。他怕她生病了，手伸向她的额头，冰凉。

要不要去医院？

常欣深深地吸了口气，傻瓜。

傅路娃被弄得一头雾水。

苟飞是与我们抢工程，懂不啦？常欣又气又好笑地看着一脸无辜样的傅路娃。

听常欣这样点灯似的话，傅路娃逐渐明白，苟飞为啥此时会在这里，而常欣又为啥会像泄了气的气球。

唐主任是常维的老搭档。以前同一个单位，常维没下海之前，他是他的上级。他下海之后，唐主任才能叫唐主任，常维的拆迁工程，大多数是从唐主任这里接出去的。常维将工程交给常欣打理后，唐主任的态度发生了变化，总是不冷不热。过年过节，常欣仍如常维管控工程时一样，该怎么表示，从来不敢怠慢，可还是没能改变他的态度。

别那么悲观嘛，顺其自然。该尽的力，自己尽了，该走的环节，自己走了，就行了。别人想怎样，我们是不能改变的。

三十岁没到，说话老气横秋的。常欣说，这个工地很大，而且是厂房，钢架结构。懂不啦？

不怕，该是你的就是你的。

你这算不算佛教徒呢？常欣气极反笑。

别什么教徒了，注意身体为上。我就这样，不是自己的，不强求，有机会就尽自己的力去争取，至于结果如何，那不是自己能管控的事。比如说你，说完，傅路娃狡黠地一笑。

喂喂喂，今天怎么啦？这关我哪门子事？常欣被傅路娃脑筋急转弯似的拉入局里，眼睛忽闪忽闪地看着他。先前那沮丧的神情一扫而光。

你说不是吗？

你尽力了吗？常欣不答反问，学着傅路娃的口吻。

好像，也许，可能是没有尽力。但已经出力了。

什么时候？怎么出的力？常欣斜了傅路娃一眼，举例说明。

嘿嘿嘿，这不能用举例说明。要用心去感受才行。傅路娃坏坏地一笑。

常欣看得一愣，你看你坏起那个样子，难怪到现在还没结婚。你的工友们，在你这个岁数娃娃都有几岁了。

还不是因为你。

常欣狠狠的眼神如温柔的刀剜了他一眼，手向站在旁边的傅路娃打了过去。我们前世有仇呀？傅路娃惊叫一声，然后一个立定跳。原来常欣打的不是位置。常欣坐着，傅路娃站着。常欣的手从傅路娃的腰上，从左到右，一路顺势而下，正好触碰到敏感部位。

傅路娃这一叫，旁边有一个算一个，所有人秒看过来。常欣从手指头传来的感觉，和傅路娃那一声叫唤，明白自己闯祸了。心怦怦直跳，脸和脖子如火般燃烧，羞得想找个地缝钻进去。正在这时，唐主任来到他们身边，你们小年轻就是快乐。来来来，有话给你们说。

苟飞是什么时候走的，他们居然没有注意到。

我们领导班子通过你们竞标的情况和实力商量了一下，这个工地有点大，一个人做这个工程，容易出现一些意想不到的问题。你是我们老主任的掌上明珠，也是我们的侄女，我们得尽力照顾。据说他现在身体不好，将工程的事全部交给你了。这个工地，是你第一次单独做的工地，要把握好机会，我们以后才可以长时间合作。

从唐主任苦口婆心的话语里，常欣听出了尾音。如果不把握好机会，后面就有可能各走各的了。这个机会，也包括送礼的机会。她的手悄悄将包没拉好的拉链往旁边拨了一下。可办公室门没关，门口有来来往往的人经过，这不是送信封的最佳时机。

苟飞是不是也在那个工地？常欣将手从包上收了回来，喊了一声唐叔叔，像是很随意而漫不经心地问道。

你不是外人，我就与你直说吧。是的，出于全盘考虑，那里一共分为三个板块。通过你们投标竞争，我们分选，除了你、苟飞，还有另外一个。你关系不一样，给你面积三分之一多点。他们就平半分。

老狐狸。常欣在心里狠狠地骂了一句，贪得无厌。我们送的礼还少吗？一共才一万来平方，分给三个人做，三个人三份好处，这样你不是腰包更鼓一点了？

这些事，只能在心里说，跟知己的人说。权力掌握在人家手里。常欣心里有想法，但不能表现出来，哪怕脸上也不能。如果人家看出来，一点儿也不给你做，你又能怎么办？还不是只能搬起石头砸天，白干，干鼓眼。

还是唐叔叔你们想得周到，当领导的看得远。

千万注意安全，不能出现死亡事故。说完这句话，唐主任意味深长地看了常欣一眼。帮我给你爸爸带个好。

事情既然成了不可逆转的事实，那就这样吧。常欣向傅路娃使了个眼色，然后向唐主任告别。常欣站在原地没动，等傅路娃的身子挡住办公室门口的一刹那，将包里的牛皮纸信封快速扔进唐主任半开的书桌抽柜里。边嘻嘻哈哈招呼边推着傅路娃往外走。

苟飞能直接到这里拿工程了？

他现在能耐了。有很多事以后慢慢给你说。常欣说，别管他，我们先管好自己。对了，要防着有人来捣乱。

常欣的话和王镇的话，让傅路娃有山雨欲来风满楼的危机感。他抬起头看看天空，除了有点灰暗，也没什么不一样。

没事，有我呢。傅路娃说得轻描淡写。

常欣微笑着点点头，还有我呢。

他们相视一笑，钻进了常欣那辆黑色桑塔纳小轿车。

二十六

近六月的天，这海边城市，白天较热，晚上又凉。搞拆迁的人，冷热似乎是一样过。有房子拆时，一大早上工，中午吃饭；吃得比较慢的，饭有可能还在喉咙里，就被领班的催着上工去了。

这是没办法的事。远离家乡，是为了挣钱，再苦也没有在家种地苦；再热再累也没有在家乡种地的六月天热和累。不然，千里迢迢跑出来干吗？难道是专门为了来遭受人的白眼？是专门来感受离乡之苦思亲之痛？是为了来居无定所？有工地有机会就得干，哪怕几个月不能休息也必须干。这不只是钱的问题，还有老板的利益问题。慢迁还好点，如是快迁没得商量，一个字——干。不赶工期，也不会停下来。这样久了，也想休息。就像他们一停下来，就想马上有事做一样。拆房人就是这样，没有活儿时，想有事干；有活儿了，又想休息。

有的工友已经到工地上了，而还有少数几个拖拖拉拉，看样子，脚像被几十斤重的东西拉住了一样。傅路娃走在他们身后说，你们走路的样子，像个怀儿婆。等你们老了，走路不晓得像啥子。

路娃老板，你要是像我们这样天天上班，看你还这样说不说。有个刚从家里出来不久的小伙子一脸的不服气。

傅路娃听他这样说，只是将嘴角往他身边的老林翘了翘，意思是你问问他，懒得与你说。

小娃娃，你可不要与路娃老板比。他在你这个岁数时，拆房的本事已经找不到对手了。

路娃，出事了。正在他们说笑的时候，黄林向他们跑了过来。

这个声音对于傅路娃来说，无疑如一声闷雷。他最怕听到这种声音。记得吴春出事的时候，也是这种声音。他的心一下子提到嗓子眼儿，出什么事了？

有个人倒在我们工地上，估计是腿摔断了。黄林的话音未落，傅路娃已跑得不见人影。那小伙子惊呆了，路娃老板跑得好快！

你不晓得的还多着呢。黄林回了他一句，人也转身跑了。

傅路娃来到出事的地方，他知道，尽管不是自己手底下的工友，但这事出在自己工地，那自己是有一定责任的。那人斜靠在墙角，嘴里不停地哎哟哎哟叫唤。傅路娃看了他一眼，衣服是破旧的衣服，一看就是拆房子时穿的，鞋子是一双旧得皱皱巴巴的皮鞋。

你是隔壁工地的吧。可不管傅路娃怎么问，他就是不回答。

你不说，是不是怕你们老板不发给你工钱，以后也不要你干活儿了？在工地上，因偷盗出了这种事，有哪个老板会不在意呢？开除，不发工资这是潜规则。

隔壁工地是苟飞的。傅路娃知道，像这种情况，只要苟飞来把人领回去，自己不追究，不报警，基本上也就没有自己的事了。

可他不回答自己是哪里的人，这是比较麻烦的事。

你难道就这样坐着，腿让它残废？

听到残废两个字，那人明显心慌了起来。

你是苟飞他们工地的吧。如是，我马上将你送过去。傅路娃看了看不远处用蛇皮袋装着的电线。不是，我只有报警了。

别别别，别报警。

这也难怪，偷铜线缆，被警察抓起来，那是相当麻烦的事。坐牢不说，名声彻底臭了。不只是在申城务工会被排斥，若是回老家，也会被人用异样的眼神审视。这在那时相对闭塞、单纯、干净的乡村，犯罪是众人嗤之以鼻的事。哪怕饿死，也不能偷盗，也不能吃嗟来之食，孔圣人的这些思想在没有多少文化的乡人那里，坚守得很彻底。最少在明面上是这样。

傅路娃安排黄林等几个人将他抬到苟飞那里，苟飞看了一眼，这是在你们工地出的事，你们得负责。

讲道理不？你没管好手底下的人，偷我们工地上的东西，我们没报警，已经给你很大的面子了。

别栽赃好不？是你们工地的人，自己要承认。苟飞完全像一个无赖，与之前说的话自相矛盾。

你这老板当得也太没底线了吧。

我说的是事实，你问他们，这个偷线的是不是我们这里的人？苟飞说完，将眼睛看向他身边的拆房工友。那些工友相互看了看，没说话。

你看，我没说假话吧？

没想到你这种人也有？

我怎么啦？你们的人，在你们工地上出了事，想来赖我呀？苟飞一副很委屈的样子。这个冤大头我可不做。我看那位兄弟的腿得及时治，不然耽误了最佳救治时间，残废了可不是这点医药费可以摆平的哟。

兄弟，你自己说吧。傅路娃这时过来了，听到了苟飞的话。

舅舅，别这样呀。我可是你亲外甥。不要陷害我。

谁陷害谁？你自己心里清楚。傅路娃意味深长地看了苟飞一眼，再也不理他，转过头对那个偷线缆的人说，兄弟，还不说？

别乱说哈。饭可以乱吃，话不可以乱说。苟飞边说边用眼睛狠狠地瞪着那个腿摔坏的人。

那腿摔坏的人明显畏惧。将看向苟飞的眼睛收了回来，用轻得不能再轻的语音说，我哪个工地都不是，我没有上班，为了找点钱养家糊口，所以来你们这里弄点废电线电缆，没想到运气不好，摔断了腿。

你不说实话，我们拿你没办法。傅路娃转向苟飞，你真的不管他？不管，我只有报警，让他在腿治好后到牢房里去耍耍。

那是你的事。苟飞的口气冰冷得近乎傲慢。

傅路娃看到那断腿的人叫唤的声音变得沙哑了，意识到不能再拖了。

走，先弄去医院。傅路娃向黄林他们招呼了一声。

看着傅路娃他们消失在转弯处的背影，苟飞露出了得意的笑。

傅路娃将摔断腿的人弄去医院，似乎，这个责任就已经背在身上了。

挂号的时候，傅路娃找他拿身份证，他说没在身上。傅路娃知道，他这是在撒谎。这么多年漂泊的经验告诉他，拆房子的人，住在工棚或者临时找的房子里，身份证等特殊贵重的物品，断然没有不随身携带的理由。

他不拿出身份证，是怕自己暴露身份，也怕傅路娃去报警。挂号没有身份证，这个有点难办。如果去找那些无证的赤脚医生，要是耽误了伤情怎么办？

你还要不要腿？不要，我们就不管了。本来是可以现在就交给派出所的。黄林有点生气了。不是我们傅老板好心，谁会这样对你？简直没良心。你们老板不管你的死活，你还做五做六的。

被黄林一通质问，摔断腿的人总算费劲地把身份证从底裤的兜里面掏了出来。他姓罗，叫长生。

刚替罗长生弄好入院相关事宜，常欣的电话来了。劈头就问，怎么搞的？唐主任知道我们工地出工伤事故了，我却不知道。还说是因偷盗把腿摔断了？

唐主任？我还没来得及说。那一定是苟飞。

唐主任说，我们这性质有点严重，我们不报警，下一个工地要考虑一下是否还与我们合作。

苟飞不承认是他的人，偷线缆的人也不说。傅路娃说，事出在我们工地，不管他，时间长了会成为残疾的。

直接报警呀？

报警了，他一辈子就完了。不好找事做不说，他的后代也要受影响。

你看怎么办吧！不报警，唐主任那里就认定是我们管理的责任，在竞标时怕是要打折扣的。

这应该是苟飞的计谋。

你知道就好。

接了常欣的电话，傅路娃感到左右为难。报警吧，罗长生后面的路难走了。不报警吧，苟飞不承认人是他那里的。这个医药费要自己出不说，拆迁办还不会给好脸色。在这行混饭吃，得罪了顶头上司不是很划算。以前常维在主管拆迁业务，人家碍于过去是同事，会给面子。现在常维已经不在圈子里面了，人家可给可不给。只要竞标程序走到位，他们将工程偏重承包给谁都可以，主要看谁对他们最好，这个好那是用权力铸就的关系来衡量的。

他想，这个缺口还得从罗长生这里打开。只要罗长生承认是苟飞的人，事情就要好办一点。

兄弟，我给你说说我们的难处吧，有人将你在我们工地出了伤情的事向拆迁办说了。拆迁办说，下一个工程要考虑是不是还会给我们做。你应该也听说过，工地出了伤亡等事故，领导是非常重视的。

如果你还不说实话，我们也没办法，只有走法律途径，报警了。

罗长生不说话，脸色青一阵红一阵，傅路娃知道他内心里在挣扎。

如果你说了，我不报警。苟飞不给你报销医药费，我们可以适当给解决一点。

但是……

别怕，就是以后苟飞不要你拆房了，我们可以考虑要你。

我不是怕他不要我拆房，我是怕他们报复我。

报复？

听他喊你舅舅，你还不知道呀？

傅路娃一脸茫然，苟飞真有很多事是他不知道的。自从不辞而别出去做包工头到当老板后，他生活中的事，傅路娃从来不过问。

他有一帮在社会上混的兄弟伙。

这样呀。傅路娃第一次听到这个消息，心里确实惊住了。这娃娃真会混，都与混混称兄道弟了。

罗长生知道自己理亏，偷人家的东西，出了伤情事故，人家无怨无悔地给送进医院，自己还不承认自己是哪个工地上的人，让傅路娃他们为难，那真不算人了。

这是一个棘手的问题。傅路娃知道，如果直接去找苟飞说，问题估计会越弄越复杂，毕竟是亲外甥，没必要整得刀枪相向。他想，得换一种方式。他不是向唐主任透露消息吗？那让唐主任去告诉他。

苟飞来找傅路娃，这次没有以前的嬉皮笑脸，也没有那种撒娇的形态。站在工地上，对正在安排事务的傅路娃大喊，傅路娃，是你说罗长生是我的员工吧？有你这样的吗？

傅路娃不紧不慢地将各种事情安排妥当，然后走到苟飞面前。要学好。

你没回答我的问题。

自己去想吧。

傅路娃平静的处理方式，让苟飞哭笑不得。狠狠地丢了一句，我跟你们没完！

不要去找人家下力人的麻烦。不容易。

你没想一下我不容易？

容不容易，你自己清楚。尽量不要与混混儿走在一起，更不要想着算计人，这是为人原则。你妈妈爸爸不容易。

我给他们在县城里买房了。他们不去。

感情还不错。要心与钱都好才行。

难得与你说。我是做啥来了？跟你说这些。反正，傅路娃，我跟你们没完。

苟飞愤愤离去，让傅路娃隐隐感到不安。一路走来，有些疑问在他脑海里驱之不去。比如，苟飞是如何当上老板，还能从拆迁办直接拿到工程？常维做得风生水起，为啥突然退出拆迁行业？王镇说常维的事与苟飞有关，到底有多大关系？苟飞为啥与混混儿混到了一起？就像那天晚上，自己莫名其妙被瘦胖二李跟踪了一样，是他解不开的结。像乱在一起的蛛丝，绕来绕去黏在一起，找不到头绪，不知从何下手去打理。

这种不安，是一种直觉，但这种直觉又不是来得毫无道理。

他想将这种直觉给常欣说说，可又不知从何处开口。后来想想，还是不说吧，免得常欣提心吊胆的。直到常欣找他时才说，苟飞这小瘪三，太不是东西了。我这是前世欠他了吗？

怎么啦？傅路娃被常欣这突然的表现吓住了。她那双好看的大眼睛因愤怒而显得更大，尽管如此，还是好看。

一个莫名其妙的电话，说不要欺人太甚。说什么大家都是做工程的，没必要拆人家的台。想来想去想不明白，我拆谁的台了？唯一让我觉得有关联的，就是苟飞。那人威胁说，会让我们难堪？

哪里口音？

说普通话，口音不是很明显。常欣气呼呼地说，我生气都来不及，哪还有心情注意这个。

这种情况肯定是有的，傅路娃有理由相信。在这个旧城改造烟尘四起的大都市，三教九流，鱼龙混杂，什么样的人都有。有时候发生的事，像那些与申城有关的电视电影里出现的争权夺势的镜头一样，让人恐惧而又刺激，刺激又觉恐惧。

时不时听说某某老板被敲诈了；某某混混团伙与某某混混团

伙火并了;谁又是哪个老板的保护伞。某老板与某老板发生纠纷,请某某混混团伙出面,事情轻而易举地摆平了。这些在那时的申城外来务工人群里面,不算是多大的新闻。

别怕,我是与他们打过交道的人。这倒说得也是,他手臂上的刀疤还在,有多长的口子,常欣看到过。

但是,说来也怪,瘦胖二李从那次过后,居然没来找傅路娃的麻烦,这出乎意料。按他们的行事风格,不应该是这样。这样忍气吞声会对他们的江湖地位有损,他们一定不会甘心。

其实,傅路娃没往深处想,在拆房这个行业,不是每个老板都有他一样的身手。大多是头脑够用,对于武术,可是一窍不通。更何况,傅路娃身边还有一班同心齐力的兄弟。

听傅路娃信心满满的回答,常欣笑了。认识你还是有点用处。

开玩笑。天底下有几个傅路娃?

那是,估计就一个。常欣看着傅路娃坏坏地一笑,路边生的。

嘿,没想到,我们的常老板常大美女学坏了。

谁变坏了?常欣举起右手,作势要打。就在这时,一阵呼喝声由远而近,一阵风一样来到傅路娃他们面前。最前面的那人边哭喊着打死人了,边没命地奔跑,不管脚下是平地还是刚拆下的砖块混凝土,脸上头上全是血。后面四五个人边狂奔着追赶边怒骂,给老子站住,看你还给老板找不找麻烦,不教训你,你要上天!

在最前面逃命的人近了,是罗长生。他的腿刚好不久。估计是生死攸关,他顾不了那么多了,一路连滚带爬跌跌撞撞。傅路娃知道,如果自己不出面,罗长生不被打死也得被打个半死。追他的人,手里拿着木棒或者钢筋铁条。

可他哪里会想到,这是一个局。有人专门为他设置的。

傅路娃将常欣往边上一推,口里说你躲远点。然后身子一横,将罗长生与那几个人分隔开来。

　　追赶的人停了下来，恶狠狠地看着傅路娃，有想将傅路娃生吞活剥的欲望。

　　傅路娃无所畏惧地紧盯着他们。看着有两个人比较眼熟，还没反应过来。瘦高个一脸不屑的已经开口，傅大老板，不是冤家不碰头呀。我劝你让开，今天的事与你无关。

　　不要废话，打。旁边的胖子吼了起来。

　　是他们。傅路娃心里说，难怪眼熟。那晚上，他们给自己的手臂上留下了一道永远的疤痕。

　　瘦胖二李。还真是冤家路窄。其实，这是傅路娃一厢情愿的想法，他不知道人家是有意来冤家路窄的。

　　罗长生，瘦胖二李，苟飞。这几个人在他的脑海里翻过来倒过去地重复出现，让傅路娃有点头晕。他不相信苟飞与瘦胖二李有关系。而事实就在眼前。想到前面罗长生说苟飞手底下有一帮混混儿的事，他似乎明白了些什么。可他从内心里拒绝这个想法。苟飞再怎么样，不会与混混儿联合起来对付自己这个亲舅舅吧。如果说他们去对付其他人，他还是相信的。作为一个进城务工的人，做到老板的位置，在申城泥沙俱下的务工环境里立足，很多人在想尽一切办法培植自己的势力，以便维护自己的利益和不受别人欺负。不过，这种方式是带着江湖性质充满黑色基因的，是不为社会治安和法律所容许的。而他们是一群不懂法律和社会治安规则的人，所以做事全凭自己好恶作为评判标准，一切从自己的利益出发。

　　傅路娃看着瘦胖二李，摆在面前的事，让他没有否认的余地。

　　我们的事，以后再说。放过罗长生。

　　你怕没得资格发号施令。瘦李说。再说一遍，让开。

　　有本事你们过来！

　　上。苟老板不会有意见。胖李还是那蛮横的语气。不过，他不经意间将苟飞妥妥当当地卖了。

几个人在胖李的声音里，棍棒钢筋铁条齐飞了过来。几双手齐头并进，迎空乱舞。傅路娃知道，好汉不能吃眼前亏。他往旁边一个急速腾挪，跳开了。顺手在旁边一堆废弃的木材里，抽出一个长约两米的椽子。他知道，今天不能善终，但也不能让自己吃亏。

木椽子在他手里当作长棍使。打砸劈挑扫，虎虎生风。瘦胖二李及另外两个人尽管是练家子，但一时近前不得。

这种场面，常欣哪里看到过，看得她一时忘记了害怕。罗长生虽然也看得忘记了疼痛，但他没有失去清醒，他拉了一下常欣的衣角，报警吧，怕时间长了傅老板会吃亏。

一语惊醒梦中人，常欣没有犹豫，从包里掏出手机拨了出去，但她不是拨给这里的派出所，而是拨给王镇的。王镇的单位与这里边界相连。之所以拨给王镇，一是会省去一些中间环节，他会第一时间进行安排；二是他们有一个约定，要找到伤害常维的凶手。常欣想，这些与傅路娃交手的人，会不会与伤害自己父亲的人有关呢？或者能不能从他们这里找到一定的线索？

常维之所以突然将所有拆迁工程的业务交给常欣，是因身体被伤害后，已经承受不起奔波和劳作。他们没给傅路娃说明，是因这事有可能牵涉到苟飞。但还只是怀疑。王镇是想将一切给傅路娃说清楚，可阴差阳错地错过了。

王镇不能轻易跨区域办案，但他可以给这里的办案人员说清楚情况，也可以来一个联合办案。

有王镇出面，事情更容易处理。常欣的电话打完没有五分钟，警车已呼啸而来。

听到百米冲刺般而来的警车声，瘦胖二李等人想逃。傅路娃本想放他们一马，大家远离家乡不容易，只是他们一时没走正道而已。没想到瘦李转身之时说了一句，傅路娃，看在苟飞的面子上，今天放过你。这本是一句面子上的话，瘦李没想到会给自己招来后悔莫及的结果。

听到苟飞两个字，傅路娃没加反应和思索便追了上去。这是今天第二次听他们说到苟飞，再加上罗长生的事，如果不是与苟飞有关，瘦胖二李怎么会来找他的麻烦？找罗长生的麻烦，不就是间接针对自己来的吗？他不能让他们逃走，这些人本就该得到法律的惩戒。

要留住这些亡命之徒不是那么容易的事，傅路娃使出全身力气，最终在警察赶到的时候，仅能牵绊住瘦李一人。不过，这个收获不小，瘦李是那个混混儿团伙的领头大哥，相当于打蛇掐到了蛇的七寸之处。

一些如剧情一样的事情因瘦李的落网，也就慢慢浮现了出来。

二十七

　　常欣很久没有这样高兴过了。瘦李落网后，想为自己减轻罪行，经审讯，承认了常维是他们砍伤的，但是有人请他们，像这次一样。收人钱财，与人办事，这是他们的规矩，也不是有事无事去找人麻烦。

　　常欣听到王镇说出这个结果，兴奋得一扭身抱住身边的傅路娃又哭又笑。终于找到凶手了。可是，这对于父亲的身体来说，没有实质性的好处。抓到凶手她笑，想到父亲再也回不到从前，她哭。

　　常欣紧紧地抱着傅路娃，傅路娃伸开双手抱也不是，不抱也不是，不知道怎么办才好。王镇在一边用眼神示意，让傅路娃抱住常欣，自己却悄无声息地走开了。

　　傅路娃轻轻搂住常欣的腰，任由她在自己肩头上哭一阵笑一阵。泪水的温度不一会儿传遍了全身，他不说话，常欣也不说话，只是他们彼此将彼此越抱越紧。

　　好了吧。给你们这么长的时间温存了。王镇不知什么时候走了进来，风趣地说。

　　常欣像触电一样，将紧紧抱住傅路娃的手松开，脸像烤了很久的火，喝了高度白酒一样，热热辣辣地发烫。傅路娃面对王镇风趣的调侃，为了缓和尴尬，他边松开抱着常欣的手边说，这个事情没完。

　　什么事情没完？你抱我们常欣妹子没完，还要继续抱呀？王镇露出难得的坏笑捉弄似的看看傅路娃，又看看常欣。

王大哥，你……我是说常大哥被砍伤的事没完。傅路娃不等常欣开口，立马抢过话头说。

嘿，常大哥？我以为你沉浸在爱的甜蜜中，头早就晕得不清醒了。原来还没有呀？王镇不给一丝台阶。傅路娃只好用嘿嘿的笑来给自己的难堪解围。

常欣此时顾不上傅路娃怎么称呼她爸爸了，有点茫然地看着王镇，王大哥，凶手不是被抓住了吗？

叫王叔。

不对哈。王大哥，那我们不是乱辈分了吗？傅路娃在一边着急地说。

你们反正纠缠在一起了，就一样叫吧。

王大哥，你欺负我们呀？什么叫纠缠到一起了？你办理案件也这样不严谨？常欣不依不饶。

嘿，你这小妮子，说不过你。王镇收起刚才玩笑的态度。等你爸爸确认瘦李是砍伤他的人之后，我们再开始下一步行动。凶手肯定不只是瘦李一个人，他还有同伙。雇佣行凶的人，必须严惩。这个我与抓瘦李的派出所所长沟通过。我会全程跟进和协作。

我到现在也没看到常老板，他到底怎么啦？我只能从你们的对话里一知半解。傅路娃这时候再也忍不住了。

路娃，这样给你说吧。喊你来做工程，是常大哥与我商量的。因他被人殴打致残，我们怀疑与苟飞有一定的关系，但没有证据。

傅路娃看看常欣看看王镇，有极其复杂的心情，事情一旦水落石出了，苟飞真参与了，还是第一责任人，丁丁卯卯沙子石头，那问题就严重了。这个外甥，来申城一路走来，到如今这个样子，自己这个做舅舅的是不是没有尽到引导的责任而失职了呢？

常维受伤比较严重，经过抢救才能活下来，如今左脚和右手差不多成了摆设。做工程，肯定是没办法了。将这些全部交给常欣，一个温柔可爱的女孩子，她哪里打理得下来？不做了，常维不甘心，事业已经做得风生水起了。

　　王镇他们立案后，一时没找到有用的线索。常维常欣的拆房工程还得继续做。傅路娃的为人，大家交往这么多年，心中有数，其又是拆房方面的行家。还有一个原因，常欣一直喜欢他，当然爱不爱爱得有多深就只有她自己最清楚。苟飞追过她，本地人提过亲，她都不上心。傅路娃自己也不知道，他有啥好，让这个养尊处优的大小姐，变得如今有了非他不嫁的状态。如黄浦江的水，看上去只知道在那个水凼凼里荡来荡去。

　　王镇紧盯着傅路娃，如果与苟飞有直接关系，只要你在，他早晚得露出尾巴。你们舅舅外甥的，我想他也不会把你怎么样。但没想到的是，他还是对你动了歪脑筋，渣滓垃圾一个。

　　这都是钱给害的，傅路娃若有所思地说，他针对常老板的动机是啥？我一直没想通。按说，常老板是帮助他发家的贵人。

　　你问她。王镇将他那阅人无数的眼睛转向常欣。

　　常欣一脸懊懊恼恼，没什么好说的。就是我没接受他，他心生恨意了。那时候，他已有一百多万的家底了。觉得很有底气，厚着脸皮向我求婚。

　　这是一方面。而另一方面，他不但想得到你，还想接替你父亲的位置。这可能才是根本原因。王镇用他多年的办案经验来分析苟飞的心理状态，似乎说得入情入理。

　　路娃，我们都知道你会武术，而且还不一般。常大哥希望你今后能保护好常欣，做工程是其次，这个是初衷。

　　傅路娃像在听传奇故事，这与看到的电视剧情太像了，居然在自己的身边和身上上演。突然听到王镇喊自己，有点茫然地答非所问地说，要真全都是苟飞整出的事，怎么处置他？

　　到底是亲舅舅呀，第一时间想到的还是他。常欣幽怨地看了傅路娃一眼，还想往下说，被王镇打断了。触犯了法律法规，自有法律法规来处理，你们不要想那么多。傅路娃也没错，毕竟是亲人，但只要站稳立场就行。

我想去看看常老板。以前你们不让我看，估计是因苟飞。现在一切似乎都明白了，可以带我去看了吗。

不喊常大哥了呀。王镇突然来了一句，将原本严肃紧张的氛围缓解了下来。

傅路娃与常欣猝不及防，条件反射地对望了一眼。常欣首先不依，王大哥，你要不要这样呀，像女人的心心肚肚样都是三八。

常维的情况很不乐观。住在康复医院。每天要花费的费用先不说，伤情在经过差不多一年时间的医治和调理，表面看没有多大问题，实际上已是大问题，一脚一手弯曲着，用不上力，只是比没有看上去完整一点。

常维还原他出事的那个晚上，大致情况与傅路娃说的差不了多少。

出事的那天，苟飞给常维说，他想在他租住房子的附近买套旧的房子，但自己没经验，想请常维帮参考一下。因卖家只有晚上家里有人，所以约的时间在晚上七点。申城秋天的晚上七点，天色基本尽黑。常维的车刚开进苟飞租住房子的那条支马路上，就被几个人挡住了，不让前行。

看那架势和氛围，常维已觉察出不对劲。想加一脚油门冲过去，不要说撞到人会惹上官司，那前面摆了一排石头砖块，想冲也是没办法冲的了。

这里本来比较偏僻，天一黑很少有人走动。昏黄的路灯隔老远才有一个，似在漆黑的夜里挣扎着苟延残喘。

常维知道遇到混混儿杂皮了，但他没将这与苟飞联系在一起。苟飞毕竟是自己一手拉扯起来的，他不愿相信他会这样。

他想报警，但想到派出所可能离这里远，远水不能解近渴。苟飞住的地方在前方一里路左右，他来救援自己，要快些。

电话打过去，没人接。想继续给苟飞打，那几个拦路的人，哪里还会给他这个机会？手里的棍棒往挡风玻璃上砸，一瘦一胖的两个人，手里提着西瓜刀，使劲踢拉车门。常维除了锁住车门车窗，还用手死死地从里面拉住车门，害怕一下就被拉开了。

瘦胖二人，见车门无法踢拉开，抢起西瓜刀，狠命砸在玻璃上，车窗玻璃哗的一声脆响，瘦子的刀跟着劈了进来。紧急情况下，常维用力推开车门，将瘦子撞开，刀也跟着瘦子一起被撞开了。

常维下车后，撒腿就跑。平时很少运动的他，还没跑几步，就被胖子一刀砍在右臂上，哎哟一声还没来得及叫出来，左腿被撞开的瘦子一刀劈得再也无法站立。

常维倒了下去，另几个跟上来的人，害怕落后一样，棍棒往他身上招呼。他瞬间成了血人，除了嘴巴哼哼，手想抬抬不起，想爬起来，已无能为力。他感到自己要完了，被莫名其妙地打完了。这些人，看样子不是为了钱，可自己与他们没有过节，更谈不上仇。是谁要置自己于死地呢？

在他就要丧失意识的时候，听到一个人在喊，杀人啦，但没听清是谁，人已疼晕过去。后来，醒来的时候，在一家赤脚医生开的诊所止血包扎，苟飞正在与医生交代，在听到赤脚医生说没办法治疗时，苟飞只好将他送到附近的大医院。

常维与那个赤脚医生说的被砍得伤势很重的本地人对上号了。

说与苟飞无关吧，好似不可能。有关吧，真想不出来，他会变得如此心狠，还那么多心机。

在社会这个大熔炉里，在时代文明不断更新的进程里，傅路娃不知道人性会随着变，难道除了变，就没有路可以坦坦荡荡地走吗？如曾经没被时代文明所开化的村邻那样的单纯、朴素、善良一样。实际上，自己那个偏僻的小山村不是也在变吗？更何况身处大都市霓虹灯下的苟飞。而自己，不是也在变吗？不是吗？！

事实摆在面前，傅路娃想否认，那也不行。如果过多地诉说，会引起他们反对的声音，说自己帮亲不帮理了。而那么多枝枝丫丫，没有一处不指向苟飞。

什么时候，常老板去当面指认一下，瘦李是不是当时砍伤他的人，一切就都明白了。傅路娃没有那么多逻辑分析，只是想，很多事，不应该简单些好吗？

这个简单。现在可以去。常维说，我身体现在都这样了，再想怎样也是没有可能。

看到瘦李时，常维的表情很激动，有想打开铁栅栏，冲上去暴打瘦李的冲动，眼睛放出狼一般的光芒。这就是挥着西瓜刀，要将自己置于死地的人。

一切就要尘埃落定了。而在找那个赤脚医生出面确认常维是不是在某天曾在他那里救治过时，已是人去楼空了。为具体确认瘦李与常维说的时间是不是正确，预留了不大不小的问号。

大家在欣喜的同时，又有些失望。谁会相信，一个平时对自己唯唯诺诺、恭恭敬敬的人，在背后却对自己下如此黑手呢？

常老板，对不起。傅路娃向常维鞠了一个躬。我们欠你的。

嘿，路娃，这与你有啥关系？王镇首先发话，你是你，苟飞是苟飞。

常欣扯了傅路娃手臂一下，瞥了他一眼，我们以事实说话的意图明显显露出来。

傅路娃不自觉地看向自己有伤疤的那只手臂，沉默了下来。

不要老是在过往的事里面纠结着走不出来，向前看。常维经历了这次生与死的事件过后，倒看开了。既然要进步，那人的思想应紧跟时代脚步，观念也不能停滞不前。

苟飞做了啥，他都得承担。谁也帮不了他。这是不争的事实，也是社会生存规律的一个必然。

——我不是说苟飞的事。我是说你们俩的事。

——装嘛。

——我准备了一个红包。你们想不想要？

在哪里？大不大？要。常欣边笑边说，手向王镇伸了过去。

想得美。想就这样拿红包呀？天底下有这个道理吗？王镇在常欣手掌上拍了一下。你总得拿出让我给红包的理由吧？

你是大哥呀。不是马上要过春节了吗？

好的。你们过年把事办了。我红包准时到。

常欣此时彻底明白他们说的是啥了，跑到常维的身后，双手搭在轮椅上。

——王大哥这些天老是取笑我，你就不说说？

——王兄弟又没说错话。我说啥？

——你看你看，叫你喊王叔你不听。

——这辈分是有点乱。

——不乱，不乱。

——把日子定下来吧。

——什么日子？

你与傅路娃的好日子呀。王镇说。该定了。这么多年了，该考核的都考核了。虽然路娃是外地农村的，家庭条件不理想，那都不是重要的。重要的是这个人。时代不是都改革开放了吗？这些事也要改革开放嘛，那样才跟得上时代的步伐。

哈哈哈……你们真有意思。都离三十岁不远了，还像个小孩子，羞羞答答的。真不着急吗？常维此时完全不像一个父亲，也开始拿傅路娃与常欣开涮。

不过，路娃，你得征求一下你妈的意见。虽然你的事你做主，王镇说。终于要看到你们修成正果了。

傅路娃的心咚咚咚地欢跳着，那喜悦之情，比他做到一个工程要喜悦百倍。自己心仪喜欢了这么多年的女孩，要成为自己生命里的一分子了，这是一辈子最满意的成绩。但他知道，没有正式结婚，很多事的变数难说。

我妈肯定一万个愿意。傅路娃急急地回答，害怕回答晚了，此事会生变故一样，引出一阵哈哈哈哈的笑声来。

那也是。能有这样的儿媳，只怕她好久都睡不着觉。王镇说，她应该是看到你这个老大难，心里早就担心了。担心你会不会成为老光棍。王镇一收笑容，一本正经地看着傅路娃。

话已经彻底挑明，后面该做的事有了头绪。瘦李、苟飞、傅路娃、常维他们之间发生的事，整体的来龙去脉基本有了一个线条似的呈现，下一步也清楚该先迈出左脚还是右脚了。

离开派出所，外面的天空虽然阴沉，但丝毫不影响傅路娃的心情，那是有一团火的心情。苟飞、瘦李的事是愤怒燃烧的火；与常欣的婚事提上议程，是喜悦欢快的火。两把火都在他的胸腔里燃烧，相互纠缠而又各自为政。他抬头长长地吐出一口气，不知苟飞的事该不该对妈妈说，该不该与姐姐说。看着马路上来来往往的车流，他很想高声大叫一回，吐出心中郁结之气，又怕惊世骇俗，让人认为自己神经出了岔子。他慢慢地低下头，向公交车站走去。

二十八

常维的案件算是一个积案，本不是王镇管辖的地方出的事，按说可以推给出事地的派出所。但常维第一时间向他报案，认真负责的性格和处事风格与责任担当，只要有报警，他必管。更何况是结交多年的朋友出事了呢，再说，出事地点与自己的管辖区是边界相连。

抓到瘦李，这个案件发生的始末基本浮出水面。接下来是进一步抓捕相关涉案人员，为彻底破案寻找更有力的证据，到最后收网，结案。一是给常维案件一个交代，另一个是扫除为祸民众的社会渣滓是民警的责任，还社会一股清清洁洁、朗朗爽爽之气。

在瘦李的交代下，按地址去抓捕胖李和其他成员时，他们早已逃窜得不见人影。案件的破获进入了僵局。

瘦李说过，他虽然主管全局，是带头大哥，但接活儿主要是胖李。现在存在一个问题，常维这个案件到底是不是苟飞指使的？瘦李说是苟飞，可他没与苟飞直接联系，所以语气不是很肯定，最少不是那种斩钉截铁的肯定。办案件，证据来不得半点模糊，不然会冤枉好人，放任坏人。

现在，关键在胖李身上。

苟飞几年前已与瘦李很好了。相互间推杯换盏、称兄道弟，早就不是新鲜事。苟飞被一伙混混儿敲诈，请他们出面，把这个事解决一下。瘦胖二李在混混儿圈子里名气很大，只要他们出面，基本没有摆不平的事。后来，苟飞一有事就找他们，没事的时候，也请他们吃吃喝喝。一来二去，瘦胖二李基本成了苟飞手底下一帮看家护院的人。

有了瘦李摇摆不定的指认，仅因参与违法犯罪扰乱社会治安这一条，就可以将苟飞带到派出所调查审讯。可证据不是很充分，除了瘦李，没有其他有效的指证，暂时不能动。动了，后面的混混儿团伙不容易彻底请进派出所了。

傅路娃直接找到苟飞，不冷不热地说，说说吧。

说什么？苟飞冷言冷语地回答。

你真要一条道走到黑？

说啥呢？我的舅舅哦，我挣几个钱你不会眼红了吧？

不要转移话题。这几次事件与你有没有关系？傅路娃知道不直截了当，苟飞会一直装下去，自己没有那么大的耐性。

我是与瘦胖二李有来往，在一起的时候也称兄道弟。这犯法了？

那倒不一定。傅路娃眼神犀利地盯向苟飞，罗长生事件与你有关吧？

我就想叫瘦胖二李教训一下他而已。不然，以后手底下的人都这样，我还怎么管理？

那是教训一下而已吗？你雇凶买凶，纯粹往死里整。还要弄我，你我有仇了？

舅舅，别冤枉好人哈。

我耳朵没出问题！再有，那次去你那里，瘦胖二李的出现会是巧合？还一口叫出我的名字，都从来没见过。

你大名在外，也怪我？不是我来把他们赶跑的吗？

算你良心没被钱给吃完。傅路娃用脚踢飞脚边的一块砖头，我的事不与你说了。常维的事，你得给一个交代。

怎么又到常维那里去了？

一点不愧疚？好歹是人家给你机会，让你当了老板，有了钱。

我自己的事，会不清楚？

你就等着警察来找你吧。瘦李已经交代了。

软货。没想到。苟飞有点失望，也有点鄙夷。

没想到打架斗殴、砍人眼睛都不眨的亡命之徒瘦李会老实交代吧？

那又如何？苟飞不屑地说。他说是就是了？那法律法规不是成了摆设？

说胖李在哪里吧。或许你自己去说清楚事情的原委，比他们来找你去说清楚性质要好得多。就是定罪，那也有自首的行为在里面。

滚，谁有罪了？我看你才有罪！听到有罪两个字，苟飞突然咆哮起来。面对傅路娃，这还是第一次。

傅路娃知道，这句话触碰到了他的痛处，也是他最不愿意听到的，说明他心里真的有鬼，那常维的案件一定与他有关。

良药苦口。

胖李在十六铺附近一个工地上借住，你去找他吧。

苟飞突然说出这句话让傅路娃一愣。这消息来得太突然了吧？不会又是一个预谋在等着自己吧？

别用那种眼神看着我。你相信就去，怕就算啦。苟飞转过身，边走边说，与我有关的，你们抓到胖李，他早晚得说。与我无关的，他也会说。

苟飞走得洒脱，但给傅路娃留下了悬念。言外之意，似乎常维案件另有人参与。

他与王镇联系，将苟飞的话和情绪表述了一下。王镇说，先去把胖李找到再说。

胖李是常维案件的关键。

王镇和两个同事换上便装，与傅路娃一起来到苟飞说的十六铺附近的工地，胖李已离开这里。经过询问，没有人知道他的行踪。也是，干他们这一行的，基本上是刀口舔血，刀尖上行走，圈内圈外的仇家不在少数。特别是在这个风口浪尖的时候，哪里还敢轻易暴露行踪留下影子。

王镇与傅路娃无奈地对望了一眼，摊了摊手，而后摇了摇头，唉了一声，回去吧。

不回去又如何？这只能等机会，这机会可遇不可求。

是呀，他们在申城经营了这么多年，手底下有那么多跟班，随便找个地方躲起来，就如大海捞针捞币了。申城不是小地方。

当他们走到工地转角处，一个人突然冒了出来。看衣着打扮，是工地上的员工。他在与傅路娃他们擦身而过时，说了徐家汇三个字。他像专门在这里等他们，就为了说这三个字。然后头也不回，连正眼都没有看一下傅路娃他们，走进工地去了。傅路娃想叫住他，但一想，他这样做是有他的道理的。他怕胖李和他的喽啰知道是他透露了他们的行踪，来找他的麻烦。没办法，这是大众对混混儿既恨又怕的心理。

徐家汇是申城中心城区的四大副中心之一，在二十世纪九十年代初已经足够繁华了。傅路娃曾在那里拆迁过房子。拆迁过的地方要不修建了一号线地铁，要不修建了商业大楼。这个以家族姓氏命名的城区，因其文化、商业、历史等的重要性，在整个申城大都市的形成中占有不可或缺的位置。

傅路娃知道，徐家汇说来不大，四点零四平方公里，但要没有目的地去找一个人，那不是容易的事。王镇说，目前，我们不要追得太急，急了，他更会躲，还有可能躲到申城以外的地方去。我们来一个外松内紧，把胖李的照片翻印几张，给这里派出所的同志们，让他们平时多留意一下。我就不相信，他会永远不出来。

想想也是，你给他让出一个缝隙，然后，在缝隙的出口处，扎一个要紧不紧看似松松垮垮的绳套，待他走进去了，猛地一收绳套，如那狩猎人设置的陷阱，还怕他不落网？

这样，自己以前做啥，还去做啥。规律不变。

与苟飞等三个人一起分做的工地已经做完，到了该各走各的时候了。这些日子，苟飞看到傅路娃不说话，傅路娃看到苟飞，似乎也没有多余的话要说。能走到现在这样的境况，真不是谁能左右得了的。当然，这些事傅路娃没告诉妈妈，也没告诉姐姐。看得出来，苟飞也没向她们说起。

　　他们都知道，不能让她们知道。很多事只能自己慢慢面对，慢慢消化。就如那句话，江湖事江湖了。

　　在外面行走的男人，一定要有点担当，这似乎是他们的共识。不管彼此会怎么样，不能让亲人担忧和操心。

　　结婚的事还是要说。傅路娃给妈妈说的时候，她听了，高兴坏了。在屋子里转来转去，拿一条毛巾，一会儿抹抹这里，一会儿抹抹那里。好像儿媳妇马上要过来似的。可突然停住了，像刚刚想起，这房子不是他们的，再怎么擦也是白费力气。她喃喃自语，没有房子怎么办？人家是申城姑娘，有钱人家的女儿，这样能行吗？

　　一会儿像突然想到了，毛橘子怎么办？

　　她前面的话，傅路娃左耳进右耳出，可后面这句话让傅路娃的心磕绊了一下。自从爸爸因墙壁砸坏头骨离世后，三年了，彼此再无消息往来。傅路娃想，她只怕早就嫁人了。有吴春工伤死亡赔偿款那一笔钱，在二十世纪九十年代的小山村，找一个好一点的婆家，帅一点的男人，是很容易的事。该过的是幸福的日子。

　　妈，别想那么多了。事实上，傅路娃知道，这不是说说就能算的事。能不多想吗？自己又何尝不多想？只不过想这些事多了，麻痹了而已。

　　在与常欣结婚后的第三天，不该来的来了。

　　毛橘子像是空降的，没有一点点征兆地出现在傅路娃面前。

　　毛橘子像翻开一页书一样，将她回家与傅路娃爸爸意外离世的境况翻了过去。我们的婚事，你说怎么办？

这突如其来的质问，让傅路娃傻眼了。他脑筋转不过来。

有什么怎么办？事情已经摆在眼前了。

我们的婚事是假的？

不是呀！

那不就结了？

不过，那是以前的事。现在，我已经结婚了。

你有结婚证吗？

傅路娃愣住了。毛橘子读书不多，政策法规就更不要说。此时说得直中要害，让他不得不愣住了。

那你是非法同居。

这句话更让傅路娃瞠目结舌。

这也不归你管，你有啥资格说这句话？常欣接过这句话说。

毛橘子被呛住了。是呀，自己又有啥资格呢？

傅路娃嘿嘿一笑，你们呀……

别你呀我的，你说怎么办吧。常欣与毛橘子几乎异口同声地说。

傅路娃傻眼了。面对这两个走进自己生命里的女人，一个早前有名分，一个后来有事实。他不知道自己该说啥。

黄林，把娃儿带过来。毛橘子突然吼了一句。你看看，这娃儿是谁的？

傅路娃……常欣叫了一声，人突然瘫软了下去。傅路娃一个箭步，将常欣扶住。常欣，不要信她的，她是信口胡说。

你看看，那孩子真有点像。

听到旁边人这样说，傅路娃回过神来，认真地盯着那个孩子看。孩子估计两岁不到，被傅路娃这样死死地盯着，感到害怕，立即将身子缩到毛橘子身后，露出一双惊恐的眼睛，回盯着傅路娃。

不看不像越看越像，有与自己小时候似是而非的轮廓。

难怪常欣会瘫软，会误会。

傅路娃知道，此时说啥都是白搭。但他更知道，毛橘子的空降不会是偶然。

毛橘子，娃娃有多大了？

一岁零八个月。

这不就结了。常欣，我回家来这里是什么时候？

常欣回想了一下，在傅路娃因他爸爸出事回家，回申城已经差不多三年了。但细推敲下来……常欣不愿往下想。

毛橘子，说说吧。常欣对毛橘子淡淡地说。

这有说的吗？毛橘子理直气壮。

你不会连常识也不懂吧。

常识？什么常识？！

好啦，就别装了。这孩子不是傅路娃的。

毛橘子不惊不诧，我与傅路娃是订了婚的，他还给了彩礼。

你算了吧。谁能证实？有物证还是有见证人？

苟飞。毛橘子突然高声说。

是苟飞喊你来的？

不是。毛橘子没有任何思考，我自己来的。傅路娃背叛了我。

他背叛了你？

是呀。说好了娶我，现在娶了你。

那这孩子呢？

我们的呀。

哪个我们？

你说还有哪个我们？

傅路娃……

毛橘子……随着这两声呼喝声响起，大家不约而同地看向常欣和傅路娃。

常欣被毛橘子弄得浑身发抖，无奈之际对着傅路娃怒喊了一声。而傅路娃看到毛橘子无理取闹，死缠烂打的样子，被气得忍无可忍了。

事情似乎就这样凝结了，可在场人都知道不是那么一回事。毛橘子早不出现晚不出现，还带着一个孩子，还说是傅路娃的孩子，这个问题就不是一般的一般了。

傅路娃对天长叹了一声。毛橘子，我自问到现在为止，没有做过对不起你的事，你为啥要这样？

我喜欢你。

喜欢就要这样？

喜欢难道有错？

可孩子是无辜的。

我也是无辜的。

你怎么无辜啦？我借了你米没还，还是我扯了你身上一块肉了？

对呀，你在我身上扯出了一块肉。

不可理喻，你疯啦？

孩子是我们的。

哪个我们？傅路娃终于忍不住了，这么多年漂泊生活对他的磨洗和重建，在瞬间坍塌。他俯下身抓起一根从房子上拆下来的椽子，要往毛橘子身上招呼。他有无法抑制的愤怒需要表达。

常欣有点绝望地抓住傅路娃。说是抓住，不如说是使出全部力气，再加上身体的重量，才能将傅路娃挥出去的手臂制止住。这是必然，习武多年，哪怕条件再不如己意，傅路娃也没停下，这不是一般人的力量可以抗衡的。更何况常欣是一个柔弱的女子。

盯着常欣的眼睛，那眼神，让傅路娃挥出去的手臂无力地软了下来。那眼神有不可抗拒的力量。不是怒，而是在哀怨里透露出失望。

傅路娃的心无来由地颤抖了一下。在那瞬间，一个意识袭遍了他全身的每一个细胞，完啦。自己与常欣以后的路，完啦。他在心底里发出无法遏制的嘶鸣。

而事实上会如何呢？

毛橘子并没有垂下头，事情不会完。

傅路娃知道，毛橘子带个小孩来找他，事情本身就不简单。毛橘子不是坏人，心地本也单纯，没什么心机。能够想到这样一出戏，毛橘子背后还有人。但是是谁呢？当然，第一个怀疑对象是苟飞。要联系到毛橘子，还能说出孩子是傅路娃的，似乎只有苟飞是不二人选。

傅路娃想，自己到底与苟飞是前世的冤家还是今世的亲人？他有点严重怀疑。毛橘子早不出现晚不出现，在自己刚刚结婚没几天出现了。他突然想，对方本意应该是想让毛橘子在他正结婚的时候出现吧，可毛橘子没能及时赶到，这是幸运的事。要真是那天出现，与常欣的婚事怕是要在婚礼当场泡汤了。

傅路娃暗暗感到后怕。

这个人是谁呢？虽然常欣猜想有极大可能是苟飞，但他还是不愿相信是他。不应该呀，前面有过节，可毕竟是舅舅外甥的，那得有多大的仇恨才能想到这样做呢？

傅路娃知道常欣的心思，你忘了他也曾喜欢过你。

常欣愣了一下，脸红了，伸出手推了傅路娃一把，这都什么时候了，还乱说。

没有准备的傅路娃踉跄两步，不能忽视爱的力量。

你有完没完？常欣作势要发怒的样子。

傅路娃知道，常欣不再是以前那个爱撒娇的女孩子。这些年跟着常维在工地与大大小小的老板交往，与拆房员工交往，变得成熟也识大体多了，但骨子里还住着从前那个养尊处优的小女孩。

该告一段落了，这个闹剧。傅路娃在心里说。可他忘了树欲静而风不止的话。毛橘子还在这里，哪里也不去，等着傅路娃给一个交代。自己都这样了,是谁给她的勇气?傅路娃想找到答案,有时候感觉答案离自己不远,明明触手可及,可就是抓不住。像背上某处极痒,手反过去感觉是抓得到,而事实上怎么抓也抓不到。抓得皮开肉绽,该痒的地方仍然摆放在那里,仍然痒。

二十九

生活有时候就是这样狗血，你说它因人而异吧，有时候也不是；你说它不因人而异吧，有时候又是。傅路娃有亲身体会，他感到所有的不顺像是量身定制的，所有的幸运也是量身定制的。漂泊这么多年，很多事按正常思维无法真正理清一个头绪。

要到三十岁了，好不容易得到命运之神的眷顾，成了家，如今被毛橘子这一闹，逼得他几近绝望。好不容易散场，毛橘子让黄林连拉带扯弄到工地的宿舍去了，可她没有走的打算，看状态，要死磕到底。傅路娃连哄带骗将常欣带回了家，是常欣的家，不是傅路娃租住的地方。结婚后，他们的洞房设在常欣以前的闺房。说好了，再过几天，傅路娃租住的房子到期了，就不租了。傅路娃妈妈也搬到常欣的家里住。

有一句话说计划没有变化快。傅路娃刚将常欣扶进门，咚的一声，门关了。还好他反应快于一般人，不然，肯定会被厚厚的实木门碰个鼻青脸肿。

常维坐在客厅看电视，没有看到这一幕。傅路娃不敢叫常欣开门，怕常维听到，问这问那，白担心。

他默默地走到客厅，向常维说了声工地上还有事，自己必须得出去一趟。常维没有生疑，说了声注意安全，又自顾自看他的电视去了。

傅路娃体会到这个家成得不彻底，也明白不是结婚了就成家了。他长长地出了一口气，没有房子的家不是家，居住在别人家里，自始至终是寄人篱下。要是把妈妈接过来……他不敢继续往下想。自己可以受委屈，但妈妈不可以。租的房子不能退。实际上，从这一刻起，他与常欣的关系已埋下难以调和的伏笔。

时间上推算，毛橘子说孩子是傅路娃的，傅路娃否认也没有说服力。常欣生气不是没有道理，这怪不了她。再加上傅路娃要打毛橘子的举动，任谁都会认为是恼羞成怒，想用这种方式掩盖事情的本身。

傅路娃不好与妈妈说，只说毛橘子来了，还没说到下文，毛橘子已带着她的孩子走了进来。傅路娃愣住了，她的出现像她出现在工地上，如凭空掉下来的一样。在傅路娃愣住的瞬间，毛橘子已教孩子喊傅路娃妈妈奶奶了。

毛橘子，你到底要做啥？

教孩子喊奶奶呀。

路娃，橘子没教错嘛。她是晚辈，她的孩子是该叫我奶奶，是该叫奶奶。傅路娃妈妈用嗔怪的眼神白了他一眼，这样凶做啥？别吓着孩子。

妈……傅路娃刚叫了一声想接着说下去，却被毛橘子打断了。

妈，这是您的亲孙子。毛橘子连称呼也改了。

呀……傅路娃妈妈没有心理准备，张着嘴不晓得说啥才好。一双惊讶狐疑的眼睛紧盯着傅路娃，半晌后，才将目光移开。一会儿看看毛橘子，一会儿看看孩子，一会儿看看傅路娃，越看越像。

路娃，你看看你，这都做的些啥子事。傅路娃妈妈嘴里嗔怨着，这怎么办？这怎么办？

傅路娃怒瞪着毛橘子，人无力地瘫软在椅子上。毛橘子，我们上辈子是敌人呀？我上辈子欠你的呀？嗯？！你要这样子害我。

自己做了就要负责。傅路娃妈妈不温不火地说，但说得落地有声，直击人心底。

妈……傅路娃绝望地叫了一声，接下来的话又被毛橘子给打断了。

妈妈说得对，敢作就要敢当。

我做啥啦？

那天你将爸爸下葬后，晚上一个人到后山上，不记得啦？毛橘子越说越像那么一回事，有根有据。将傅路娃爸爸，喊成爸爸，喊得那么自然，听得傅路娃浑身起鸡皮疙瘩。厌恶排斥的心理更加旺盛，这荒唐荒诞的故事情节要将人逼疯了。

傅路娃努力回想，是有这么一回事。

不说话了？没说错吧。

那又怎样？

怎样？你伤心欲绝后睡过去了，梦里做了些啥？

傅路娃使劲拍打自己的脑袋，想以此来回想起点啥，可啥也没有在他的脑海里出现。自己在后山是睡了一觉，可那也不代表什么呀。

毛橘子目光紧盯着他，一点不闪烁也不退缩，不像在说谎，让傅路娃自己也搞不清自己有没有做过啥。

路好像就这样走进了死胡同。

路娃呀路娃，你说你做事好糊涂。傅路娃妈妈一边埋怨一边弯下腰抱过毛橘子的孩子，嘴里孙子孙子地叫了起来。看那洋溢着幸福的脸，好像在心底里承认了这个说不清道不明的孙子。这倒也是，盼望儿子结婚这么多年，渴望抱孙子的心都结上茧子了。突然冷不丁有了孙子，这不值得高兴什么时候才能高兴？

傅路娃知道百口莫辩，他起身摔门而去。可走出门后，自己不知道要走向哪里。去常欣那里吧，自己该如何面对？去工地住吧，那么多工友的嘴又如何去堵塞？

手机响起来的时候，傅路娃正斜靠在外滩黄浦江边的栏杆上，一双没有任何目标的眼睛紧盯着黄浦江上那团翻着白泡泡的江水，这是刚从陆家嘴过来的轮渡激荡起来的白泡泡。尽管黄浦江已经有了过江的杨树浦大桥，有了过江的隧道，但还是有相当多的人坐轮渡渡江。估计坐轮渡过江，一是怀旧情结，另一个是闲适的感觉是坐公共汽车无法取代的吧。

电话是王福生打的。接电话的时候，傅路娃嘴里说着话，眼睛却看向了外滩对岸。陆家嘴已经在开发了，据说修建东方明珠那片地已经拆迁结束，接下来是浦东国际机场修建的拆迁区域了。有时候，傅路娃想不明白，申城已经有一个虹桥国际机场了，为啥还要修建一个浦东国际机场呢？虹桥国际机场是在抗战发生之前就有了的，再修一个机场，哪有那么多人坐嘛。按傅路娃对接触的人的认识，他很少听人说坐飞机，一般都是坐绿皮火车或者轮船、公共汽车。反正他自己从来没坐过。那不是一般人坐得起的，更别说靠力气务工挣钱的人了。就是坐得起，也舍不得辛辛苦苦挣来的血汗钱就那样如水般流走。这就是那些常人说的——远见卓识。如傅路娃般的人是无法理解社会发展层面的事情的，到后来，人人都坐得起飞机了，这是他唏嘘不已的事。

王福生说你们在浦东国际机场规划地有拆迁业务，我也想入股。傅路娃一脸茫然，他还没听说过。所有业务是常欣在经手和联络，只是在具体实施的时候会找傅路娃商量。傅路娃没有想过多地去管业务的事，有常欣操作，他完全放心，以前没管，现在一家人了，就更不会过多去参与了。

啊？我不知道呀，大哥是听谁说的？

算啦算啦，看来你是不想帮哥一把了。

傅路娃无言以对，直到王福生有些气愤地挂了电话，他不知道自己该说点啥。说答应入股吧，自己啥都不知道，能答应啥呢？说不答应吧，听语气，王福生是认真的。他知道王福生这些年过得不容易，自从与人合伙拿下一个拆迁工地，在急切要做工地的心理驱使下，被中介骗子差点把一辈子的积蓄骗光后，已元气大伤，有一下被打回解放前的感觉。手里还有一点钱，那也不多了。

傅路娃理解王福生的心情。但，真有这个事情吗？按一般常理来说，常欣主要接工程的拆迁办管不了浦东那边的事情。那王福生为啥会这样说呢？只有另一种可能，那就是常欣去接了那边的工地，没有透露给傅路娃。想到此，傅路娃的心无端地往下沉了一下。是不是常欣刚确定下这个事情，因毛橘子，闹得不愉快而没说呢？

他想，还是回去吧，回常欣那里。不要因为毛橘子疯疯癫癫一闹刚起步的家就散了。再说，常欣没有错。虽然自己也没有错，但错是因自己而起。

到家时，常欣已将饭做好，估计是有常维在，常欣像任何事没有发生一样，看不出与以往有什么不同。该夹菜时夹菜，该倒酒时倒酒。在与常维碰杯时，常维喊了一声路娃，接下来你要多担待点，常欣毕竟是女孩子。浦东的工地一定要做好安全措施，这是我们跨区做的第一个工地，钱可以少赚，能力和信誉一定要打出去。

浦东？傅路娃装作不知道。如果不是王福生打的电话，他还真不知道。

欣儿没给你说呀？

傅路娃跟随着常维的眼睛，一起看了看常欣。

常欣将手里的饭碗往桌子上不轻不重地一放，谁让你整出那么多事情来的。

什么事情那么重要？连工地这么重要的事都可以不交流？

没事没事。傅路娃连忙起身，将常欣推进了卧室。

常欣知道，傅路娃是不想她爸爸担忧。

常维看了看傅路娃，傅路娃的神色与以往没有什么不同。他想，小两口刚刚在一起，肯定要一段时间去磨合。比如各自的生活习惯，对人对事的态度……毕竟两个人成长环境不一样，或者可以说有天壤之别。一个从小娇生惯养,一个从小在穷山村长大,而后漂泊务工,受尽了磨难,才走到今天。

收拾好碗筷,傅路娃走进卧室。常欣瞪了他一眼,那眼神不言自明,有将傅路娃往外赶的意思。

别这样嘛,毛橘子的事真与我无关。

谁能给你证明?人家找上门来了,还说与你无关?一个女孩子,这种事能这样轻易说呀?那是她一辈子的事。

那我怎么晓得她是哪根筋出了问题?

她有精神病?

我真没做过对不起你的事。

傅路娃回答得斩钉截铁,但回答过后,心里好像也没有底了。毛橘子说的话在他心里蒙上了阴影。

没有?那你去做亲子鉴定。

亲子鉴定?傅路娃一脸迷茫。这高科技的东西,他在之前没有听说过。怎么做?

只要你敢去做,其他一切我给你安排。

没有不敢的。尽管毛橘子说得有板有眼,但他还是相信自己的记忆和控制能力。再说,他也想第一时间将这个事做个了结,免得这样拖着,大家难受,日子过得不安生。他并没考虑常欣这是不信任,也不想他们的关系会不会打折扣。

傅路娃回到租房的地方,抱起毛橘子的孩子就往外走。他这个举动把没有准备的毛橘子吓住了,追上来死死拽住孩子的腿,带着哭音叫喊,你要把孩子弄到哪里去?

做亲子鉴定。

什么亲子鉴定?

不懂了吧?你带个孩子来骗我,让我不好过,我要看看这个孩子到底是不是我的。

是不是你的,我还不晓得?我说是就是。毛橘子拿出乡村女人撒泼的本事，任凭傅路娃怎么用力，死也不放手。你拉我拽，将孩子拉扯得哇哇大哭。

那让科学来证明你没有撒谎。

什么科学？你别找些理由来不想承认。

亲子鉴定是证明孩子是不是亲生的高科技技术。不懂了吧？全世界都有这个鉴定。只要用科学仪器一分析，结果就出来了。

毛橘子愣了一下，不行，我得问问再说。

问谁？

毛橘子像突然醒悟了过来，问孩子不行呀？这又是撒泼。孩子现在连话也说不了一整句，还会懂做不做亲子鉴定？

从毛橘子慌张和刻意回避的眼神里，傅路娃似乎看出了点什么，但又不确定。

橘子，让路娃把孩子带去做个鉴定也好，大家心里有底。不然，这样的日子过起来会很累。

表婶，不。毛橘子突然改口，让傅路娃妈妈愣在那里，一时不知该不该答应。叫了这么多天的妈妈，突然成表婶了，有点不适应。

狐狸尾巴露出来了。说，谁给你出的主意？为啥要这样？

没有谁的主意，是我自己的主意。谁叫你抛弃我了？

这回答让傅路娃无法反驳，明知毛橘子在撒谎，只能由她撒谎。

这些话你得去给常欣说说，不然要误会我，还是只能将孩子弄去做亲子鉴定。

不说。不做。说这话时毛橘子头昂着，眼睛瞪得溜圆，一副死猪不怕开水烫的样子。

橘子呀，这是你的不对了。这孩子是谁的？给说说吧。你说路娃不理你，那他爸爸去世时，你在哪里？

表婶……毛橘子欲言又止。

你叫我一声表婶,说明还是你长辈。事情总得有个着落不是?你这样闹,以后让路娃的日子怎么过?他够苦了,你是知道的。

你们走后,我与镇里一个姓鲁的男子结婚了,后来又离了。

那你为啥要撒谎?傅路娃气不打一处来。

有人叫我来的,说是有钱。还有可能与你重归于好。

谁?好多钱?

这个不能说。路娃,我不该这样,我去跟常欣说清楚,解开她的心结,然后回家。

那你不是鸡飞蛋打了?钱得不到,还要自己花路费。

来的路费别人给出了。

傅路娃看着毛橘子,又可气又可笑。

傅路娃想不明白,是什么人这样与自己过不去呢?能想到的只有苟飞。

三十

王福生的电话如刺在喉，傅路娃吞又吞不下，吐又吐不出。一晃一荡一周过去了，他始终无法淡定下来。如果是其他人给他说了这事，尽管他会上心，但程度没有这样深。其他人的事，他会尽力而为，能帮就帮，不能帮就算了。而王福生是他的恩人，一点没假。从少小离家在轮船上相遇，到后来在申城的际遇，如果没有王福生，他也不会走成今天这个样子。

春节还没过完，万物有的已走在复苏的路上，有的还没有走在复苏的路上。傅路娃清楚记得，那是1982年，改革开放后，处处是从农村里外出务工的人，潮水般。那些人像冬天里困在巢穴里的蚂蚁，天气一暖和，全都涌了出来，铺天盖地的，到处都是。

邻县县城的地理位置虽然比抱村低很多，但初春的天气一样冷，特别是江风一阵一阵地吹来，更冷。

傅路娃知道跑出来是像逃命一样，不像林文他们，棉被衣服什么都带了。在冷风吹来的时候，他只有将自己越抱越紧，来抵抗寒冷。实在冷得受不了的时候，钻出下水道管，在马路上小跑，不停地跑，以此来抵抗寒冷的天气。

傅路娃的肚子里面有雷鸣的声音传出来，每传出来一阵他就将妈妈在他临跑时塞给他的那唯一的十块钱紧紧地捏一下。他不知道该如何去买东西吃。他从来没有买过东西。在家有时到十里外的乡镇上赶场时，都是他爸爸在买进卖出。他最多帮着爸爸背来背去。爸爸也没买过东西吃，每回都是饿着肚子，蔫头耷脑地拖到天黑回家后才吃饭。

他在心里暗暗说，就是冷死饿死也不回去。他在码头上走来走去，时间越往后，人也就越来越多。那个一两公里长的沙滩码头上到处是人。人挤人，人挨人，身子与身子挤在一起，脑壳与脑壳挤一起，根本看不到空隙。

傅路娃挤在人群中，他个子矮，被那些头颅遮住了视线，根本看不到头顶上的天空。面对潮水般涌动的人群，他身单力薄，根本控制不了自己往左还是往右。实际上，就是有体力，对于个体来说，此时也没办法主观控制住自己的去向，只能随人流涌动的方向移动。

那些赶着上船的人，如潮水般，往轮船上面涌。傅路娃被他们的身体推着往前走，在检票口，检票的人本想拦住他，看他的票。还没等傅路娃有所反应，就被从缝隙里挤到了船上。这船开向哪里，在哪里靠岸，他一无所知。在一声汽笛长鸣声里，傅路娃被带上了未知的路途。

几层楼高的轮船傅路娃第一次看到，就像他第一次看到车一样新奇。

轮船像一座会移动的小山，像一栋会移动的高楼，带着他在他心里叫作大河的长江上面移动。

车看到很久了，但到此时还没坐过，也不知道那是一种什么样的味道。船第一次看到，他就这样糊里糊涂地坐上了。他突然觉得自己是幸福的人，饿得前胸贴后背的感觉没那么强烈了，一个人也不害怕了。

他在人满为患的船上穿来穿去，从底舱到一等舱；从船头到船尾；从船里到船外。

一会儿看看长江两岸那些高大陡峭的山，这些山比抱村的山高太多，也险多了，像刀砍斧削，很多地方想来抱村的猴子也没办法上去。一会儿挤在船头边上，看那被前行的轮船硬生生劈开的路，水往船舷两边快速流动，像个倒八字形成的小山一样的波浪，看得傅路娃目瞪口呆。有时又仿佛有所明白，原来轮船是这样在水里赶路呀。其实，轮船到底是怎样赶路的，他到很多年后也没能弄明白。

船上固定的床铺本是用来躺的，可现在坐满了人。一个紧挨一个坐在上面。那些都是没有买到铺位的。除了铺位紧张，更多的人为了省钱，他们商量着买一张卧铺票，其他几个人都买无铺位的票，然后几个人挤在一张床铺上坐着，或者轮换着小睡一下。

船舱上上下下，里里外外的过道挤满了人。坐着的，躺着的，他们把从家里带来的棉被拿出来，盖在身上，或者裹在身上，用来抵挡吹进船来的寒风。也有很多第一次出远门的，小心翼翼地在这些坐着或者躺着的人群中穿行，围着船舷转圈圈。

穷困农村的娃不怕冷，不怕饿，好似天生有抗冷抗饿的特殊功能。可时间太长还是受不了。傅路娃从跑出来，已经差不多两天没吃饭了。又冷又饿，不知道怎么办。只感觉头晕眼花，身体快不是自己的了。在此时，除了用无头苍蝇比喻，再也找不到更好的词来形容。尽管他觉得这个比喻不是很恰当，但那也没办法，肚子里装的东西只有那么点。

船舱外面太冷了，他挤进一个卧铺室，硬生生地挤在靠角落的地方坐了下来。好在大家都是外出务工的农民，只是看了看蓬头垢面的傅路娃，没有说啥。坐在人堆里，这样好多了。江风刮起来的寒冷，大多数被挡在外面，再加上那么多人的体温，在船舱里窜来窜去，身子没前面那样抖得厉害了，但还是在抖。

傅路娃浑浑噩噩、有点神志不清的时候，一阵方便面的香味钻进鼻孔。当然，此时的傅路娃还不知道这是方便面，但闻味道，第一感觉是可以吃的东西。本已饥饿难耐，就更无法无动于衷了。傅路娃死死盯着那个吃方便面的人，手紧紧按在已经空无一物的肚子上。饥饿的眼神，好似要立马将那吃方便面的人，连人带面一起吃进肚子里去。

那吃方便面的男子，看上去个子不算高，但很壮实，二十多岁年纪。他目不旁视地吃方便面，好似有第六感觉，突然有所发现一样，抬起头看向傅路娃坐的角落。看到傅路娃那饥饿与寒冷的神色，男子的身子抖了一下，好似唤起了他的某些记忆。他第一时间向傅路娃招了招手，示意傅路娃到他那里去。

傅路娃犹豫了，不知道这个陌生的男子会对自己怎么样。不去，肚子实在饿得难受；去吧，万一他要对自己怎么样又怎么办？正在傅路娃犹豫不定的时候，那男子端着方便面挤了过来。

傅路娃用饥饿的眼神紧盯着他，有点胆怯也有点我没惹你不得怕你的想法。

别怕，我姓王，叫王福生。你叫我王大哥好了。停了停，接着说，饿了吧。来，先把这方便面吃了。我这里也没有新的了，等下一个码头靠岸时再去买。说完，王福生将剩下的方便面递给傅路娃。

傅路娃知道了这碗里装的叫方便面。饿极的他，此时管不了那么多，不管吃不吃得，是不是别人吃过的。他迟迟疑疑地接过方便面，呼呼噜噜狼吞虎咽了起来。那声音，像极了他妈妈喂的饿了一天到黑的猪抢食的声音。

王福生站在边上，静静地看傅路娃吃，看他将汤一口气喝了下去，然后接过泡方便面的碗。小兄弟，你要到哪里去？被子也没有？

我是从家里跑出来的。我们村里的林文在河北的砖厂。但没说与吴春发生的事，那不是向谁都能说的事。

王福生上上下下打量傅路娃，看得傅路娃心里有点发毛。他喊了一声王大哥，下面不知道如何说。

别紧张嘛。一个大男人。你这个子太矮，也不算强壮出去能做啥？是呀，出去能做啥？傅路娃根本没想过这个问题。

傅路娃紧握拳头，将两只手臂竖了起来。看上去挺有力的，这也是他练习武术的原因。看得王福生笑了起来。

我要去砖厂找林文。

看到傅路娃的倔强与坚定的神情，王福生笑了笑。这一笑，他也搞不清楚是为什么而笑。是傅路娃的倔强与坚定让他想笑，还是傅路娃的无知无畏让他想笑？他也迷惑。

很多时候，人生就是一个际遇问题，遇到好的就好了，遇到坏的就坏了。当然，傅路娃此时没想这么多，唯一的想法是能不饿肚子，能找到林文，就好了。然而，事情永远不会这么简单，就像多年后，吴春的爸妈永远不能释怀吴春的离去与傅路娃或者说毛橘子到底有没有关系一样。

轮船摇摇晃晃，像公牛一样亢奋着抵达宜昌时，傅路娃下了船。王福生说，在这个地方可转火车去林文所在的省会城市石家庄，然后要转坐汽车到雄县。而他却直接坐船到申城。

傅路娃在下船时，对王福生恋恋不舍。这是一个好大哥，自己与他非亲非故，不但请自己吃方便面，让自己睡他的卧铺，临走时，还塞给他 50 元钱。傅路娃还没见过这么多钱。自己见的最多的钱只有 10 块。

在一分钱可以买水果糖的年代，傅路娃用得最多的是分分钱。一下子有 50 块，他喜极而泣。这些日子的委屈和苦涩，被这幸福感给冲淡了。临下船的时候，他紧紧地抱住王福生，哽咽着说不出话来。这是他第一次用拥抱的方式抱一个人，还是一个陌生人。而这个陌生人，让他像拥有整个世界一样温暖。

王福生紧紧地抱了抱傅路娃，兄弟，如果有缘，你我还会遇见。路途遥远，自己一路小心。这句话，说得整个码头黯然神伤，那些来来往往的人从他们身边走过，爬上了几级台阶，还在回头观看，见证着他们此时的心情。

三十一

火车站人满为患，密密麻麻到处是人。各自占据着各自的临时地盘。有的坐在蛇皮袋上，旁边放着几个包裹，一看就知在等去买票的人回来；有的坐在地上，闭着眼睛睡觉，看那口水顺着嘴角流出来的样子，应该是睡着了。也有就地给孩子喂奶的，尽管遮遮掩掩，但还是露出了乳房的饱满和光泽。傅路娃瞄上一眼，脸马上红了起来，立即加快脚步走开。

卖票的地方更挤，从售票厅到火车站广场，执勤维护治安的人用绳子拉出无数条小巷。买票的人，一个紧挨一个，站在两条绳子之间，七弯八拐地排着队。到底排了多长，傅路娃没有概念，他想，应该有从抱村山上走到抱村山脚下那么长的距离。

他看到很多个子大的，或者个子小的，长得一副精明样的人，趁执勤的一转眼，用手把绳子一撩，身子一矮，钻进绳子里面去插队。被插队的人，有的怕惹事，只好忍气吞声，最多嘴里嘟哝几句；也有不依不饶的，与插队的大声争执起来，直到发展成抓扯。每到这时候，执勤维护的人会拿着警棍往这边挤过来。插队的人狠狠地盯了一眼排队的那个人，嘴里狠声骂着，还会威胁一句，你给我等着！而后灰溜溜儿地钻到绳子外面。

傅路娃想买票，看这样子也不一定买得到。他听那些好不容易买到票的说，这是三天以后的票。看到前面长龙一样的队伍，等他排到，估计天都黑了，票也不一定还有。再说，身上的钱时时在警告他，要省着用，省着用。

加上王福生给的 50 块钱，共有 60 块钱。他不敢随便用，除了偶尔在饿得眼冒金星的时候，买个馒头什么的，填一下肚子，其他的钱揣在贴身的衣兜里。他想，后面的路还长，什么时候能找到林文，还不好说，或者找不到林文，又怎么办？

最好的办法是逃票，像坐轮船一样。这对于他来说，只想到了省钱，而没想到是不是违法了。"法"于此时的他来说，差不多是一片空白。

赶火车比赶轮船的情况好不了多少。人挨人人挤人，你踩我我踩你，你用手扒拉我一下，我用手扒拉你两下。有点像轮船在长江里面犁开的波浪，浪浪相连，没有间隙。能从车门上去算个奇迹。这是那个时代出行比较常见的风景。

傅路娃看到那些围在站台上的人，人头一个挨着一个，像从地里挖回来摆了一地的土豆。基本上是外出务工的。这从他们背上的蛇皮口袋能看出来。也有背着包裹的，穿着打扮比背蛇皮口袋的要好，但神色风尘仆仆，一看就知是外出务工的。只是比背蛇皮口袋的人更有外出的经验，那应该是早两年就出门务工了，如林文一样。

傅路娃没买票，他随着人群往里挤。检票口有人拿着警棍执勤，可还是阻挡不住蜂拥的人群。他被人群带进了站台，个子小有个子小的优势。他不知道往哪个方向坐，才是开往石家庄。他听说要到郑州转车，心想坐到郑州再说。

火车是绿颜色的，车厢像一个长方形的箱子，一列火车像是十好几个长方形的箱子串接在一起。这是傅路娃对火车的第一认识。

火车门打开，人群像疯了一样冲向窄窄的门。说是冲，只能说是他们有这个动作和想法，然而根本没有空间让他们发挥。

看到火车门挤不上去，有人就开始爬窗子。大多是先从火车门挤进去的人，给还在站台上挤不进去的同伴把窗子打开。站在火车窗子外面的人，有包裹的，先把包裹递给车里面的人，然后一只手抓住窗沿，接着身子往上一跳，待双手抓实后，身子借力往上蹿，头往窗子里面钻，好像是头把身子带进火车车厢里面去的。直到整个人进入车厢，后面的人又接力而上。

有动作迟缓的，半天进不去。身后的人如果好心的话，就将他往车厢里面推一把；有着急的，将他往下拽，自己先往车厢里面钻。在这种情况下，往往是一些人随车走了，包裹留在了站台；或者一些人的包裹被这列火车拉走了，人却留在了站台。

每到这时候，就会有人操着方言，一边骂，一边哭的声音此起彼伏。在哭的时候，看到拿着警棍的执勤人员挤过来，啪啪啪几下，没头没脑地打在钻窗子的人身上，又变得边哭边笑了，幸灾乐祸地说着落井下石的话。

傅路娃身子虽然有点矮，但习武让他身子轻，动作利索。再加上他没有包裹的累赘。身子只轻轻往上一跳，抓住窗沿，头一偏，紧接着身子一缩，整个动作一气呵成，人就站在车厢里了。

刚开始，车厢里还不那么拥挤。但随着时间的变化，人也越来越多。那些翻窗的人，明知违规会被执勤人员用警棍劈头盖脸地打，但还是要翻。不翻窗，错过这趟车，下一趟又不知什么候了。他们等不及。不到目的地，一颗心无法安稳，一个身子无处安放。好似那个他们要去的地方，会突然消失一样。去晚了他们的梦想就完了。

车厢里已人满为患。可以坐的位置就不提了。凡是能站的地方都挤满了人。火车座椅的靠背上，座椅底下，厕所里。坐着的趴着的吊着的，除了人还是人。不管到哪里，人只能紧挨人笔直地站着。人，密不透风地挤着。

彼此闻着彼此的呼吸，口臭的，刚吃过大蒜的，吃过韭菜包子的……各种气息混杂着。汗酸味、狐臭味、脚臭味，蛇皮袋里装着的各种土特产的味，还有尿急时无法去厕所（就是挤过去了也进不去，里面全挤满了人）就地解决的尿臊味，在密闭的车厢里窜来窜去。在这种味道里蒸浴几天，只要一下车，不管隔多远，人家都会知道你坐火车了。

傅路娃本是第一次坐火车，该有的新鲜劲，早被这残酷的事实给抹杀掉了。瞌睡来得受不了的时候，只有站着靠在别人的背上或者面对面地相互依附着半睡半醒地睡。

这样应该叫站火车，不是坐火车。从起点到终点，一直笔直地站着。腿站得木了麻了肿胀了也变得粗大了，腰站得僵硬了，头晕了目眩了，实在饿得扛不住了，就从衣服兜里掏出事先买的馒头，啃上一口，勉强抵御一下饥饿。这样艰难地熬过火车行程，直到下车好半天，人才死去活来。

等到郑州火车站时，腿已肿得差点无法走路。像灌了什么东西进去一样，沉沉的，木木的。他昏昏沉沉、踉跄着走出站台时，忘了自己没有买票，对着检票人员走过去。

检票人员上下瞄了傅路娃一眼，把票拿出来看看。

什么票？傅路娃一时没反应过来。蒙了。

车票。

车票？

那不然呢？

哦，我没买。不，不是没买，是没买到。

来来来，过来。一个戴着袖章的执勤人员边说边向傅路娃走过来。

傅路娃看到那个执勤人员态度随和，没有恶意，也就没动。他想，自己没买票，理亏。

身份证呢？

说到身份证，傅路娃愣住了。他压根儿就没身份证。在家时，也没听说过办身份证。其实，就是要办，他也办不了。没满18周岁，谁给你办？

你不会票没有，身份证也没有吧。

那戴着袖章的执勤人员边问边靠近他，突然出手，抓住他的右手臂，一个反扭，扭到身后，然后往上一提，傅路娃哎哟一声，身子不由自主地向前弯了下去。

他不甘心，但此时不甘心也没有办法。

傅路娃被送进了救助站。在里面，尽管有吃有睡的地方了，但他屁股下面像在烧火，无法安坐，睡不踏实。钱还没开始挣，如果真被遣送回去，这些天自己逃亡似的奔走，岂不是白忙活了，罪岂不是白受了。那当初自己还不如不跑出来。

遣送站是专门遣送他这种几无人员的。里面有很多与他一样的人。没有身份证，没有暂住证，没有务工证，没有买车票，没有钱吃饭的人。

看到救助站里面的床铺，他紧绷的神经随着时间的推移松懈了下来。这些天来，没有睡一个像样的觉，没吃过一顿像样的饭。在吃过能饱肚子的饭过后，他想好好睡一个觉。高墙大锁，处处是监控的人，到这里了，想跑出去实在很难。管他呢，先睡好了再说。他心里这样安慰自己。

要想法逃出去，不能被遣送回家。

遣送是一个地方一个地方地遣送，相当于这一站到下一站。在这里凑够一个方向的人数，送到下一站。在下一站又细分，再凑够往下一站方向的人。这样一个点一个点地送，送得快的一个月半个月就到了，慢的有两个月、三个月或者半年的。

从郑州送往下一站的途中，傅路娃仔细观察，留意中间押送人员可能存在的疏忽，几乎找不到可以逃走的机会。他在心里呐喊，这该怎么办？这该怎么办？

遣送车里挤满了人，在摇摇晃晃中前行。在一个颠簸的山路上，坐在傅路娃里边的人突然叫喊要上厕所。那叫声紧急且迫切，说要拉肚子。没办法，押送人员只好叫司机停车。里面的人要出来，傅路娃不下车，他就出不来。

傅路娃跳下车，给那个拉肚子的让路。刚开始他没有想到逃走，只想及时让路，让那个拉肚子的好解决问题。押车的护送那个拉肚子的到就近的背弯处解决。傅路娃突然发现，其他护送人员没下车。

这是天赐良机。傅路娃扭头就跑。那个护送拉肚子的人发现后，大声喊，往哪里跑？站住！他想追傅路娃，又怕拉肚子的人跑。待坐在车上的护送人员跳下车时，傅路娃已跑出百多米远。

傅路娃本是山里长大的孩子，山地奔跑是他的长项。那追过来的押送人员，哪里追得上。最后只好气喘吁吁地放弃。

看到那个追的人停下来，而后往回走，傅路娃长长地松了一口气。打量此时不知名的陌生地，虽然也是山地，但与自己的村庄比，这完全不能算是山。是小土包。突然生出一个想法，要是自己的家能在这里，比抱村要好得太多了。在此时此地居然有这样不切实际的想法？在觉察到自己的幼稚和天真后，不禁自嘲地笑了笑。

从遣送的队伍里逃出来，傅路娃不识东南西北，漫无目的地沿着来时的方向走。饿了在田间地头寻找可以吃的东西，哪怕是生白菜也不放过。他不知道这样会走到哪里，他想，往回走，应该没错。早晚能走到郑州火车站。

太阳高过头顶。傅路娃又累又饿，他跑到旁边的地里，正准备寻找可以吃的东西，突然听到火车的汽笛声，在一望无际空旷的平原上响起。他抬头望去，远处一辆冒着黑烟的火车正从田野中疾驰而过。他欣喜得跳了起来，像看到了久违的亲人。

有火车，就有希望。他想，去火车站坐火车，自己没钱买票，要是能在火车行驶的路上扒上去，那该多好。这样，就不会有检票人员检查。火车上有人查票，但只要自己如前面一样，看到查票的，早早躲开，就没事了。

他一路狂奔，向火车开过来的地方，一列火车正疾驰而来，想靠上前去，可火车的速度太快，呜……哐当，哐当……呼呼……轰隆轰隆的声音震耳欲聋，突然拉响的汽笛，带着扑面而来的风声，吓得傅路娃一哆嗦。这哪扒得上去。

傅路娃垂头丧气，只好顺着铁路往前走，这或许是最快走到火车站的捷径。

火车来时，傅路娃立即跑开，尽量离轨道远一点。前面他被火车经过时带飞起来的石子砸在头上，头皮差点砸出血来。走到天黑的时候，一个火车小站出现在眼前，一列火车停在小小的站台边。好似有人在从一节火车上卸货。

他怕被人看见，悄悄地靠了过去。趁那些搬货的人下车转身后的瞬间，溜进车厢。

这是一辆货运的火车，是开往高碑店的。高碑店离石家庄不远，到雄县比石家庄更近一点。当然，傅路娃并不知道它会开往哪里，也不知道远近。他想，走到哪里算哪里吧。

货运火车是密闭的，人们口头上叫闷罐车。傅路娃挤在里面，密闭的空间空气不好，呼吸有些不畅，尽管被哐当哐当得晕头转向，但比绿皮火车相对要好。坐绿皮火车的人太多了，挤得水泄不通，哪有舒服可言。

好不容易到站了，傅路娃在搬运人员打开车门的那个瞬间，一个冲刺蹿到站台上，拔腿就跑。那几个搬运工，没提防会有人从车厢里跑出来，吓得啊的一声叫了起来。傅路娃听到当没听到一样，只管向前冲，害怕冲慢了被抓住，那可不是闹着玩儿的。被抓住，什么事情都有可能发生。

傅路娃不能从站里出去，只能顺着铁轨跑。然后找能走出去的地方钻出去。

货运火车站一般在偏僻的地方。傅路娃好不容易走到一个村庄，在一个十字路口坐了下来。单衣薄裤，从离家之后，脸没有洗过，澡没洗过，衣服没有洗过，头没洗过。整个人如在垃圾堆里滚爬过无数次，而后赤裸裸地摆放在大自然面前。

村子里的人从他身旁走过，怜悯地看着他，用本地方言问他一些话。可傅路娃听不懂，呆木地看着那些翻动的嘴皮，有点云里雾里。但从他们的神情中可以看出关切。那些人看到傅路娃一脸迷茫，明白他不是本地人，听不懂他们的话。有的走开一会儿，又回来了，手里拿着馒头或者可以穿的旧衣服。傅路娃的眼泪无来由地流了出来，紧接着哭出声。多日来的奔走，让他尝到了人世的辛酸，突然在陌生的地方遇到陌生的好人，他控制不住，想哭。

三十二

华北平原的初春，那是一片雪的海洋，风比刀子还厉害。傅路娃没处落脚，看到一个砖窑，悄悄钻了进去。他蜷曲着，被各个窑门洞口吹进来的风，像揉面团似的，往拢里搓揉。他将自己越拥越紧，人也越蜷越小，可还是冷。冷入骨髓的冷。除了冷，他感觉不到其他东西的存在。

到第二天，傅路娃感冒了。嘴唇破裂，额头发烫。他被高烧烧得迷迷糊糊的时候，感觉有一个人来到他身边。在他再次醒来时，发现自己睡在依墙壁用火砖垒砌的台子上，是这个砖厂员工宿舍的炕。

傅路娃被砖厂的保安救了。保安巡查时，发现了正在发高烧的傅路娃。将他弄到员工宿舍，给他吃了退烧药。

见傅路娃醒来，保安用浓重的本地口音普通话问傅路娃从哪里来，到哪里去。傅路娃给他说了自己来这里的目的，是想找林文。

保安说，这里离雄县远，再说，一个县的地盘那么大，砖厂那么多，你到哪里去找？要不，你在这里做工也是一样。等你挣了钱，再去找也可以。

傅路娃想了想，保安说得对。他知道保安是好心帮自己，可以说是救命恩人，他默默地点了点头。出来的目的是务工挣钱，既然有这个机会，为啥不呢？

近三月，冰雪开始融化，在融化得差不多的时候，确定没有霜下，砖厂开工了。因保安的介绍，傅路娃在一个外地人承包的团队里做拉砖坯进砖窑的活儿。

七八百斤重的干砖坯在那根皮带和傅路娃向下佝偻的身影里向着砖窑迈进，这在那些身强体壮的工友们来说，不算什么。但在傅路娃的肩头，他觉得是拉着一座山。

这是你一车我一车的活儿，每车砖坯又不能比别人少装，大家的眼里糅不得沙子。

在那一道道被承重的板车碾出来的不规则的辙印里，他大口大口地喘着粗气，弓着身子，努力往前挣动一下，穿着胶鞋的双脚就往后滑一下，双手紧跟着往地上按去，双膝咚的一声跪在了地上。往往挣得面红耳赤，也不见装着砖坯的板车往前动得分毫，他的眼泪不由自主地守在了眼眶边上。

窑门很窄，刚好能容一辆板车通过。由于进出的趟数太多，火烧烤后的泥土被碾出了一道深浅不一的坑，这得用巧劲和力气才能顺利通过。而傅路娃刚拉上这样的车，一不知道巧劲如何使，二没多少力气。一拉辘辘陷进坑里，车一停，车把一拐，手背和指关节与窑门的墙壁老老实实地亲吻上了，血一个劲地往外流。不知谁说了一句，抓把炉灰撒在伤口上，说那是最好的红伤药。傅路娃想也没想地照做了。

血干了，炉灰在上面结了一层壳，再一用力，又被撑开了，梅花状的痂附在伤口四周。没事的时候傅路娃用手指甲去抠动它，他不知道是一种什么样的心理，很喜欢那种将疼将痒的感觉。

每天这样重复，到夏天的时候，太阳像火一样在头顶烤。华北平原就是这样，冷的时候冷得要命，热的时候热得不行。

这时候拉板车，汗水如雨往下流，一个劲地往眼里钻，让人实在难受。傅路娃用一只手支撑着车把，将板车停了下来，抬起另一只手擦汗，没提防一辆拉砖的手扶拖拉机在这时往傅路娃这里倒了过来。

呼，一声巨响，傅路娃拉的板车的两只轮胎被硬生生地别爆了。在傅路娃一愣一愣的时候，司机跳了下来，手里拿着摇发动机的手柄，像一头愤怒的狮子，手里的摇柄随时都有可能落在傅路娃身上。就在这时，厂长跑过来给了傅路娃两个耳光。他抚着两边痛得发烫的脸，眼泪像决堤的河水，奔涌了出来。

工友们闻声从砖窑里和四围赶了过来，正好看到这一幕。这明明是拖拉机的错！张开嘴想说话，但最终什么也没说。大家心知肚明，把厂长得罪了，会直接被开除，工资一分钱也拿不到。工资要到年底才能结算，平常只预支一点日常的生活费用。

傅路娃敢怒不敢言，一双愤怒的眼睛快要冒出火来了。如果是火肯定能将厂长和司机烧伤，可不是。他只能眼睁睁等着耳光落在自己脸上，只能乖乖地为两个辘轳埋单。

工人们住在没有屋檐，屋顶用泥土等夯实的宿舍。一间房，通铺，十来个平方住十来个人。铺是用火砖砌起来的，本地人叫炕。因为北方的天冷，他们一到冬天会烧炕。

但傅路娃他们睡的炕，没有留可以烧火的门洞，也没有排烟的设施。冬天冻得要死，热天没有风扇，热得要命。所以它就是一个死板板的地铺一样的东西，仅仅就是高出了地面而已。

他们用一张芦苇席往上面一放，就算安营扎寨了。在老家，床是要铺厚厚的稻草的，所以睡着不会背疼腰疼。但在这炕上睡一晚，往往会睡得腰酸背痛。后来习惯了，也可能是白天太累，睡一晚后也就不觉得累了。

食堂是一对务工夫妻承包的。这对夫妇是包工头的妹妹妹夫，饭菜做得好坏没人敢发表任何怨言，一日三餐的主食是白面馒头，大白菜烧汤。在天冷时，还不见异样，随着天气变热，蚊蝇虫子从一只变成两只，三只，而后是一群。一天二十四小时围着面粉馒头大白菜打转，飞累了在面粉馒头大白菜上歇息。他们带着小孩，小孩才几个月。往往在他做馒头的时候，小孩要屙屎撒尿，男的将做馒头的手在围裙上一擦，然后就近给小孩把完屎尿，手又在围裙上一擦，继续做馒头。

这看得人胆战心惊。

吃肉是看年看月的事。工友预支点钱，趁休息天，走两个小时的路去县城里买来边角肉，再去野外找来柴火，借食堂的锅灶熬成油。吃馒头时，将馒头掰开，然后往里面塞进熬的猪油，等它化掉再吃。你别说，这种吃法还是很香的。

食堂前后各有一条沟，是挖泥做砖坯后留下的。饭后的残汤剩饭都往里面扔或倒，时间长了，像是一个巨大垃圾坑。太阳一晒，风一吹，除了蚊蝇扑面就是熏人的臭气扑鼻而来。也许是习惯了，大家能吃着馒头喝着大白菜汤，闻着熏人的臭气谈笑风生已是见怪不怪。

俗话说，久走夜路必撞鬼。问题终于来了。时间长了，吃这样的饭菜钢板打造的胃也会受不了。工厂里陆陆续续有人拉肚子了，有人患痢疾了。傅路娃也拉肚子，整天除了不停地往厕所跑，好像已无事可做了。拉着拉着像是痢疾的前兆了。

傅路娃在宿舍里躺着，厂长隔三岔五让包工头来催他上班，说厂里不养闲人，不养废人。他从炕上摇摇晃晃地站起来，在那一霎间，傅路娃的泪又不争气地往下流。此时他领略了务工的辛酸，也领略了爸爸说的人怕进砖厂，牛怕进磨坊的含义。

他想回家。

但中途离厂，不只是一分钱拿不到那么简单。厂长知道了，还会被打个半死。这在当时的砖厂已是不成文的规矩。傅路娃亲眼看到过。有一个工友因承受不了砖厂上班的苦和累，中途偷跑离厂，被抓住打得口吐鲜血，站都无法站立。然后分钱不给，驱逐出厂。

老板的理由是，因你中途走了，他无法找到人，没人顶替，会影响到他的生产和收益。本地人是根本不会来砖厂做工的。如果有，那也是做管理。许多来砖厂务工的，受不了厂里繁重的体力活儿，和那白菜汤加馒头与刻薄的非人对待，做了工不敢向老板要钱不说，偷偷走掉时还要像做了贼一样，努力规划怎样走才能不被老板或老板安插的监工们发现。

傅路娃归意已决，为了不被厂长或监工抓住打得半死，为了能顺利离开，他在一个月黑风高的晚上，确认大家钻进被窝熟睡了，才假装上厕所，偷偷地溜了出来。这几个月买的被子、衣服、鞋子等，什么也没敢带。一旦有收拾的迹象，会被发现；一旦被发现，那可是危及生命安全的事。

他不敢走大路，在周边的庄稼地里高一脚低一脚地穿行。摔倒了，不管受没受伤，爬起来继续往与砖厂不同的方向跑。他怕后面有人追，边跑边回头看，有时候听到自己的脚踩断树枝的声音、奔跑的脚步带动草的声音，也会吓一跳。

幸运的是没人来追。他不敢进县城的汽车站，他听说过有逃跑的人，是在汽车站追到的。再说，自己身上没多少钱。逃是逃出来了，可又回到了半年前从家里跑出来时的样子。

逃是逃出来了，可何去何从又是一个问题。以前想出来，此时想回家，而家却无法回去。家里有吴春事件。也不知到底情况如何，不得而知。他想到王福生。王福生在申城，王福生曾给他留了一个地址。或许那里适合自己。他想，反正无路可走，去申城闯闯、看看，或许有好的收获，也说不定。他拿定主意，就算没有吴春事件，也不会回去。不能空着手回去。

傅路娃将身上的钱全部掏出来，这些钱，是平常预支日常零用钱慢慢积攒下来的。数了一下，买去申城的火车票应该够。但到火车站的路不能坐车，他怕坐了车，买火车票钱不够了。还好遇到一个赶骡子车的本地农人，带了他一程。

三十三

　　傅路娃跟常欣说过王福生的想法，常欣想都没想，这是不可能的事，一口回绝了。常欣回绝，有她的理由。这是爸爸的关系在其他地块拿到的第一个工程，不说拆迁面积没有多大，就是大，也不能让其他人入股。她怕了，有前车之鉴。苟飞之所以后面能在拆迁办自己接工程，是从常维让他入股开始的。让他有机会接触拆迁办的人，后面反倒想着法子对常维排挤，争夺，打压。俗话说，一朝被蛇咬，十年怕井绳，就是这样来的。

　　常维没有参与他们的争论，他知道傅路娃的心思，感恩的心，这是必须要有的。他之所以看上傅路娃，是看中他的人品。如果人品有问题，那你傅路娃还有什么地方是可取的呢？

　　要不这样吧，路娃，你让他来承包。给一部分让他承包、带班都可以。

　　听到常维这样说，傅路娃不能再说啥，也只好这样。承包总比没有好。承包的钱是要少点，但只负责拆除工作，其他不管，没有风险，至少没有太大的风险，这相当于旱涝保收，是一个折中的办法。

　　傅路娃给王福生打电话，说了常维的想法。原以为王福生会高高兴兴地答应，没想到王福生在电话里哈哈哈地大笑了一阵，路娃呀路娃，谢谢你，我们的关系就只有承包这点关系吗？

　　傅路娃拿着王福生早已挂断电话的手机，怔怔出神，好似王福生说那些话的表情从手机屏幕里不断地往外窜，在他眼前不知停歇地荡呀荡。他知道王福生是真生气了，可自己已尽力。他想不通，为啥王福生非要入股呢？难道是当老板久了，想法变了，矮不下身份了？

傅路娃的想法不是没有道理，作为外来务工的，王福生算是第一批从带班到承包到自己拿工地的人。买车买大哥大买手机都是先行者。突然钱被骗了，一下子从有钱人到无钱人，身份太悬殊了。想要翻身，要快速翻身，只能入股做工程。承包只能从工人的工资里提取相应比例的劳务费，他已经瞧不上了。

傅路娃想去王福生那里当面说说，解释清楚，免得生了误会。他们这么多年的关系，来得不容易。面对这样的结果，他也无能为力。可在前面听说王福生搬家了，只知道搬到宝山那边，接近郊区的地方去了，具体位置不清楚。宝山那么大，到哪里去捞一个人出来呢？

他再给王福生打电话过去，刚开始是没有人接，后面被直接挂断了。傅路娃无奈地长叹一声，抬起头，眼睛无神空洞地望着天空，泪水慢慢地爬了上来。他有了无助而又无奈的感觉。那些年，居无定所，吃了上顿愁下顿，也没有出现过这样的心理，足见王福生对于他的重要性。可他又能怎么办呢？

工程是常维的工程，自己虽然身为女婿了，那也不会改变事情的本质。实际上，这一路走来，没有常维，傅路娃也难变成有钱人。靠带班或者包工头，那是限量挣钱。除了日常开支，能剩下来存下来的，那也是限量的。入股分红，才是让他真正变得有钱的路。他自己再清楚不过。

与常欣结婚后，他们的经济分配和管理仍各归各。自己的存折自己管，常欣从不问他钱的事情，也不会要。日常开支，谁拿都可以。傅路娃一直想自己买房子，在枕头边给常欣说，常欣总是白他一眼，这里不是你的家吗？住得好好的，搞啥门子搞？

做了新的工程，以前怎么算的还怎么算。入股了按入股算，管理了按管理算，带班了按带班算。钱会一分不少打到傅路娃的账上。有时候，傅路娃怀疑，自己与常维常欣他们到底是不是一家人？在他的思想认知里，一家人应该是这样子：有一个当家作主的人，钱由当家作主的人支配。其实，常维常欣也是各有各的存折，各自有各自的银行账户。每一个工程完结后，他们的收入也是按各自的付出分发的。这就是傅路娃不懂的地方。你说自己算外人，可常维常欣他们不是吧，他们是亲父女，为啥在钱面前会这样呢？

这些事情让他想得头疼。怎么想也想不明白。这不像一个家庭该有的。

他更想不明白，与王福生这么多年的兄弟，怎么因为一点点事就生分了呢？人与人的关系太脆弱了。谁说不是呢？像自己的亲外甥，现在基本不相往来。前面听妈妈说过两次，他不在出租屋里的时候，苟飞去看过她两次。大包小包的，还算残存有良心在。

苟飞的孩子有三岁了，这是妈妈埋怨傅路娃的口头禅。这不怪妈妈，自己比苟飞大几岁，是该埋怨。与常欣结婚一年多了，常欣的肚皮一直没有动静，不知道是没到时候，还是谁生理有问题。一个工地接一个工地地忙活，也没时间和精力停下来思考这个事。

在常欣突然说起好想要个孩子时，他们才想起，是时候有个孩子了。可这孩子不是你想他什么时候来他就来的，他没有那么听话。这孩子不来，不听从他们的意愿，严重影响到他们的心情，而让他们互相猜忌起来。你说我没用，我说你没用。可两个人明明身体没有问题，该强壮的强壮，该丰满的丰满。是那种谁看了都羡慕的体质。

生活在一起的人有了猜忌，那日子能过安稳才是怪事。他们不能明里吵，明里在家时有常维在，在工地有那么多工人。只有在卧室里暗斗。暗斗时声音还不能太大，动静也不能太大。大了会传出卧室，传到常维的耳朵里。他们不能给常维本就伤感的状态再增加负担。常维基本待在家里，除非接拆迁工程时必须要他出面，在万不得已时才会出去。其余时间，他哪里都不想去，坐在轮椅里，常年由保姆推进推出。他不想用拐杖，自己看起来心里别扭，会给自己心里增添负担。

这样暗斗很伤人，伤心也伤身。那被压抑的邪气长期在喉咙以下，在腹腔里，想冲出来得到释放，却又无法冲出来。彼此都感觉得到他们已凝结成沙砾石头，凝结成铁板，就要凝结成一生一世的牢笼了。精神抑郁，怨气滞结，血脉流通不畅了。久而久之，精神状态就萎靡了。

黄林看到傅路娃的状态，打趣说，路娃，不要将床上那些事当饭吃，老夫老妻了，身体第一哈。弄得傅路娃哭笑不得。

其实也没老夫老妻呀。你乱说。路娃这个年纪正是如狼的年纪，你以为像你，想像狼，也只能干着急。老林接过话说，这个没有说错，黄林也三十来岁，可老婆远在乡下老家，不干着急又能干啥？

你说你与毛橘子都能有孩子，为啥与我就不行？常欣在与傅路娃暗斗过程中，突然冒出这样一句话，似埋怨傅路娃，又似埋怨自己。

而傅路娃听上去不是那么回事了，这是扭曲事实。毛橘子当着常欣说出了事情的前因后果，可没说出是谁叫她来的，这给事情的真实性打了一个折扣。常欣不想将事情闹大，也没坚持要傅路娃去做亲子鉴定。这是埋下的隐患。

常欣，你有完没完？事情已经弄清楚了，也过去这么久了，还要扭着不放。

我说假了吗？那为啥不去做亲子鉴定？

人家毛橘子不是说了事情的原委吗？你难道忘记了？

鬼晓得你们是不是演的一场戏。那个看到钱什么都做得出来的女人。

　　无理取闹。退一万步说，假如说，我说的是假如。假如毛橘子那个孩子是我的，那你为啥会下不了蛋呢？

　　常欣听了这句话，再也压抑不住被压抑了很久的怒火了。抓过床头柜上的花瓶，指着傅路娃扔了过去。傅路娃一闪身，花瓶哐当一声落在地上，碎了。这哐当一声，声音很响，在密闭的空间里，荡过来荡过去，也将常维吸引了进来。他双手摇着轮椅，撞开常欣他们的卧室门，叫喊着，干啥门子？搞啥门子？

　　他紧张地上下左右看着常欣，在确认常欣没有问题后，才看向傅路娃。不要将以往的习气带到家里来。

　　以往的习气？傅路娃让这句话给绕了一个圈，半天才回过神来。那不就是农民习气，务工仔的习气吗？这是瞧不起人，有骨子里的轻视。此时才算明白，自己在这个家里真正的位置。难怪给他们说，让王福生入股，他们死活不答应。

　　那他为啥要让常欣嫁给自己呢？这不从一开始就是一个错吗？傅路娃清楚自己的身份，明白自身无法改变的条件。但他不明白，常维知道这些不可调和的问题存在，又为什么让他们结婚？这场婚姻一开始就是一个错。常维让他们结婚，一是常欣的喜欢，另一个是想以傅路娃来抑制苟飞。这是明面上的。还有其他人不知道的，苟飞不知道，王镇也不知道。在傅路娃没有与他们交往的那段时间里，常欣曾经爱过一个人。那人很帅，家庭背景很好，自身学识能力高。按现在的说法，高富帅，一点没错。

　　常欣爱得死去活来。上了床，有了孩子，后来才知道，那男人在香港早已成家，孩子已有几岁。常欣要死要活地让那个男人离婚，男人说了一句，我们书香家庭，你一身铜臭味的家庭，不合适。一个人生重大事件，在他这里变得轻描淡写了。

　　孩子生下来，就被领走。生了孩子的女孩不叫女孩，叫女人。再嫁人，算是二婚，尽管之前在法律意义上没结过，而事实上是结过婚了。按土一点的说法，傅路娃只是捡了一个落地桃子。当然，这是秘密。常维不会说，常欣更不会说。

在与常欣第一次同房的时候，傅路娃没看到落红。曾把铺盖卷过来看，看得一脸茫然。看落红，他只是听别人说，或者说曾在电视电影里上的婚前课，实际上并不知道有这回事。没有就没有吧，他不能问，也不能往外说。一是关系到常欣的尊严，二是关系到自己作为男人的尊严。还有就是彼此关系的维护，必须得明白哪些该说，哪些不该说。

常欣听到傅路娃说不下蛋的鸡，我已有孩子这句话已到嘴边，却又硬生生地吞了回去。看到常欣那吐不出吞下又不甘心的神情，傅路娃不知道是该高兴还是该难过。

听到常维说的话，他在心里说，我不是轻贱自己的人。他感到危机四伏。

傅路娃有点庆幸的是，这两年里，始终没让妈妈搬到常欣他们家里来，不然，矛盾有可能早就出现了。

其实，在这样一个组合里，出现问题是早晚的事。文化的差异，地域的差异，家庭背景的差异，社会经历的差异，人际关系的差异，哪一样都可以延伸为一根激化矛盾的导火索。这也只能看时间有没有调和的可能了。

傅路娃不想将矛盾过度激化，他想保留一些美好的画面。他明白，与常欣继续过下去，他们在骨子里瞧不起自己，那过的就不是人应该有的生活。他想，是该离开了。他知道这样意味着什么，比如妈妈那里的交代，身边工友们的眼光，自己在拆迁行业的发展等等。但既然选择了，承担一切就没有退路。

一直以来，傅路娃没有参与常维他们从拆迁办接下工程的程序。他的想法很简单，既然是一家人，他们接下来，自己有股份，这样就好。何况，每一个工地，他们并没有短斤少两地给自己明明白白结算，这很地道。

所以，离开常欣，后面还会不会有工程可以做，那是一个未知。就算这样，也得离开。不然，是自己轻贱自己。自己瞧不起自己，那谁又能瞧得上你呢？

傅路娃回到妈妈身边，回到出租房，这里成了他唯一的归宿。一个一个都远离了。苟飞，王福生，毛橘子，常欣，常维……

他躺在床上，看着那块因年久而变得并不洁白的屋顶发愣，久久没有移开。

妈妈走进房间，看着默默流泪的傅路娃，喊了一声，然后不再说话，来到他身边将他抱在怀里，看着他从默默流泪到号啕大哭。她知道，这个已经三十岁的男子汉，自己的儿子，心里装了太多的事情。他需要哭来发泄一下，来缓解心中堆积的事情的压力。

傅路娃从年少时期离开老家后，就没有这样躺在妈妈的怀里了。走南闯北十五年，承受的事情历历在目：挨冻受饿，受人欺辱，吃了上顿没下顿，因工受伤等等，像他小时候好不容易翻到的小人书一样，一遍遍翻过去，又一遍遍翻回来。

哭着哭着，傅路娃说，妈，我们回家。他妈妈用手轻轻拍打他的后背，嗯，回家。

三十四

傅路娃妈妈到申城一晃四年了，这四年里，大多数时间一个人在一边。自己说话，没人懂，别人说话，她不懂。上年纪了，学也学不来。就是买菜，刚开始，只能指指自己要买的东西，人家说多少钱给多少钱。还好，她本不是多话的人，又有农村人特有的韧性，平常在出租屋里东收拾一下，西打整一下，时间也就过了。要不，在周边随便走走，看来来往往匆匆忙忙奔走的人，打发时间。这些人都显得很忙，身边的灯红酒绿，来不及认真看一下。但她认真看了，确实不是乡下能够比的美好。虽然在有限的认知里找不到什么恰当的东西来形容，说它好是可以说的。而在这美好里，她越来越多地看到自己的孤寂和落寞。尽管不种庄稼，不丢了锄头又是扫把，不屋里屋外地忙，不太阳还没升起时出门月亮升起时回家。她觉得并不轻松，累，不是身体累，是心累。可自己没办法，只能跟着路娃。他离不开她，她离不开他。

路娃没结婚那两年，他每天都会回去，她每天在家煮好饭等他，倒也温馨。可结婚后，大多数时间到常欣家了。一到晚上，本睡眠不多的她便整夜整夜失眠。

傅路娃说要回家，这是她时刻想着的事，时刻想给路娃说，可不知怎么说出口。她怕路娃在这里孤单。她看得出苟飞与路娃现在有问题，还不是一般的问题，但路娃与苟飞自己不说，她不戳破。如今与常欣分开了，她不能说什么，也无法说什么。自己帮不上忙。她知道，路娃有自己的主见，会把自己摆弄好。她清楚回家的事实，家里没房子，也没亲人，如果路娃再出来，家里就她一个人，外面就路娃一个人。

让路娃哭吧，哭过后会好受点，心情也就好了。

听到有人敲门的声音。傅路娃擦干眼泪，从妈妈的怀抱里站了起来。是谁呢？知道这里的人不多，一个是苟飞，一个是常欣。

妈妈要去开门，傅路娃不让她去。让她好好坐着。

打开门的时候，傅路娃愣了一下，才喊了一声王大哥。

是王镇。

应该是常欣告诉他的位置，但为了开场白，傅路娃还是问了一声，王大哥，你怎么知道这里呀？

刚哭过吧？小样！王镇指了指傅路娃的眼睛，有点坏坏地笑了笑。

为了掩饰尴尬，傅路娃伸手拿过王镇手里的水果，王大哥，你来耍，我太高兴了，买这些东西做啥嘛？

我是给伯母的，不是给你。看你自作多情的样子。

本想给你打电话，但想着你在哭，就找来看看你哭的情况如何？王镇边说边笑。真没想到，折都难得折弯的傅路娃也会哭鼻子。

妈，这是王镇大哥，刚来申城不久我们就认识了，帮了我很多忙。现在是派出所所长。

呀！王所长好！感谢你这么多年照顾我们路娃。作为乡下女人，警察这个职业，在她们眼里是神圣的，从来只是远观，害怕走近。她们的认知里，警察找上你，那你一定是犯了事。傅路娃妈妈也不例外。刚看到一身警装的王镇，她有点惊慌，以为是傅路娃在外面惹麻烦了，直到王镇笑着打趣傅路娃，她一颗悬着的心才放了下来。

打过招呼后，傅路娃妈妈好似变了一个人似的，好像还有很多话要说，傅路娃立马制止了。妈，你进里间去耍一下，王大哥找到这里来，应该是有重要的事要说。

发现胖李的行踪了，但还不很确定。王镇开门见山地说。

傅路娃本以为他是来为他与常欣做说客的，却不料他说到胖李，心里多少有点失望也有点意外。

怎么？一点不意外？王镇看出傅路娃眼里有一丝飘忽的光。

肯定意外呀。胖李无音无信这么久了，突然有他的消息……是徐家汇派出所的同行发现的。但等他们过去的时候，人又跑了。

那不是白搭呀。

所以找你。当然，本不该找你。可还是不得不找你。

傅路娃现在啥都不想管。再说，就像王镇说的本不该找他一样，他以什么身份管？不是警察，与自己那点实际利害冲突，随着时间的推移，已经淡下来了。

瘦李已经被判刑。作为严重扰乱社会秩序的人，胖李抓没抓到，他被判刑是必然的，只是判刑轻重的问题，多两年还是少两年的问题。只是他们背后牵涉到的幕后人员没能最终找出来，常维的伤残仍不清不白。傅路娃虽然也受过伤，但与大局来说无关痛痒。

傅路娃的心情在时间里慢慢冷静下来，说实话，虽然他在内心里对苟飞有意见，不看好他的所作所为，但那毕竟是外甥，身上流的血液有几分是一样的。他怕一直追查下去，苟飞真就罪孽深重了，那样，他对不起自己的姐姐。

在此时，他犹豫了，也感到身心俱疲。

你是受害人嘛。也只有你可以帮助我，帮助老常。老常指的常维。

一个老字，让傅路娃明白，他们这一交往，转眼已是十来年了。

这十年，多少事情发生了，他们的关系不疾不徐地前进着，在需要的时候一定会看到彼此的身影，在不需要的时候，也能想到彼此。王镇这个"老"字，间接提醒傅路娃，不能置身事外。虽然此时他与常欣的关系已经是白热化阶段了，他们有瞧不起自己的地方，自己也反感，但他们帮自己是不争的事实，人必须知道感恩。

常欣接的工程已经做完，下一个工程没有出来。分开后，基本不联系。傅路娃暂时没有事做，下一步该如何走，还没来得及考虑。

王镇找来，反正无事可做，那就去宝山那边溜达一下，当散心也不是不可以。

王镇知道，就算傅路娃找到胖李的踪迹，他也没办法抓捕。他没这个权力，他另外派一个警察与傅路娃合作，然后给宝山那边的派出所沟通了一下，如需要，请他们支援。

喊傅路娃出来帮忙，主要是傅路娃也是受害者，还有与常维的关系。另一个原因是傅路娃认识胖李。

傅路娃是底层人，明白一些底层人的思维方式，也听说过见过混社会的人的生活方式。他们不会固定在一个地方，像胖李这样的人，有可能上半夜在这里，下半夜去了那里。狡兔三窟。他们的仇家太多，就是睡觉，一般不会仰睡，会背部朝上，或者侧睡。就算睡着了，有人袭击，也不会伤心伤肺。这是保命法则。

傅路娃换上以前的旧衣服，不穿当老板时的衣服。装扮成到那些拆迁工地找活儿干的进城务工人员。顶着八月的太阳，从这个工地走到那个工地，本就不算白的皮肤就更黑了。黑下来的傅路娃，身体壮实的傅路娃，更像拆房一线上的人了。没有人对他起疑，但也没有人收留。宝山近三百平方公里，是比较落后的片区。旧城开发拆迁遍地都是，这样下去什么时候是个头，傅路娃不知道。这与大海捞针没有多少区别。

得换方法或者换思路去找。可换什么方法什么思路呢？这是一个难题，搞不好会打草惊蛇，到最后一无所获。

这是一个悬案，也是傅路娃心头长期牵扯着的事，不搞清楚，他与苟飞或许会长期这样不死不活地过一辈子。但如果抓住胖李了呢？要不彻底关系玩儿完，要不云开雾明重归于好。前面有些时候，苟飞给傅路娃打过电话，比没有发生事情以前喊得还亲热，有和好的意图，但傅路娃心里有梗，只是不咸不淡地应付。

没有想到的是常欣还会给他打电话，看着那个熟悉而又有点魂牵梦萦的号码，一跳一跳地出现在自己眼里，居然有那种初恋时期静待恋人的消息，在久候不至而又突然在毫无准备时出现了的味道。那是一种什么样的心情呢？这样打一个比喻吧，前一秒心情刚好在平静的水平线，而就在那一秒不到的时间里，激动的波涛一下就翻江倒海，越过了高山大川，在空谷山野里，发出万物齐鸣的声响。

虽然傅路娃明知自己离开常欣的原因，但这不影响离开后思念之情与日俱增的那份内心里的律动。这是无法改变的事实。他与常欣分开，并没有办离婚，但各自内心里已认定是离婚，这也是事实。

常欣说我遇到王福生了，你是不是与他闹掰了？

他在与我竞争一个工程，但他问为啥没看到你，我说你去陪你妈去了。回来吧，我需要你。

傅路娃没有一点儿犹豫，深深吸了一口气，说有事，一时回来不了，刚看到电话响起时那波涛汹涌的情绪，又回到了平静的水平线上。

不要一口回绝，我知道你在做啥。回来也许会有更大的收获，苟飞与王福生在一起了。

他们在一起？傅路娃像脚踩在火炭上，除了叫喊，人还跳得老高。他自己倒没那么在意，却把不远处过路的人弄得莫名其妙，用不知所以的眼神紧盯着他，那样子好似要得到下文才会将眼睛移开一样。

这完全不是他用以前的思维能够想象得到的。

寻找胖李不是一两天的事，这么些年没抓住，急也急不到这个分儿上。再说，那是派出所的问题。如果不是与常维的案件有密切关系，傅路娃说什么也不会去管这些事。一个平头百姓，无端揽上不必要的危险是不明智的，何况远离家乡漂泊的人，求的是财，不是求灾祸来的。

常欣离不开自己，傅路娃在这句话里找到了平衡，为这些日子的失落与难过，他那紧皱的眉头好似舒展开了，没那么重了。

按以前的经验，苟飞肯定在动什么歪心思。从来没听说过王福生与他有什么往来。

看到傅路娃，常欣一下扑到他身上，紧紧抱住他，眼泪不见征兆地往外涌。傅路娃自然而然地用左手搂住她的肩头，右手拧了一下常欣的鼻头，接着给她擦拭流得满脸都是的泪水。所有的不满和隔阂似乎就这样烟消云散了。小别胜新婚的感觉裹住他们，逐渐向空气中传播，荡漾。

傅路娃眼里有点坏坏的笑，俯下头紧盯着常欣，可常欣不看他，推了他一下，从他怀里拱了出来。

你说你结交的是些什么人呀？一个外甥已经够头疼的了，现在又来了个兄弟。

是呀，我结交的是些啥子人？常大哥，王大哥，常小妹……傅路娃一本正经地说，可眼里没有一本正经。

啥时搬回来？常欣气呼呼地说。

回哪里？傅路娃装糊涂。似乎，在此时他只有装糊涂，才能更好地保护自己那微小的自尊。但他没考虑这句话会换来什么后续的枝节。

常欣不再接话，头一扭，往她的车走去。

这下僵场了。傅路娃如果追上去，那刚刚在话语里保护的小自尊，注定无法绝处逢生了。只能是自己搬起来，摔下去，而后粉身碎骨。但不追上去，一切的一切似乎还有余地，那又是一个什么样的余地呢？终归难找两全的余地。

常欣没有任何停留，也没有任何犹豫。直直地走到车边，打开车门。在打开车门的瞬间，傅路娃清楚，常欣的性格并没有因为他们分开一段时间而有所变化。要强，有个性，不妥协。这都是家庭环境养成的。

难道就这样又分开？正经事没办，常欣心有不甘，可行动上又不让步。

胖李……傅路娃急急地嚷了一嗓子。

就是这一嗓子，给常欣递了一个梯子。常欣在打开车门时开始犹豫的脚，顺着傅路娃的声音停了下来，转过身，眼神有点幽怨地看着傅路娃，身子不动，一只手仍然把持着车门，一副随时可能上车扬尘而去的样子。

胖李真的出现了。

常欣没有开口询问的意思，她心里清楚，有具体情况，王镇会告诉他们。傅路娃就算知道（这不排除，他会先于王镇他们知道。毕竟傅路娃是在拆房这个群体里长时间摸爬滚打的人，认识的结识的同阶层的人多，消息来源的路子也多），但他不能真正让他伏法，他最多只能协助，或者看到了举报。

常维和常欣他们现在没能在以前的拆迁办拿工程了。人走茶凉。常维被打后，基本不能亲自与那些老同事们联系了，这就相当于茶凉再加上茶凉。还有一个不可忽视的原因，那就是苟飞。

苟飞似乎无处不在。或许是申城就这么大块儿天吧？

王福生与苟飞一起，两个人还合伙，这就有点让傅路娃不得不多想了。

胖李能够出现，会不会与这次竞争工地有关呢？

这不是冤家路窄吗？傅路娃听到常欣的话，感到不可思议。

那你说胖李为什么会在此时出现呢？都几年没有他的消息了。

像这样，估计这个工程是没戏了。以前在原先那个拆迁办，好歹是我爸的老单位，关系不一样。在这里，基本没关系可言了。

那也不一定。不是竞标吗？

唉，所以呀。你没真正从拆迁办接过工程，永远不知道里面的水到底有多深。

回去，让爸约一下，看拆迁办主任能出来吃顿饭不？然后后面才好操作。傅路娃知道，不能再刺激常欣了。说完这句话，看到常欣傻傻地看着自己，一时不明所以，反盯着她，不说话。

四目相对，身边穿梭的各种噪音似乎没有了，消逝了。然而，事实上并没有。直到一声喊叫声响起，他们才同时将眼睛向喊叫声响起的那个方向看过去。

常欣虽然将眼睛看过去了，可嘴里却问，你刚才说啥？

请拆迁办的主任吃个饭呀！

不是，是前面。

请吃饭呀。

哎呀，你有意的。说这句话时，你喊的啥？

傅路娃明白过来，是自己说了爸爸两个字。

与常欣结婚差不多三年了，在把常大哥的称呼变成爸爸这个名词的时候，就沉默了。除了在婚礼现场将大哥改口为爸爸，后来基本没有叫过。这改口，让他不适应，难怪常欣会有这样的反应。

这是没有办法的事，叫大哥那么多年，兄弟做了那么多年，突然因为女人的事，变成了上下级关系，矮了一辈，除了尴尬，也有难为情。但常维没有这样的想法，尽管没有儿子儿子的叫，还叫名字，但那名字里，透露出有对儿子一般的亲切。

这傅路娃体会得到。

在傅路娃与常欣短短对话的工夫里，那边的叫喊声越来越大，从原先一个人变成几个，后面是一群，分不出几个了。

常欣拉住傅路娃，你不要有事没事去找事好不好？好奇害死猫，别到时溅一身血。

傅路娃生性好动,也爱管闲事。但在社会上摸爬滚打十多年,性格变了很多，性情也变了很多。特别是他父亲去世时的经历,给他上了很深刻的一课，人和人之间的关系，已不是从前了。那完全是建立在经济时代之上，建立在新文明时代这根跳动的脉搏之上。

常欣拉住他，将他本能的冲动抑制住了。他对常欣说，有老婆的感觉就是不一样,这句话刚落地,左耳朵已被常欣一把揪住,不是告饶得快，估计耳朵早就不是他的了。

可该发生的事，不是不走过去看就不发生的。那些喊叫声不断地往他们这里涌，像有飓风在后面推一样，三百多米的距离，眨眼到了眼前。

最前面是一个个儿高体胖的男子，一跳一跳的，速度特别快。刚开始，四五个人紧跟他左右，没跑几米，距离明显拉开。一个落后了，两个落后了，三个落后了……他到傅路娃眼前时，其他人都没追上来。

胖高个边跑边回头张望，在他扭过头来张望时，发现了站在他前面不远的傅路娃和常欣，眼神慌乱了一下，毫不犹豫地向马路对面的支马路跑了过去。他一跳一跳的速度，让傅路娃没来得及看清他的长相。

傅路娃在追逐的人的叫喊声里，知道这个奔跑逃命的男子伤人了。他下意识地看向他的手，发现他右手紧紧握住一把长不过三寸的匕首，再看身形，怎么那么像胖李呢？这下傅路娃不淡定了，不理会常欣的劝阻，说了声你在这里等我。人早已奔跑出去，转眼到了那条支马路的拐弯处。常欣气得直骂，可还是跟在后面追了上去。

等到常欣与其他追赶的人赶到时，傅路娃已将胖高个男子紧紧抱住，两个人一起跌倒在地上。匕首跌落在五米外的路面上，上面的血正在往地上滴。

追上来的几个青年男子一起扑了上去，将胖高个男子死死地按在地上，把傅路娃扶了起来。

傅路娃紧紧抱住胖高个男子的时候，看不到自己胸前受伤了。站起来后，被血湿透的衣衫，触目惊心，血仍在不断地涌出来。

松懈下来后，傅路娃感到头晕，要站不稳了。常欣看到摇摇晃晃、血流不止的傅路娃，急得哭了起来，傻子呀傻子，你真以为你这条命不是你的？！

傅路娃看着常欣欣然一笑，可笑容马上凝结住了，人软软地向地面倒去。在倒下去的时候，他拉住常欣说，是胖李。

三十五

傅路娃被疼痛唤醒，常欣不在身边。身边没有人，他忍住疼，想爬起来，尿憋得厉害。可除了疼，就是浑身发软。他不敢相信，自己身强体壮，还是多年的武术习练者，不就被匕首在肚皮上划了个口子吗？有这么恼火？

事实超出他的想象。在抓胖李的时候，打斗中，胖李的匕首拦腰扫了过来，迅猛异常，跳开已是不可能。傅路娃塌腰、收腹，想躲过这凌厉的一扫，可还是没能完全躲过。他感到刺痛感传遍全身，但他没有停下来。几年了，寻寻觅觅，胖李好不容易出现在眼皮底下，不可能就这样再让他逃走。

傅路娃没有想到胖李会在这里出现。如果不是有人与他发生打斗，就算从傅路娃眼皮底下慢慢走过，他也不会想到是他。说确切点，他还记得的就是胖李的体形。他的长相，从开始起就没看清过。前面到宝山去寻找，是有王镇安排的人跟着，那人手里有胖李的照片，但傅路娃没拿过来看过。

在傅路娃挣扎着想爬起来的时候，病房门被推开了。常欣面带忧色走了进来。

胖李被抓，按说常欣应该高兴。积压了多年的常维被伤事件可以真相大白了，可以将心头压着的大石头取下来，稳稳地放在地上了。可想回来，案件能因胖李被抓而水落石出，能将心里压抑着的那块石头放下，到底是好事还是坏事呢？对常维已经形成事实的伤残，又能改变什么？

常欣匆匆走过来，手伸到傅路娃的后背，想扶他坐起来。怕弄疼他，她用的力度很轻很温柔，可事与愿违，不但没能将傅路娃扶起来，反而被傅路娃刚刚抬起又落下去的身体带着往下沉。没有丝毫心理准备，常欣重重地压在傅路娃身上，压在那道伤口上。

傅路娃疼得哎呀一声叫了出来，声音从病房里传出去，听上去十分凄恻。楼道里传来奔跑的脚步声，护士、医生、病人、病人的陪护人员，陆陆续续出现在病房门前，拥进不大的病房。怎么啦？怎么啦？各种问询的声音此起彼落。

傅路娃疼得脸色惨白，嘴上却不得不说，没事，没事。他不能让常欣下不了台阶。她是自己的女人，保护她也是保护自己。

傅路娃那道伤口很深，只是他不知道而已。医生在清理伤口后说，再深一点儿，就伤到肠子了。傅路娃有常人不能忍受的承受力，受那么严重的伤，还剧烈打斗，血从身体里往外流的速度就更快。他是血流过多后晕厥过去的。此时，被常欣的身体突然一压，不叫出声来，那才是怪事。

在所有拥进病房的人确认没什么事出去后，常欣才小心翼翼地将傅路娃扶起来。因伤在腰部靠上一点的地方，不好穿衣服，他的上半身是赤裸的。

人呢？傅路娃忍受着伤口被牵扯到的疼痛问。

谁？哦……被抓起来了，王大哥来带走的。

这个悬案也该了结了。

嗯，是该了结了。

那你还不高兴一下？爸听到这个消息也该高兴了。

或许是吧。常欣回答的声音，听起来与傅路娃不在一个频道上。

怎么啦？有心事？是不是怕我受伤了会有后遗症？放心，不会赖在你身上。

说啥呢？常欣停顿了一下，王镇大哥安排的人跟踪胖李。

哦……怪不得。

一起三个人。一个被胖李用匕首刺成了重伤，医生说最少得治疗一年半载。

可坏人必须得把他绳之以法。

这代价太大了。

傅路娃听常欣这样说，自己反倒不知道说什么了。是呀，自己不也是代价的一部分吗？

事情已经这样了，也算是云开雾现了。

有一件事没与你说。常欣看了傅路娃一眼，拆迁办主任来看过你，你在手术间。我没想到他会来。

那倒也是。不过总算打过这么多年交道，不熟也熟了。再说，这不是在他的地盘上吗？作为地主，他也该来看望一下嘛。

他临走的时候说，我们竞标成功的机会很大。不过，苟飞与王福生将承包价压得很低。王福生与苟飞能合伙，应该是各取所需。苟飞有信息来源，而王福生没有。苟飞想要承包一个大工程，钱肯定不够。王福生有钱，但不多。两个人合起来就多了。拆房这个圈子，本就只有那么大，东边不碰头，西边有可能碰在一起了。这样一想，他们走到一起也没有那么多问题了。

那就好。傅路娃用手轻按着伤口，没那么疼了。

还有，他说，能饶人处别一根筋地抓住不放手。像这次，要不是你不放手，也不会差点命都没有了。他说胖李他们这些社会混混儿、渣滓，小罪天天有，但罪不至死。你把他逼急了，他会报复。一旦他从牢房里出来，会找你的麻烦。

这是间接敲打我呀？

人家说的是真话、实话。别把人想得那么坏。

你爸的案件还追溯不？

拆迁办主任从不与我们来往，以前做工程喊他一起吃个饭，他从来不参加，最多送的礼会收。这次为什么会来呢？还比谁都来得急，来得早。

或许是良心发现吧。傅路娃说到这里，停顿了一下，我妈知道我出事了吗？

没有给她说。

王镇大哥打过电话来，说正在突审胖李，一定要审出结果来。不然对不起你，也对不起他牵肠挂肚了这么多年，该了结了。

傅路娃没接话，眼睛望向窗外，他在想拆迁办主任说的话。好像说得有道理。被报复的例子不是没有，记得有个拆房老板，因不满混社会的那些混混儿的敲诈勒索，花钱雇人跟踪，而后举报，尽管执法部门没有说出举报人，但那些被抓进去而后刑满释放的人，经过打听知晓了是他举报的。第一时间对他进行了打击报复。他雇有保镖，近不了身，但他的老婆和孩子却受累了，被打得一个屎尿失禁，一个落下了恐惧后遗症。虽然他们又进了牢房，但一个好好的家庭从此走入了暗黑的阴影里。

常欣不知道傅路娃为啥发呆，但明白他心里一定有事，不然那眉头不会拧得那么紧。

不要想那么多了，我们应该高兴。

冤家宜解不宜结。

那怎么办？事情已经到这一步了。我爸无法走路好多年了，难道不该有个水落石出？！

我相信这个法治社会会给出一片明媚阳光。

我觉得拆迁办主任话中有话，或许另有隐情。

哎呀，累不累嘛，伤那么重，想多了会影响康复的。

去看看我妈，我怕她担心。

看着常欣走出病房的身影，傅路娃闭上眼睛，随遇而安吧。有很多事是充满无奈的，生活本就充满了太多未知，无法事先洞悉。如果能事先洞悉，就不会有那么多意外和事故发生了。

现在，为了快点出院，好好养伤是唯一该做的事。也期盼胖李的事能早日有一个结果。不管好坏，都得去面对。

天要黑的时候，常欣打来电话，说拆迁办主任请她和爸爸吃饭，要晚点过来陪他。傅路娃听得半天没能将因惊讶而张开的嘴合上。

变了，一切都变了。变得那么突然，变得让人毫无思想准备。

在傅路娃的记忆里，从来没见到过拆迁办主任请常维他们吃饭。隐隐不安袭上心头，难道与胖李有关？

夜越来越黑，黑得比以往要压抑得多，外面除了车来车往的声音，很难听到人的声音。医院里更为安静，除了过道里偶尔有脚步声，间或有咳嗽声呻吟声从其他病房里传出来外，再没有其他声音了。傅路娃伤口传来一跳一跳的疼痛，那么清晰，那么真实。这种疼在以前没有过。他感觉不只是肉体的疼，肉体的疼在前面的几十年经历过很多，但不至于无法承受；能够左右疼痛，让它加倍的，是来自心灵里面的隐忧。

表彰大会开起来的时候，傅路娃的心忐忑不安、患得患失。特别是拿着那本朱红色的荣誉证书，他更不知以后会面临些什么。

王镇给傅路娃说，你这是典型的见义勇为，是社会好青年，必须得表彰，我们要用你的事迹做一个典范，进行宣传，引起更多的民众关注并参与进来，将扫除社会黑恶势力进行到底，还社会一股清流、一片晴空。此次事件，是标准的警民合作，端掉了一个黑恶性质的社会混混儿团伙，是难能可贵的。特别是在社会发展如火如荼的时候，各种不良不善现象涌现出来，社会的各种管理制度的改进和制定是需要社会性的参与的，这种精神是值得肯定和发扬的。

傅路娃说，算了吧。这样一弄，我不成了众矢之的了？他说的是实情，本是可以善终的事件，这样一弄，只怕难得善终了。

那不行，已经报备批准，势在必行。这是王镇的回复，说得叮叮咚咚铿铿锵锵。每一个字都有不可辩驳的力量。

审讯胖李时，他供认了常维致伤致残的事件，确实是他们干的，但没有说出幕后指使人。但蹊跷的是，常维这次没有出场指认，好像这些年的伤痛与他无关。

王镇说，不出场指认，就相当于包庇。放纵会让更多的黑手滋生逍遥法外、无所畏惧之心。

他看着这个差不多等同于自己亲哥的人，五味杂陈。他明白，常维在自我较量中的挣扎。一边想让犯罪人伏法，一边考虑今后的生活安定情况。那些混混儿是亡命之徒，本来你不找他，他都有可能找你。一旦与他们牵扯上，就像埋了一颗定时炸弹，说不定什么时候，就在自己身边爆炸了。

常维不去，胖李有他自己的供词，有瘦李的供状佐证，还有袭击警察的重罪，伏法是肯定的事。王镇看着常年待在轮椅上的常维，心疼与无奈袭上心头。算了吧，心有不甘；不算吧，没有办法。他也无法保证今后会不会发生什么状况，是不能给他们添加心理负担了。

他看着傅路娃说，路娃，不管瘦胖二李会判多久的刑，不是死罪，终归他们会出来。出来后，变好变坏，这得看他们在监狱里面的改造情况和思想认识如何，所以，以后你得多留心。

从领奖台回来，夜深时候，傅路娃仍辗转难眠。时不时翻身，可翻身的动静不能太大，怕影响常欣；翻动太小吧，总觉得是哪里不对劲，好似有什么东西禁锢了身体一样。这让他感到难受，比前面受了伤关在医院的病房里还难受。他轻轻拿开常欣搭在自己身上的手臂，极尽可能地轻，然后爬起来，穿上衣服和鞋子，拿上那个荣誉证书，轻手轻脚地打开房门溜了出去。他想，此时只有外滩适合自己排解心中压抑着的情绪，那静如处子的水，那温恬的风和那处处透露暧昧的灯光楼影。

靠在栏杆上，借着昏黄的灯光，他打开证书，看着那写得遒劲有力的傅路娃三个字，无来由地仰天长叹了一声，然后轻轻地吐出"人啦真难"几个字，随即将荣誉证书合了起来，往栏杆外的黄浦江里扔去。

荣誉证书还没划起抛物线，就被一只从浑黄的光影里急速伸出来的手紧紧抓住。随后一个嗔怨的声音在他耳边响起，你以为这样就可以万事大吉了呀？天真！幼稚！你以为将这本本扔掉就好啦？！

都不容易。

他们用不正当手段谋取利益，难道不该受到惩罚？

还不是生活所迫。

谁没有个生活所迫呢？比如你，为啥没如他们一样去为社会治安添堵，缺乏道德良知呢？

是我把他们送进去的？

任他们逍遥法外，不知还会有多少人多少家庭因此而生忧伤？

他们这一辈子算是完啦。

你以为你不协助警察将他们归案，他们就不完？常欣再也忍不住了，狠狠地推了傅路娃一把，从他怀里挣脱出来。从他们选择走上那条路开始，注定会有今天。至于完还是不完，那得看他们在牢房里改造的程度如何，他们自我的认识如何？这不是谁能左右的。

嗜，算啦。就这样吧。

把妈接过来吧。常欣一改前面质问的语气，都几年了，你将她一个人长期放在一边，你心里好受吗？

第一次听到常欣喊妈，那么自然而然。

傅路娃喉结动了动，但没说话，只是用有点复杂的眼神看了看常欣，然后转过头，看向黄浦江。黄浦江此时很安静，像白天玩儿累了一样，夜晚需要休息。两岸浑黄而无力的灯光穿透夜的黑，将江面映照得深不可测，让人难以揣摩它沉睡过去的心思。

常欣看向黄浦江，又看看傅路娃，她猜不透他此时的想法，就像傅路娃看不透黄浦江的想法一样。

黄浦江的心思有过去和未来，傅路娃的心思也一样。他在快速地播放来来往往的岁月，来申城的所见，今后该如何行走，才不那么被动和匆忙。比如眼前，常欣提议，将妈妈接到一起住，本意是好事，但隐藏的未知谁又能清楚？会发生什么谁又能知道？这放在以前，或者放到他自己一个人身上，是无所谓的，随遇而安，这是他一直以来的为人处世的态度。尽管在漂泊的江湖里遭遇了各种大事小情，他不往心里去，所以他感觉生活并不累。因为单纯，所以快乐；因为不计谋，所以无惧怕。这是他的为人准则，也是一种态度，也可以说是个人的生存哲理。

可这关乎妈妈，六十五岁的妈妈。自己在人屋檐下，卷一点或平一点就过去了，而妈妈不能因他而受不必要的委屈。尽管身在异乡，该维护的必须维护。虽然一直给妈妈租房住，自己只是隔三岔五地回去一趟，但他感觉得出，妈妈生活得很自在。按妈妈谨小慎微的性格，再加上几十年偏远农村生活习性的根深蒂固，与常欣他们是两个极端的生活样式。如住到一起，那不知会衍生出多少不必要的口舌事端，到那时，自己夹在中间，如何做人？

久等不到傅路娃的回音，常欣用紧靠他的胳膊碰了他一下。

你说下一个工地什么时候进场？傅路娃知道常欣的用意，有意将话题引开。

常欣幽幽地看了他一眼，难说。拆迁办主任在胖李没有出事前还隔段时间通下气，现在话都没有了。前面打电话过去，他支支吾吾半天，啥也没说明白。

按以前的经验，是不会存在这样的事的。毕竟拆迁办主任是父亲的老部下，老同事，虽然父亲离开了岗位，但一直都有关系往来，陌生叔叔也叫成亲叔叔了。

两个人陷入了沉默，一起将自己融入到外滩这片夜色里，静静地看着起早清扫街道的环卫工,将黎明前的时光扫得沙沙作响。那些散乱的各种垃圾在他们扫帚的挥舞中,成堆成堆地聚在一起,等待黎明的光的照射和洗礼,然后到它们该去的地方,释放自己最后的光芒。

傅路娃看到这里,低头看了看手里的荣誉证书,继而想到胖李那一群人,王镇他们这一群人。这不是清洁工和社会垃圾的关系吗?至于拆房工程的事,随遇而安吧。想到这里,他拉起常欣的手,走,我们回家,休息好了再说。

傅路娃语音不大却说得雄浑有力,常欣好似得到了安慰,紧紧抓住傅路娃的手,仰着头,看着他的眼睛,欢欣地笑了一下。什么也没说,跟着傅路娃有力的脚步向停车的地方走去。她明白,此时什么都不用说,说什么都是多余的。

三十六

常维时不时发呆，发呆一阵后，还会拍打那条已经没法正常行走的腿，这是自从胖李被抓进派出所拘留等待判刑后常常发生的事。前面那么多年，他没有这样过。这举动是王镇让他站出来指证胖李，他没有去后出现的。

傅路娃知道常维心中藏着事，他在跟自己较量。刚开始注意到常维的反常现象时，傅路娃会善意地找一些话题来岔开常维的注意力，怕他这样久了，会形成心理疾病。但时间长了，常维老是这样，也就见怪不怪了。

这天突然下雨，工地只能停下来，这是在其他旧房改造拆迁办拿下的工程。傅路娃与常欣没有去办公室，提前回家了。刚打开门，他与常欣被眼前的情景惊住了，常维坐在轮椅上，在客厅的正中央一动不动，手里拿着王镇颁给傅路娃的那个见义勇为证书，眼泪哗哗地流。

常欣张开嘴刚想喊爸，被傅路娃用他那宽厚的手掌给堵了回去。并示意让她不要出声。

常维完全沉浸在他个人的世界里，没有注意到傅路娃与常欣回来了，就连保姆喊了一声老板，都没能引起他的注意。

这是反常的举动。这么久了，没看到常维哭过。不只是傅路娃没见过，常欣也没见过。突然就哭了，面对一张没有生命的荣誉证书。

一个大大的问号在常欣与傅路娃的脑海里旋转，突突突跳动似的旋转。难道前面常维时常发呆是与这张证书有关？

常欣难过，想走过去劝慰常维，还没抬起脚，常维开口了，我给你们说实话吧，为啥当时王镇喊我指认胖李我没去？原来他早已知道傅路娃他们回来了。

这个谜底傅路娃和常欣早就想知道，以前常维自己不想说，想问也不会得到结果。常维话还没说完，傅路娃的手机响了，一看那座机号码，知是王镇打的。本以为王镇打电话可能是约聚，没想到接通电话，他的第一句话将傅路娃震惊住了。他说胖李为了减轻自己的罪行，供出了许多与苟飞有关的案件，其中有与常维和他的案子有关的事情。

傅路娃接完王镇的电话，人差不多虚脱了，这种感觉在任何情况下都没有出现过。尽管早已有心理准备，还是没能挺过消息真正到来时的雷霆之击打。他垂下脑袋默默地走到沙发边坐下。

看来我不说也是没办法隐瞒的了。常维深深地吸了口气。该来的终归要来。

傅路娃默默地看着常维，眼神有点复杂起来。他面临一个决策，苟飞是亲外甥，常维是老丈人，这相当于抱村的地理位置，一边是岩一边是坎儿，哪边都伤不起，哪边都得罪不起。

事情明朗清楚起来，戈矛的指向明确，所有的焦点集中在苟飞身上。有胖李的指认，也有瘦李之前的证词，如果常维再出来……苟飞就是浑身是嘴，也无法洗掉生长在身上的罪恶。傅路娃感到两耳轰鸣，他感觉常维坐的轮椅旋转了起来，扭过头看常欣，常欣也旋转了起来；接着是这客厅旋转起来，这独栋别墅旋转了起来。可屋里的摆设在这旋转里，一点没有乱。尽管旋转越来越快，但没听到乒乒乓乓的声响，没看到倾轧倒伏的现象。在这旋转里，他发现自己也跟着旋转了起来，他的妈妈，他的姐姐紧跟着他，一秒也不离开地旋转。他想停下来，不转了，转得肠胃都快要不是自己的了。他想如开车那样拉刹车，可没有刹车，又去拉哪里？

旋转里，眼前的事物越来越模糊，墙壁模糊，沙发桌椅模糊，壁画模糊，客厅模糊，常维与常欣模糊，妈妈姐姐模糊，自己也跟着模糊了。傅路娃在模糊和旋转里，一股莫名之气在腹腔里越聚越多，好似天地之间的气流都来了，往他的腹腔里面钻；腹腔越撑越大，撑得就要爆裂开来，他快要找不到自己了。他闭上眼睛，突然长啸起来，声音雄浑而混浊，心中充塞的大大小小事物随着啸声扁着身子往身体外面窜。他的啸声绵长，将客厅塞满后开始向外面窜。这时它们不是扁着身子窜了，而是昂首挺胸地窜，大摇大摆地窜。窜满了别墅区，然后是别墅区的上空，而后往别墅周边的空间里面窜，往整个申城的天空窜。

傅路娃一直长啸着，歇斯底里。他也不知道为啥要长啸，是那股气流迫使他不得不这样。声音沙哑了，他的嘴巴还大张着，好似有什么东西给撑开着，闭不上。但他的身子没有东西撑着，向地上倒去。这吓坏了旁边的常维和常欣。常维双手滚动轮椅辖辘，但只能滚到傅路娃的身边，想弯身下去抚摸一下傅路娃，也没办法。如果强撑着去摸，那自己得从轮椅上滚下去。常欣比常维更急，她先常维到傅路娃身边，伸出手将傅路娃大张着的嘴用力给合上。你说，这是何苦呢？为啥呢？

她知道傅路娃已经睡过去，在啸声里睡了过去。王镇这个电话是引子，傅路娃心中经年承受的事积累起来像一颗炸弹，埋藏很久了，被引子引爆了。常欣坐下来，将腿盘起来，她将他的头扶起来，枕在自己的大腿上，用手轻轻地捋傅路娃的头发，好好睡一觉吧，睡醒了就好了。

丫头……常维看得声音有点哽咽，让你们走到一起，不知是对是错。

路娃对我很好了。常欣说，你刚才是不是准备说苟飞的事？

路娃是个好孩子，尽管有些观念不一样。

我有他的孩子了。常欣突然说，还没告诉路娃。

呀？！多久的事了？

两个月。前面去做了检查。

真好，真好！常维兴奋得说话声有点颤动了。这么多年了，我终于要当外公了，我要当外公了……

苟飞的事怎么办？

看在路娃的面子上，也为了不让他为难，是不是算了？常维试探着问常欣。

可您一辈子被他给废了呀。

反正都这样了，也忍了这么多年，再忍忍一辈子也就过了。

让犯罪分子逍遥法外？常欣气愤地说，您已经让他逍遥了这么多年了。

那不然能怎样？

该怎样就怎样！傅路娃突然接过话，把常欣吓了一跳。

傅路娃身子并没动，头仍然放在常欣的大腿上，仰着头看着常欣，大眼睛眨都不眨一下，紧紧盯着她，看得常欣的脸没有来由地红了起来，用手一推傅路娃，睡醒了还赖着不动，我的腿都麻了。人跟着想站起来，可还没完全站起来，人又哎呀一声往地面上跌坐下去。屁股像扔地上的冬瓜一样，发出"咚"的一声很肉实的声响，紧接着又哎呀一声叫了起来。

傅路娃一个翻身爬起来，将常欣抱到沙发上，同时心疼地叫着，没事吧，没事吧。

看着傅路娃用沙哑的声音焦急地问询的样子，常欣幸福地笑了一下，用手拉住傅路娃，没事没事。刚才吓死我们了。

你看我不是好好的。傅路娃向上张开双臂，深吸了口气，此时感觉神清气爽，没有之前那压抑得喘不过气来的感觉了。爸，说说吧。

常维还沉浸在他突然喊的那一声爸里，面对傅路娃的突然发问，一时没醒悟过来他要对自己说啥。如果没有记错，这是傅路娃第一次当着他的面喊爸。在以前喊他常大哥比较多，而后来他与常欣结婚后，没听他喊常大哥也没听他喊过爸。

说吧，爸。到了该说的时候了。常欣坐在沙发上，一脸期待地望着常维，如何对待，让路娃自己做决定。

常维抬起头，眼睛一动不动地望向门外，穿过别墅的围墙，好似回到了与苟飞刚走到一起的那些场景里去了。那些场景让他此生难忘，几乎刻骨铭心，也就是这刻骨铭心的大事小情，改变了他的人生轨迹，让他成了一个坐在轮椅上的活死人。

常维让常欣打电话给傅路娃，是他已经从拆迁办辞职下海了，在原来的单位拿到了第一个拆迁工程。对于拆房的具体操作他一点不懂，所有的希望寄托在傅路娃身上。傅路娃这时节手臂摔断了，还住院了。他脸色由黄转青，由青转白。第一个工程，遇到这样的坎儿，那后面怎么办？之前想傅路娃与他合作，傅路娃出点本钱，此时不是出不出钱的问题，人都没办法到位，马上要进场，急拆工地，临时到哪里去找人？还要是自己信任的人。尽管一直在拆迁办，常维平时并没有去真正接触那些搞拆迁的包工头或者带班的。接触过一些老板，但不可能将自己的工程拿给他们做吧，那自己下海还有什么意义？

苟飞看到常维这种表情，原以为是他听到傅路娃出车祸了心里难过，可想想不对呀，就算是好朋友，手臂骨折，也不至于如此吧。善于察言观色的苟飞立即询问，有没有需要我帮忙的？也就是这句询问，改变了他的人生轨迹，也改变了其他相关人员的人生轨迹。

常维在苟飞的询问声里，脑子灵光一闪，看到了曙光。眼前不是有一个现成的人吗？傅路娃的外甥，难道还会差到哪里去？再说，工程给他做与给傅路娃做不是差不多吗？他一拍大腿，哎呀一声站了起来，眼睛直愣愣地盯着苟飞，盯得苟飞心里有点发毛。

如果让你承包一个工地，你能全部搞好不？

哪有那样的运气哟？苟飞自嘲地一笑，不过，如果有机会，是没得问题的。苟飞说得铿锵有力，真应了那句初生牛犊不怕虎的话。

苟飞没能找到保证金，但工程常维还是得给他做，这相当于是他做工程唯一的救命稻草，不给他又能去找谁做呢？不过苟飞在找人这方面没有拖拉，说什么时候到位就什么时候到位。工程按时保质完成，纪律安全到位。常维因此拿了一笔奖金，心里乐开了花，对苟飞的信任也就更上了一个台阶。

苟飞是聪明人，在常维的下一个工程出来时，他主动说他要入股。常维说你有多少钱？苟飞拿出他在第一个工地挣的所有收入，加上之前与傅路娃一起时积存下来的钱，一共有三万块。常维本想拒绝，看到苟飞在做第一个工地时任劳任怨，大事小事一块抓，让他省了很多心，有刮伤碰伤的，也没找他要医药误工费，感觉这个孩子与傅路娃一样实在，且脑瓜子比傅路娃还活泛。就应承了。但同时让他喊傅路娃一起过来。

苟飞说我舅舅已经搬家了，可忙了。那个工地很大，老板让他入股了，去喊他也不会来。常维听到这里，想想那就算了吧。傅路娃能在别的地方做出名堂挣到钱也一样。

苟飞睁着眼睛说瞎话，草稿没提前打，却脸不红心不跳，他没有一点儿愧疚感。他自从没打招呼离开傅路娃那里后，就没回去过，也没联系过，又到哪里去知道傅路娃的近况。再说，傅路娃一直给那个老板带班，连包工都没分儿，还会让他入股去分一杯羹？

没有傅路娃的介入，苟飞独享常维的所有资源。

几个工地做下来，苟飞的资本越积越多，到后来，他投入的钱可以占三分之一的股了。他想要一半的股。他对常维说，我不但投了钱，还投入了技术和管理，理当要给我技术管理股。常维在此时看出苟飞的野心，这小子非池中之物呀。

常维没答应。他仿佛看到不明飞行物在他的身边飞行，在他身上寻找可以楔入的口子。

时间久了，明里暗里，常维看出苟飞喜欢常欣，只要有机会，就围在常欣身边，但常欣的心思没在苟飞身上，这让他松了口气。如果常欣喜欢苟飞，那苟飞成为自己的女婿，按苟飞得势就膨胀的为人处世态度，指不定今后自己和常欣会过什么样的日子。

苟飞变得让常维有点无法容忍的时候，正赶上傅路娃工地上出了安全事故，吴春从二层楼高的框架上摔下来，死了。那时候，常维发现苟飞与社会上的闲杂人员有来往，只是不知与他来往的人是后来因罪而被抓获的瘦胖二李，更不知道自己因为他们而改变了一生的命运。

苟飞与瘦胖二李走到一起，常维不知道自己是间接的推手。为什么说是推手呢？如果不是常维带苟飞去与他的老同事、老下属也就是后来的拆迁办主任见面，就算苟飞会与社会混混儿走到一起，估计也不会那么快。

常维此时身价已数百万了，这让人眼红。苟飞是第一个眼红的人。他觉得自己的付出与收获没有成正比。同一个工地，凭啥你常维得九牛，而自己只能得一毛呢？工地开工了，大小事宜自己负责，流的汗，操的心，遍布在工地的旮旯。常维很少出面，更莫说到工地的每一个角落去留下脚印了。

人一旦心里有了不满足的想法，一定会滋生出许多事端来。苟飞心里滋生事端，是从常维将他介绍给拆迁办主任开始的。没认识拆迁办主任的时候，他心里有那么一点点不平衡的想法。认识后，那个小火苗越燃越旺，越燃越熊，掩着藏着都能看出那燃烧的态势。那是摁不灭的态势。

拆迁办主任有他心里的小九九。常维任拆迁办主任的时候，时常有人送礼请吃请喝，而他作为常维的下属，也会有人顺带给予一些好处，但那好处小得可怜。当然，有比没有好。他时常盼着自己能坐上主任那把交椅，可那也只是想想而已，事实上，只要常维还在，他就不可能上位。

常维经办了大大小小的旧城改造工程，知道里面的油水有多厚。看到那么多人下海，那么多人停薪留职，他内心里有个东西在蠢蠢欲动，他不甘心目前的收入，不想停留在只拿工资的层面上，他想自己应该会找到更多的钱，成为百万富翁，千万富翁。他向上面提出停薪留职，但上面不同意。他一急，那我辞职可以吧？

拆迁办主任求之不得，你辞职我就可以顺势上位了。他说，常主任，你不管走到哪里，都是我的领导，我不会忘记你对我的帮助的，往后有工程合作，我会第一时间想到你。有他这几句话，上层领导征求常维的意见谁是接替他的最佳人选时，常维极力推举了拆迁办主任。

似乎，这是双赢的一个决定。你帮我上升一级，我后面帮你顺利拿到工程，无可厚非。但世事难料，就这样给他们往后的日子埋下了伏笔。常维在拆迁办拿到的工程越来越多，收益也直线上升。尽管拆迁办主任是他帮忙提上去的，但基本规矩他懂，该送礼的时候送礼，该请吃请喝的时候请吃请喝。标准嘛，常维想，你以前一直是我下属，平常没少提携你，最后又是我将你推上去的，能表示个意思就不错了。当然，这个意思不能与其他人差得太离谱，可还是给自己埋下了隐患。

拆迁办主任上任后，工程当然不止一个项目，还有其他项目；老板当然不止常维一个，还有其他老板来承接。其他老板来竞标，少不了打点，这一打点，区别就出来了。常维的打点与其他人比肯定有距离，但拆迁工程又不能不给他做。拆迁办主任说服不了自己不给他做，毕竟他帮过自己，再加上上层领导明里暗里的指示，不能违背。

钱财不露白，这是古语，是古人用生活经历总结出来的经验。常维下海搞拆迁工程后，钱财没有露白，但是人家心知肚明。基本上每一个工程都会经拆迁办主任的手，大家是门内人，能有多少收入，心头一盘算，也就大概明白了。看常维住别墅开豪车，谁会心里没有个数呢？

　　拆迁办主任在接过常维的红包时，客气地往外推，这在外人眼里是客气，其实是他心里不满意，已不在乎这点打点的意思。他的手一接触牛皮纸信封，就知多少。这是长期收红包收出来的经验。

　　常维刚出去，苟飞就进来了，嘴里叫着主任，顺手从提着的挎包里拿出一条中华烟。他并没有像常维那样给拆迁办主任一个信封，他表示的心意全在这条烟里面。拆迁办主任并不抽烟，他看了苟飞一眼，不咸不淡地说了句，你自己拿回去抽吧，我没抽烟的习惯。

　　别呀，主任。偶尔抽抽烟，对身体有好处哟。我看到一则消息说少量抽烟，能预防阿尔茨海默症，这是科学家的研究发现。当然，你并不老，我只是说抽烟不一定全是坏处。

　　主任斜了苟飞一眼，不情愿地接过烟，顺手往办公桌上一扔，你现在应该也跟着常维找了不少钱吧？

　　哎呀，主任，我就是喝汤的，想啃骨头都没得啃。苟飞有点阴阳怪气地边说边将主任扔在桌上的那条中华烟拿到手里，再次递给主任，这条烟你一定不能乱甩，一定要自己抽，千万不能给别人抽。

　　拆迁办主任感到苟飞有点莫名其妙，有点愠怒地说，你想毒害我呀？

　　你看你说的，我哪敢。这条烟是我专门为你定制的，不信打开看看，就明白我的心意了。

　　苟飞的举动有点反常。常维以前带苟飞来过，苟飞那张嘴和他人来熟的性格，与拆迁办主任的关系目前处得说不上好也说不上坏。突然送烟，拆迁办主任是久经事情的人，哪会看不出苟飞的心思。只是，一条中华烟，那根本不是个事，他没看上，更何况他本就不是抽烟的人，所以对烟没有兴趣。

拆迁办主任不理苟飞，自顾自坐了下去。苟飞知道，自己没上他的眼，烟更没上他的眼。他只好自己将那条中华烟打开，取出一盒，然后从中抽出一支，让它露出一小节，伸到拆迁办主任面前。

那是与烟不一样的颜色，那是百元钞票的颜色。拆迁办主任脸上露出诧异的色彩，你这是……

为您定制的。苟飞说着，顺势递了过去。

拆迁办主任大脑快速转动了一下，一支烟一百元，一盒烟两千块，那一条烟不是两万块吗？他接过苟飞再次递过来的中华烟，你真用心了。

嘿，这是应该的。苟飞一脸媚笑，如果我能吃上肉，肯定少不了您一份哈。

苟飞这种送礼的方式不算他独创，但在那时也不多见，他为了送这份礼，还真是用心了。在二十世纪九十年代初，两万算不大的数目，但也不算太小。

拆迁办主任与苟飞一拍即合。苟飞答应如果自己做工程，给拆迁办主任三分之一的收入。当然，这是口头协定，不能留下任何书面上的东西。

这样问题就来了。以前大多数工程都给了常维，即使拿给其他老板做的，也是比较小的工程。现在拆迁办主任与苟飞已经利益相连，有心将比较大的工程给苟飞做，就算苟飞没有那么多本钱，他可以去拉别人入伙入股，但这对于拆迁办主任的那份一点不影响，每个工程不管大小，他都拿收入的三分之一。

常维成了利益拦路石。想少给他做，那不可能，常维有他根深蒂固的关系链。拆迁办主任绞尽脑汁想如何才能不让常维一家独大，他已经从苟飞那里看到希望，看到了比只是收红包更大的甜头。那天，他与苟飞闲聊的时候，说到混混儿，说到江湖，他突然问苟飞，你能联系上他们吗？后面再也不说什么了。但聪明的苟飞，已经明白拆迁办主任的意思：将常维搞残了，他不就没能力做工程了？这里旧房改造的所有工程不就他们独大了吗？那收入不就像猴子爬树那样，噌噌地上去了吗？什么别墅，什么豪车还会愁没有吗？

利令智昏大概就是这样来的。苟飞有拆迁办主任指点迷津，他在利令智昏里清醒着，但他这清醒，是如何将别人搞垮的清醒，将人如何搞死的清醒。在他们眼里，钱大于一切。苟飞是第一次有这样的想法，这想法还是别人给谋划的，但他居然没有一点害怕，没有对生命的敬畏之心。像一个久经江湖博杀的老手，这样做，感觉本该如此，是理所当然的。

常维看出苟飞在变，有些无所不用其极的变。但没挑破，他还有求于他，在没有找到傅路娃之前，他不能正式与苟飞闹掰了。可苟飞没有给他这个机会，他将常维当作发财路上的绊脚石了，不搬开不快，搬慢了心里不快。他通过人托人，最后找到他认为最有实力的瘦胖二李混混儿团伙。他没有认识到后果会是怎样，与他会有多大关系。他想自己只是出钱了，又没动手去伤害谁，就算事情败露也没什么大不了的。

当恶已从心生，很多可怕的事在当事者眼里也就显得不可怕了，他会觉得恶不生出来，不用具体行动展现出来，反倒是可怕的。这危及到他自己的心态，那是一种比恶更恶的压抑，比有人拿刀割削，可能还让他难受。

我叫人教训一下他。

教训能管用？！

也不能要他的命呀。

最少要让他不能来接工程。

我是怕找的混混儿被抓住，把我们供出去。

你想找大钱不？你还想在他手底下做最多的事，拿最少的钱？

那多没意思。

更正一下，是你，不是我们。是你去找混混儿。

嗯，对对对，是我，不是我们。

无毒不丈夫。

…………

有毒也不一定是丈夫。这是苟飞后面悄悄嘟哝出来的。

一切事项都在苟飞的运营中。拆迁办主任不具体参与，也不会拿钱出来去做那些会给人留下把柄的事。

申城的天空并没因苟飞与拆迁办主任的想法而有所改变，该蓝的蓝着，白云边上有黑云的仍然会有。它似乎真不知道苟飞他们的想法。

世事有很多在表象上摆着，而又有太多没有在表象上摆着。

三十七

事情总有个完结的时候，像画圈一样，大大小小，圆与不圆，都可以说是圆。草草收场是完结，峰回路转是完结，拉锯光阴是完结，聚合是完结……反正不管哪种结果，都是完结。如果能够丰满圆润地完结，那给世人的美感是不一样的。

常维说出苟飞与他之间的事情，或多或少有些伤感。当然，对于自己一手关照上去的拆迁办主任，知道他与苟飞之间相互牵扯的内幕过后，唯有一声叹息：都是钱惹的祸。这些年，坐在轮椅上，让他明白一些事，时不时地做一些假设。如果自己不下海，可能下半生不会与轮椅打交道；如果自己不依仗自己资格老，每次红包给多点，那后来会是怎样呢？如果不是苟飞出现，是傅路娃从一开始与自己合作呢……

但是事实就是事实，它摆在那里，后期无法改变。能改变的只是后来的或者说不真实的事实。

其实，如果不是傅路娃去苟飞那里被瘦胖二李伏击，常维也不会联想到是苟飞安排干的。因他出事后，苟飞忙前忙后，里里外外照顾。怪只怪苟飞太会演戏，像是失落在民间的天才演员，还有就是常维一直想，苟飞要害自己不会笨到把住处安排在他住的附近吧，没想到苟飞还真这样做了，这或许是他的聪明之处，他就要此地无银的效果，让你猜不透；苟飞就是坏，也没有坏到要自己命的程度吧。这是致命的迷惑。

在胖李被抓后，苟飞知道自己的事情要暴露，准备离开申城，奈何手里正做一个拆迁工程，与王福生合伙做的。这个工地比较大，如果顺利完成，不出大的伤亡事故，预计有一百多万的收入。所以他舍不得走，走了不只是该赚的一百多万丢了，投资的百多万本钱也会白白丢了。

他曾对王福生说，我投资的本钱你到时给我，算我股份给我三分之一的利润。王福生或多或少知道他的一些事，虽然没人给他说，但他看得出来，他与常维之间、傅路娃之间的矛盾，和他当老板的来龙去脉。在胖李被抓，苟飞成天慌张忙乱的神情，王福生明白他们之间存在的利害关系，知道他想逃，抓住他这个软肋不放。不答应给他三分之一的利润，也不答应到时退还他的本钱。王福生的态度明摆在那里，你要走人可以，钱我是一分都不会给你的。

这真叫无毒不丈夫。王福生的态度就是这样，你能用不正当手段得来这些财富，忘恩负义，我为啥不能效仿？

苟飞急得如热锅上的蚂蚁，之前觉得花钱请人去打人砍人，自己没出手，就算事情败露，也没自己的事。他没意识到买凶雇凶是违法的。直到胖李被抓了，他才有了危机感。他征求拆迁办主任的意见，说这怎么办呀？拆迁办主任说，自己的屁股自己去擦干净，与我无关。拆迁办主任推得一干二净，一我没找人，二我没出钱。就是你说是我出的主意，你没有证据。法律是看证据说话的。

苟飞无话可说，骂了一声老狐狸。

那我送你的股份和钱呢？算不算犯罪？

证据呢？拆迁办主任将两手一摊。

是呀，证据呢？苟飞被问住了，每次送钱都只有他们两个人在场，包括每一个工地的分成，全是现金往来，没有银行的参与，就没有业务往来的数据留存，谁来证明这个东西是真实存在的呢？此时才知道，拆迁办主任为啥只收现金，还不能让外人知道的原因。为了能做更多的工程，苟飞是绝对遵从，更没想到留存证据。这是法盲的后果。从一开始就给自己埋上了定时炸弹。

苟飞这些年一直在玩儿人，耍着自己的小心眼，最终还是没能逃脱被人玩儿的命运。

苟飞进去了，雇凶买凶，作为犯罪主使人，是主凶，罪从重。

傅路娃的心里一度无法平衡，他想能不能用钱疏通关系，将苟飞从牢里打捞上岸，被王镇狠狠地批评了一顿：你这是放任恶人，间接打压良善，本质与犯罪没区别。人人都这样，哪里去找社会清流？

傅路娃只有一个姐姐，姐姐就苟飞一根独苗。尽管姐夫与苟飞对自己不仁义，但姐姐是真的，是亲的，血管里流的是一样的血液。苟飞尽管在外胡来，可没有耽误挣钱。有钱了，没有忘记给自己的父母一个好的生活环境，把房子买在城里，让他们吃好喝好。苟飞这一进牢房，由于长期与社会混混儿搅和在一起，多次买凶行凶的事实，罪行累加，几年牢饭是吃定了。

苟飞获刑，当听到宣判的那一刻，他伤心地哭了一场，也算是对自己犯下的错的一个交代。在此时，他特别想家，想父母，想自己的老婆孩子，可晚了。没出事时，身边大小朋友一大堆；出事了，想找一个可以托付事情的人，也难找到。最后，只能找傅路娃。

对于常维的精神与身体的损失赔偿，常维说能饶人处就饶人吧，他没有接受律师亲戚朋友们的建议，主动放弃追索。不然，苟飞就不只是吃牢饭那么简单了，还得拿出一大笔补偿费，大有可能是人财两空的局面。

苟飞与王福生一起做的工地，他托付给傅路娃。傅路娃找到王福生，王福生不理傅路娃的笑脸，他明白傅路娃的来意，所以没有给好脸色。从那次没能让他入股的事过后，王福生对待傅路娃就不是兄弟的礼遇了。

王福生不把自己当弟，可自己还得把他当兄对待。从抱村出来在轮船上的情景和刚到申城时的情景就如昨天，傅路娃一辈子不能忘记，如果不是遇到王福生，他现在是个什么样的境况，不敢揣测。但事情各论各，苟飞托付的事还得办。

王福生不承认给苟飞股份收入，连本钱也想吞掉。没办法，傅路娃说，我们兄弟不要因为这个事情走到上法庭的那一步。他说这句话时，初到申城的情景又一跳一跳一晃一晃地提醒着他。

从申城火车站出来，傅路娃被眼前呈现的事物惊呆了，就如那句传播最广的"刘姥姥进大观园"，他此时的表情在给它一个很到位的注脚。大都市与其他地方真的不一样。尽管这个火车站是老站，有它局促且陈旧的一面，但也足见其当年的风范。

这个火车站，傅路娃在砖厂时，在包工头买的电视里看到过。它那历经沧桑的样子足以展示它的底蕴，它无声或有声地述说它经年不变的历史韵味，就那样从从容容地站在那里。

在被繁华惊艳的时候，傅路娃想，到哪里去找王福生呢？他在火车站外来来回回地走，不知道下一步该往哪里走。

他记得王福生说过，他们是从事旧房改造房屋拆迁工程的，也记得他曾经留给他的地址，但是这么长时间过去了，也不知道他现在在哪里。那就看看哪里有拆迁房子的地方，万一碰巧遇到了呢？

傅路娃灵机一动，还真给走投无路的他带来了转机。离开火车站，他沿着马路往前走，在一个相对僻静的地方，一片被拆后的废墟出现在眼前。废墟旁边，还有没拆完的房子，工人们正在上班。灰尘一阵阵升起，叫喊人名的声音也时不时响起。

工地旁边竖着一块木板牌子，木板像是房子上拆下来的，闲人免进几个字写得不是很好，但能认出来。

傅路娃不管那么多，要找人，必须进去。

正在他考虑怎么问的时候，一个全身上下满是灰尘，脸差不多看不出本来颜色，头戴藤条安全帽的人从里面走了出来。看到傅路娃的那个瞬间，没有半丝犹豫，张口就问，找哪个？拆房重地不准乱来。

傅路娃愣了一下，这口音与他的口音差不多，遇到老乡了。老乡这个词，是他在砖厂时，听那些外地人喊他们外地人时的称呼。他用地道的方言说，没有乱来呀，我想找人。

老乡也愣了一下，我们是老乡嘛。找人他总得有个名字吧。边说边白了傅路娃一眼。

世上的事很多时候说巧不巧，不巧还真巧。申城这么大，没有丝毫线索，要寻找一个人，与到黄浦江捞针捞币的区别无异。可到傅路娃这里，它都不是事了。这老乡恰巧与王福生是兄弟伙，平时也有往来。傅路娃兴奋得跳了起来，他感到自己真幸运。前面那些不幸的遭遇好似已成过眼烟云。

按老乡提供的地址，傅路娃没费多大劲，就找到王福生工地上。他在工地上转了一圈，那些拆房的员工在工地上忙自己手头的事，没有人理他，他也不敢走进拆房现场去问。正在犹豫如何询问时，听到有人用普通话喊王福生的名字。接着听到王福生的应答声。

这是老天眷顾吗？傅路娃高兴得打了一个响指。他向王福生发出声音的地方跑了过去。

王福生看到傅路娃，愣了愣，哎呀，傅路娃，真是你呀？你怎么跑这里来了？半年时间，长高了，身体强壮了，成熟了。

说得傅路娃边哭边笑。这半年来的辛酸、苦涩与无奈，让他不得不成熟。这是在家十五年的经历都无法比得上的。

好啦好啦，你我真的有缘。我们到这里才一个月时间，以前不是这里。不然你也不容易找到我。

那我今后可以跟你一起吗？傅路娃用渴望的眼神紧紧盯住王福生的眼睛。

要不然呢？你没熟人，能去哪里？要是遇到坏人怎么办？我先带着你吧，到时再看看你能做啥。王福生说，我也曾经如你一样，在外面这些年，也知人心的险恶和当下社会治安存在的问题。

傅路娃被这些温暖的话感动得哭了起来，泪水顺着脸颊哗哗地淌。一是饿的，累的；二是初尝人间冷暖，感动的。离开家的经历，让他明白家是什么，温暖是什么。在他饥寒交迫，最需要关怀和帮助的时候，王福生出现了，给他盲目的行走带来了曙光。也给他的未来打开了一扇门。

王福生在申城参与旧城改造，从事拆房工作已有几年了。这几年，王福生由于自己的踏实肯干，拆房技术上的拿捏得当，对于业务环节了如指掌，从普通拆房人员做到了领班。

那时拆房基本是人工拆除，就是有风镐、切割机、气割什么的，那也基本是人力操作。挖掘机、铲车等设备，正常情况下老板不会选择用。一来费用贵，二来工地上的旧材料老板要卖钱。除非是加急急迁工程。这样的工程，一般都有足够可观的资金补贴。

对于拆房，用现在的话说，傅路娃是小白。什么都不懂，经历少，没有工前培训。拆房的前辈们说，这是一看就会的事，简单得基本不需要技术。如有技术，那也得靠自己去边拆边学，去总结，安全问题靠自己去注意。

老乡们在安全这方面迷信色彩很重。比如在要开工时的早上，吃饭时不能敲碗，不能落筷子，落了筷子你今天就不要去上班了。不能口无遮拦地乱说，如果乱说了或者敲碗了，大家会有针对性地骂。什么都骂，只要他知道的骂人的话都会骂出口。如果这天出工没发生什么事还好，假如真出了事，敲碗或乱说的人脱不了干系。除了恶言恶语骂你，口水能把你淹死，还有可能被罚款。

傅路娃参与拆的第一栋房子是老式木板楼房，据说是民国以前的。撬木板在拆这样的房子里算是个轻松活儿，不过它需要经验和技巧。拆下来的木板老板是要卖钱的，撬坏一个角，会卖不出去或者卖不到好价钱，那会伤老板的心，伤老板的心就如伤自己的心。他给你难堪，骂你，罚你款，不是你伤心是谁伤心？

因刚来，不会使用撬棍撬木板，王福生只好安排傅路娃搬运木板，拿10磅榔头敲青砖砌成的墙壁。穿着黄胶鞋在拆房现场搬运，进进出出，被钉子扎破脚板是家常便饭。如果是被钉子扎破了脚板，傅路娃就照老乡们介绍的经验，第一时间脱掉黄胶鞋针织袜，用手板或就地找一块合适的木板，使劲地敲打被扎破的地方，直到打出鲜红的血为止。目的是怕钉子上的锈或污物停留在肉里面，引发感染。

严重时，会把脚掌扎穿，这没办法自己弄了，必须得进医院处理，当然是算工伤，包吃住。但疼的是自己。

才开始，傅路娃不捡那些本地居民因拆迁搬家后扔掉的旧衣服和鞋子，觉得丢面子。可自己实在是没有换洗的衣物，也没钱买。因冷和没有换洗衣物，让傅路娃不得不学工友们，捡适合自己的衣物来穿。那些衣物的质量，比自己身上穿的衣物质量要好得多。

因为捡衣物，傅路娃与工友们时不时争先恐后地翻找。只要发现哪家拆迁户搬走了，不等拿到钥匙，直接撬开门窗，钻进去，每一个被原主人丢掉的物件都不放过。特别是那些扔掉的旧皮鞋，哪怕是只能将就穿，也会时不时发生争抢。

皮鞋的底子是硬的，不怕钉子扎，至少一般的小钉子对它无可奈何。这相当于给脚掌上了一道保险。稍微好一点的衣服，傅路娃留着下班穿。稍微破旧一点的上班穿。哪怕他们再旧，别人穿过，也比傅路娃自己买的衣服要有档次点。后来，傅路娃从家里穿来的衣服全都用来上班穿了。

三十八

说是在申城这个大都市生活，实际上，过的还是农村人的日子。只是有空的时候出去逛逛，多增长了一些见识而已。比如柏油马路，川流不息的大车小车，五彩张扬的霓虹灯，卡拉 OK 厅，包括后来的大哥大、BP 机……乡镇只有定下的日期才能赶场，这里没有赶场天的说法，买卖没有日期的限制。

拆房工地的日子，说起来是单调的。除了拆房，其他时间基本无事可做。但拆房的内容细分下来，还是很丰富的。

拆老式居民房，可以分工为撬木地板、敲门窗、下瓦、拆墙、敲砖块、修砖块、搬运等；拆厂房可分工为砸现浇、放大梁、砸钢筋、打空镐、烧气割、搬运等。

在干了一段时间后，傅路娃慢慢对拆房的流程有了了解，一些事情也可以做到得心应手了。在这时，他想进一步挑战自己。其实，说是挑战，准确一点儿来说是不想被别人看不起，更不想给王福生添麻烦。

他主动要求去接吊手瓦。不管王福生让不让，他一根筋地说，接吊手瓦。

吊手瓦是从屋顶到每一层楼往下抛的瓦。有大的洋瓦，小的是小青瓦片。洋瓦一般两片或者三片一抛，小青瓦一般八片或者更多一点一抛。这看在屋顶捡瓦人的心情。有时他心血来潮，一次给你来个十五片抛给你也说不定，但这是少数时候，带着玩笑的心理，活跃一下气氛。吊手瓦与吊手砖是拆房人的必修课，吊手砖一般是三五片一抛。这很看重拆房人的身体素质，身体弱小，那是肯定不行，还没两下就得退下阵来。伤手伤脚那不是分分钟，而是眨眼间的事。

在进行拆房的时候，在几层高的楼房，每一层楼在楼面上打一个洞，从房顶到地面，一层楼站一个人，吊手瓦或吊手砖从打开的洞往下抛。当然，也有敲掉窗户，然后将窗子处的砖头敲掉，与楼面平，从那个缺口往下抛。下面接吊手的人搭适当高度的台子，人站在上面接。这样一层一层地传递，直到地面上。最后一个人，负责将它们堆码好。

经过一段时间搬运木板和打榔头，傅路娃的个子和体格锻炼得越来越强壮，越来越高了，像吃了催长素。所以他有本钱向王福生提出接吊手瓦，来证明自己是一个男子汉。

才开始，不懂技巧和方法，傅路娃用双手硬生生地接，双手总是被砖块或瓦片撞得面目全非，血淋淋的。这里还没完全结痂，那里又被瓦片撞脱了皮，撞脱了肉，血肉模糊的一片。到第二天上班时，浑身胀痛和酸软让傅路娃心生退却，但想到家里为一包盐钱而发愁的那种场面，想到自己跑出来的目的，又不得不打起精神，穿上头天汗水和灰尘凝结得有点生硬的上班衣服，像战士出征一样走向工地。

手酸软得实在不行了，他用肚子去顶住手往下落的势头，这样才能不让砖块或瓦片掉在地上摔坏。这些瓦与木板、门窗、砖块一样，老板要卖钱。如果摔坏了，老板要骂，包工头也要骂。老板用吴侬软语骂，包工头用他的方言骂。骂人的词语是随口就来，只有你想不到的，没有他骂不出来的。每到这时，傅路娃心里难过，埋怨自己给王福生带来了麻烦。

拆房子的危险是处处时时都有可能发生。不管你拆了多少年，经验有多少，它要来时不会与你商量。

那是一个将近黄昏的冬日，在武定西路，天有些冷。傅路娃已经在日复一日的磨炼中成为拆房的一把好手，高来高去，低来

272

尘光 | CHENGUANG

低走，随心所欲。他挥舞着十斤重的榔头在近丈高的墙头上敲砖块时，已四面无依的墙壁突然向内倒塌。突遇变故的傅路娃本能地一个跳跃，与向内倒的墙壁反向跳下，双脚落地，他的屁股也结结实实地坐在地上，尾骨受伤，手掌大拇指根部被地上的玻璃碎块划伤，流血不止。还好无大碍，休息几天就好了。只是大拇指根部永远留下了一道乌黑的痕迹。事后傅路娃想，要是在墙壁倒塌的时候顺着它跳下去，那结果会怎样？傅路娃冒出一身冷汗。

这些被拆掉的房子是老房子，动不动有上百年历史。那些沉积了近百年的灰尘吸进肺里有一股沉重感，像百年的风霜压在心头一样，让人感到有点窒息。这不比农村里的泥土和灰尘。农村里的泥土气息，总给人一股清新的味道。那是越闻越不压抑的味道。

傅路娃深深地感受到了。每天的灰尘和汗水一融合，等到停下来后，就在脸上额头上身上衣服上结上厚厚的一层壳。哪怕冬天穿的衣服很多很厚，下班后身体上也有很厚的灰尘。所以每天都必须得洗澡。

在拆房工地上洗澡，热天很方便，马路边或者拆掉房子的废墟里，穿一条裤衩，用接出来的软水管从头淋到脚，一冲就是结束。可冬天麻烦，不是一冲就能解决的事，同样是灰尘，它们像是专门作对一样。你怕冷，想快点洗好，它们就是不肯离开你的身体，身体像它们的家一样。

申城的冬天温度很低，到晚上更低，必须得找一个能避风的地方，然后找来废掉的木板烧一堆火。这样冷是没那么冷了，但木板烧过后的灰，往往被挤过来的风一拨弄，到处乱飞，衣服上，刚洗好的赤裸的身体上，都是它们的着陆点。可天太冷，傅路娃与其他拆房的工友们一样，管不了那么多，洗过比没洗好。在冷得口里发出嘶嘶作响的声音里，三两下穿上衣服，有没有灰尘反正没人能看到。

这个工地完了，要搬到下一个工地。而搬家是傅路娃心中的隐痛。坐公交车，申城本地人或者不是本地人的白领，那鄙夷和厌恶的眼神如一把无形的刀子，剜着傅路娃那布满灰尘的身躯和包裹。在有限的空间里刻意离得远远的那些无声胜有声的肢体语言，往往比恶言相向更让人心伤。

而一些工友们，在人满为患的车里，故意用力挤。本地人看到他们灰不拉叽的样儿，宁可自己挤成绳，也要给他们挪开位置，乐得他们哈哈大笑，好享受的样子，似有自豪感。而傅路娃从心底里生出的自卑却在每分每秒地啃噬他的自尊。有的工友顺便往一些漂亮女人身上揩油，有的就那么大咧咧地往车地板上一坐，而后心安理得地闭上眼睛假睡。看得傅路娃的心一阵阵揪紧，不停地在心里说，一定要改变自己，一定要改变……

时时有工友从被拆的房子上掉下来，或是被倒下的墙壁压住；时时有从这个工地或那个工地传来或死或伤残的信息。这些信息，像夏季的天空时不时下一下雨一样，让他们害怕；然而又在这些信息里习惯和麻木，接下来，该做啥还得做啥。

经历一些危险和听到一些安全事故后，傅路娃没有刚来拆房时那么胆大了，但还是不得不拆房。有时候他想，去找点其他的活儿吧，体面或是安全一点的。可自己没有技术特长，也没上过多少学，又能干什么呢？只能晚上想起千条路，白天依然拆房子。

中午吃饭时，傅路娃学会了与大家一起席地而坐，围着一盆胡萝卜炒的肥板肉（将瘦肉全部拿掉的肉），不知是上班吸的灰尘太多，还是本来生活就缺油少营养，大块大块的肥板肉吃在嘴里，油咕嘟咕嘟从喉咙下去，从嘴角流出来，没嚼两下就下肚了。一点不觉得油腻，像吃瓜果蔬菜那样随意。

这天正在吃饭，王福生走过来对傅路娃说，老板叫他。老板姓吴。这让傅路娃紧张起来，将自己这段日子所做的事在脑子里快速回放了一遍，自己没有什么地方出错呀。上班规规矩矩，尽

自己所有的力量做该做的事。没偷没拿，没打架闹事。扪心自问，没有对不起王福生或者老板的地方，

因自己孤身一人，岁数不大，从一开始就抱着感恩的心，所以很多事他抢着做、争着做。既勤快又肯干，一段时间下来，工友们都喜欢他，路娃路娃叫得亲切，那是发自肺腑的呼喊。当然，大多数时候是叫他做事。但傅路娃仍旧是乐呵呵地来回奔跑，第一时间完成老乡们安排的事。

还愣着做啥？傅路娃。王福生看到傅路娃像傻了一样一动不动，又叫了起来。

傅路娃像是突然被惊醒，嘴里啊了一声，吴老板叫我做啥呀？是不是要开除我？虽然个子小，我可是老老实实做事，拆房子可没偷懒，没偷没抢。为啥呀？王大哥，你可得帮我说说好话。不然，我又得流落街头啦。

傅路娃说着说着，心里的酸楚往上涌。涌到了脸上，涌到了眼角。在他心里，老板从来没有与他打过交道，也没招呼过，只是有些时候看到老板在远距离观望他们拆房子。怎么会突然找到他呢？

之前，有工友们拆房子时，悄悄扯掉被拆房子里面的铜芯电线，拿出去卖；或者趁老板与看守材料的不注意，偷里面各种被拆下来的材料，拿出去卖。老板知道后，将偷材料的工友喊去，随后这个偷材料的工友就卷铺盖卷走人了。

这也难怪，傅路娃在申城，还只是一个脚都还没踩热的农民工，人生路不熟，要是被开除了，那该怎么办？他知道，申城拆房工地与华北平原的砖厂不一样，老板不会管拆房员工的去留，也不会打人。他只管结果，遇到偷盗严重的，会毫不犹豫地喊你跑路。

在拆房子的这段时间里，傅路娃初次看到了申城处处是钱，遍地是钱，只要自己肯干，挣钱的机会有的是。他时时在心里说，

自己一定要找到钱，一定要体体面面地回家。不然，就不回去。

想这样多做啥？快去，碗里的饭等回来再吃。吴老板在等你。

老板是苏州人，与申城同根同脉。听说这里拆房子的老板大都是江浙一带的，他们在申城主管旧城改造的有关部门直接接下拆房工程，然后找如王福生、傅路娃一样的外乡农民工来拆房。安全与材料等的监管人员，是他们自己的亲戚或者朋友。往往一个工地下来，赚得盆满钵满。那收入是以七位数以上的数字计算。那是天文数字呀，在二十世纪八十年代，分分钱有很大用处的时候，傅路娃听到工友们说起，嘴巴张得大大的，眼睛睁得大大的，边听边在心里祈祷，要是我有五位数，也就心满意足了。他完全不会想到，自己后来会在申城成为老板，比一般的老板还挣得多。

傅路娃怀着忐忑不安的心情跟在王福生后面，边走边不停地问，王大哥，到底是什么事呀？

老板，我可没犯错，不要开除我呀。开除我，我就没地方去了。

哈哈哈，你这小子真可爱。谁说要开除你了？来来来，这里坐。老板边说边指指办公桌对面的椅子。这让傅路娃受宠若惊，屁股挨着椅子边缘坐下，但如坐在抱村那浑身毛毛刺的野糖梨树的枝丫上一样不安。

这……那是什么事呀？傅路娃的声音低得差不多只有自己才能听到。

是这样的，我有一个新工地，需要一个带班的。你敢不敢去呀？

我我我，我不行。傅路娃被老板的话惊得口齿不清。我哪能行呀？才拆房子两年不到。

别谦虚嘛，你的表现和踏实肯干我都见识了。王福生总在我面前说你，人虽然小，熟悉拆房技术却快。没有两年，比那些干了几年的都强，总选重活儿干，从不偷奸耍滑。

老板一席话说得傅路娃不好意思地低下头，我啥都不懂，必须学嘛。

嗯，这是对的。年轻人，心态最重要。我喜欢。

可我对带班一点不懂。傅路娃小心翼翼地说。他内心里在挣扎，既想当这个领班，可又怕当。心中没底，毕竟经历就这么多，领班的概念都还不是很透彻。

你想拆一辈子房子呀？吴老板微笑着看着他，说得和风细雨的。

这事就这样定了。我会时不时教你，也会让其他人帮你。比如你王大哥，你可以跟他学，多问问。

看到老板这样无理由提拔自己，帮助自己，傅路娃惶恐地点点头，唯唯诺诺地应着，最后又坚定地点了一下头，看起来有点夸张。一线新的曙光就这样照耀了傅路娃后来的天空。

三十九

在快速发展的申城，进城务工人员的思想也在快速转变，文明程度进程如何，人的思想变化也会随之而变化到如何，这是必然，也是当然。就像后来王福生与傅路娃之间的关系变化一样，走在回不去的路上。

傅路娃对王福生说，你们合伙，赚多赚少不是我该管的事。苟飞因罪入狱，但该是他的钱还得是他的。你们之间有合作协议，也有与旧房改造处签订的拆迁工程合同，都有你们的签名。我相信，后面的我不说你会明白。

后来，王福生再也没有与傅路娃来往。他说，他后悔认识傅路娃，但不后悔曾经帮过他。这似乎是一个矛盾的逻辑体，个中滋味或许只有他自己明白。

后来傅路娃的姐姐指着傅路娃的鼻子说，路娃，苟飞是你亲外甥，你为了外人和钱让他坐牢，害了他一辈子呀，这得是多大的伤害！姐夫每见到他一次，就跳起脚来骂，连带他的爸妈一起骂，边骂边抄起扁担要往他身上砸。没办法，傅路娃只好尽量不去他们家，如果有事要经过他们那里，他都绕着走，不去看望自己唯一的姐姐。

后来，王福生老板越做越大，有了好几千万的资产。

后来，傅路娃与常维、常欣的资产仍然各自归档，工程一起做，钱互不搅和。

后来，傅路娃与常欣的女儿五岁的时候，老家县、乡镇领导找到他，说你回乡创业吧——支援家乡建设吧——为建设美丽家园——为新时代美丽乡村尽一份力吧——真的，独乐乐不如众乐乐。

可是他的家现在在申城，事业在申城，要回老家不是一两句话能定下来的。其中有一个重要原因，那是抱村给他的创痛太深了，爸爸去世时，乡邻们给予他的冷漠和不近人情，每想起一次就会捶打他一次，这是生生世世刻骨铭心的事。

半年后，承包的一个外地工程让他借机去看了一下附近乡村的新面貌，给他带来极大的震撼。他突然想回老家抱村，搞乡村建设，种植中草药（小的时候，抱村邻居就靠在附近的山上采挖中草药补贴家用），他觉得抱村可以搞，那里有难得的原生态地貌资源和植被。

翻开陈旧得有些发黄的日记本，傅路娃将这个想法写了进去。放弃了乡邻们曾经在他心里留下的创痛，除了漂泊久了，自己也想落叶归根外，也想让长期闷闷不乐的妈妈回归故里，让飘着的心落地。家乡建设，这是一个只有预期没有定数的投资工程，先不说亏与赚，只问值得不值得。他认为是值得的。妈妈想回家，岁数越老越想回家。当然，抱村人之前如何对他，他早已将它放进了时间的淘洗机里过滤，剩下的只是静看抱村的花开和鸟鸣。

他与常欣商量，申城的事业常欣继续做，等他将抱村打造好了，再来接她与常维去抱村散心、停留和游玩儿。

他说回家后，把那个岩洞的家打造成可观星星看月亮的家。可看夜鸟起飞，听虫子们用它们唯一的歌曲搞音乐大比赛。这真应了别有洞天这个词语。

常欣抱着已经熟睡的女儿，躺在傅路娃的怀里，看着他意气风发的样子，甜甜地笑了。

夜风轻拂，虫声娉娉婷婷，傅路娃想着过往的场景，酸甜苦辣咸样样都有。回家近三年了，傅路娃尽量努力控制不去姐姐家，以免他们看到他就情绪激动，要骂要打，但还是忍不住顺路或者专程去看望姐姐一家，可姐姐一家打骨子里没有要理解、原谅他的意思，不来也不往。右腹的疼痛又重了一点，手里的笔终于落在了纸上——抱村的建设已初具规模，我不知道能不能撑下去……写到这里，一阵针刺般的疼让他不得不放下手里的笔，紧按疼痛发出的部位，眼睛与日记本的纸张紧贴在一起，慢慢幻化出了常欣的影子。

——三年了，你就不想我们吗？

——你真狠心，难道不知道我一个女人在工程队里打拼的辛酸吗？

——你没事吧？

——我将这里安排好了，就来找你！

——说话呀，我要与你一起建设抱村……

——用抖音的方式，用电商的方式，用直播带货的方式……

傅路娃揉了揉眼睛，直起腰来，右腹没有那么疼了。抱村的公鸡已开始打鸣，曙光从头顶上四散开来……又是崭新的一天。